La voûte étoilée contient les réponses,
dans ses astres si brillants,
au cœur de ce message brouillé
se cache la lueur de l'Ourse, elle te guidera.
Cherche les étoiles à cinq branches,
et décrypte ce que tu trouveras.
Car au fond des ténèbres
reposent les clés de son esprit.
laffaireamanda.com

L'AFFAIRE AMANDA

invisible

TOME UN

STELLA LENNON

L'AFFAIRE AMANDA invisible

TOME UN

Par Melissa Kantor

Traduit de l'anglais (USA)
par Sidonie Van den Dries

bayard jeunesse

Couverture :
Polly Kanevsky et Dale Robbins

Publié avec l'accord de Harper Collins Children's Books,
une marque de Harper Collins Publishers.
Titre original : *invisible i – The Amanda Project.*

18, rue Barbès, 92128 Montrouge Cedex

ISBN : 978-2-7470-3263-6
Dépôt légal : mai 2010

Pour Jillellyn Riley et Lisa Holton

L'AFFAIRE AMAN

invisible

« Toute sortie est une entrée quelque part ailleurs. »

Tom STOPPARD,

Rosencrantz et Guildenstern sont morts

CHAPITRE UN

J'aimerais bien qu'on m'explique pourquoi, quand on veut éviter de penser à un truc, c'est précisément la chose à laquelle on cogite en permanence.

Dès mon réveil, la scène qui s'était déroulée chez moi la veille, en présence d'Amanda, s'est mise à tourner en boucle dans ma tête. J'y ai pensé en m'habillant, en pédalant jusqu'au lycée, et même après avoir retrouvé les filles devant le casier de Kelli, qui se faisait raconter le début du film d'hier soir avec Reese Witherspoon.

En cours d'histoire, j'ai eu toutes les peines du monde à écouter M. Randolph nous exposer les causes de la Première Guerre mondiale. Sa voix était étouffée par les cris de mon père, dont le souvenir me poursuivait, et je me suis demandé ce qu'Amanda avait entendu. Tout, forcément. Je l'avais abandonnée dans la cuisine le temps de monter chercher mon cahier de gribouillage dans ma chambre, et à mon retour, papa hurlait au téléphone. J'en ai déduit que sa conversation avait commencé depuis un bon moment. Heureusement, Amanda était déjà plus ou moins au courant que quelque chose clochait dans ma famille. Elle en savait même plus que n'importe qui au lycée. Mais jusque-là, elle ignorait le pire. Elle savait pour ma mère, pas pour l'argent.

Et maintenant...

Le plus dingue, c'est qu'elle n'avait pas paru surprise. Comme si elle avait tout deviné depuis longtemps...

– ... C'est pourquoi l'assassinat de l'archiduc est le catalyseur, et non la cause *per se*...

En temps normal, j'aime bien le cours de M. Randolph, même si je ne suis pas une mordue d'histoire. Il est gentil, patient, il explique tout clairement, et c'est le seul prof à Endeavor qui ne nous balance pas de devoirs sur table sans prévenir. Seulement, se concentrer sur son cours, ce matin, c'était mission impossible.

J'ai secoué la tête, je me suis assise bien droite et j'ai cliqué sur mon stylo-bille pour faire sortir la mine. Peut-être que si j'avais l'air d'une élève attentive, le reste suivrait...

– Vous avez bien noté : « alliances enchevêtrées ». Si vous ne devez retenir qu'une chose du cours d'aujourd'hui, je veux que ce soit cette expression.

Le tableau était couvert de notes, mais M. Randolph avait quand même trouvé la place d'y inscrire « Alliances enchevêtrées », en lettres de trente centimètres de haut, et il avait souligné au moins cinquante fois « enchevêtrées ». J'ai roulé les yeux et commencé à copier l'expression cruciale. À coup sûr, ces « alliances enchevêtrées » seraient mon seul souvenir du cours d'aujourd'hui. Quant à savoir ce que signifiait cette expression, c'était une autre affaire...

Au moment où j'écrivais « alliances », ma voisine Lexa Booker a posé une boulette de papier sur mon cahier. Je l'ai escamotée d'une main experte – à force d'être en cours avec Heidi, j'ai appris à faire disparaître ses billets en une nanoseconde –, et j'ai fini d'écrire mon mot avant de défroisser le papier.

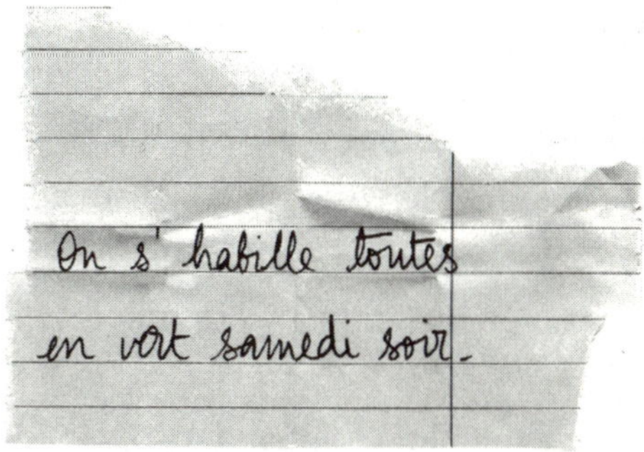

Dans la salle de M. Randolph, les tables sont disposées en fer à cheval. Heidi et moi étions assises chacune à une extrémité. Lorsque nos regards se sont croisés, elle a arqué les sourcils, l'air interrogateur. J'ai hoché la tête, oubliant un instant mes soucis. Ainsi, les iGirls – Kelli, Heidi, Traci et moi – irions toutes vêtues de vert à l'anniversaire de Liz, le surlendemain. Cette idée m'a plu : je mettrais le top vert foncé que j'avais déjà porté un soir pour aller au ciné avec

Lee et toute la bande. Lee m'avait complimentée, affirmant que le vert faisait ressortir mes yeux.

J'ai rougi en pensant à lui. C'est le drame des filles rousses d'origine irlandaise : leur visage prend une superbe teinte pivoine dès qu'elles sont gênées, effrayées, surexcitées, ou juste un peu mal à l'aise. C'est-à-dire, entre vingt et mille fois par jour, en moyenne.

– Callista Leary.

J'ai sursauté. M. Randolph avait-il vu le message de Heidi remonter jusqu'à moi ? Quand ils te surprennent en train d'échanger un mot en classe, certains profs t'obligent à le lire tout haut. Celui-ci n'était pas très compromettant, mais quand même...

Puis j'ai réalisé que mon nom avait été prononcé par une voix féminine. D'ailleurs, M. Randolph ne me regardait même pas. Comme le reste de la classe, il s'était tourné vers la porte. Je les ai imités et j'ai découvert sur le seuil Mme Leong, la secrétaire du proviseur adjoint.

– Euh... C'est moi.

Tout le monde m'a dévisagée. J'ai senti une vague de chaleur envahir mon visage et descendre jusque dans ma poitrine, signe que je venais de piquer le fard du siècle.

– M. Thornhill souhaite vous voir dans son bureau.

J'ai écarquillé les yeux, comme si elle s'était adressée à moi dans une langue étrangère.

– Je... Hein ? ai-je lâché d'un air niais.

– Vous pouvez prendre vos affaires, a-t-elle ajouté. Je ne pense pas que vous reviendrez avant la fin de l'heure.

Ma confusion devait se lire sur mon visage, car M. Randolph m'a gentiment suggéré :

– Tu n'auras qu'à recopier le cours d'un camarade, Callie. Ce n'est pas grave.

J'ai soudain été prise d'une véritable terreur. Cette convocation avait-elle un rapport avec ma mère ? Je me suis levée si vite que j'ai failli renverser ma table. Mon sac à dos s'est coincé sur le dossier de ma chaise et j'ai dû m'y reprendre à trois fois pour remonter la fermeture éclair tellement mes mains tremblaient. Je devais vraiment faire pitié.

– Que se passe-t-il ? m'a chuchoté Heidi lorsque je suis passée devant elle.

Contrairement à Traci et Kelli, elle était au courant pour ma mère. Cela dit, on n'en parlait jamais. Pas plus qu'on ne faisait allusion à ce qui s'était passé le fameux soir...

J'ai secoué la tête pour lui signifier mon ignorance. Elle m'a effleuré la main et des rides ont plissé son joli front. Une vilaine pensée m'a traversée : « Est-elle sincèrement inquiète, ou fait-elle semblant ? » Depuis quelque temps, Heidi m'inspire régulièrement ce genre de réflexion. Mais je n'ai pas eu l'occasion de vérifier mes soupçons, car Mme Leong m'avait déjà entraînée dehors en refermant la porte derrière moi.

Les couloirs déserts avaient quelque chose d'inquiétant. Entre les cours, ils grouillent d'élèves qui jouent des coudes pour rejoindre leur salle de classe, dans un vacarme assourdissant. Mais là, ils étaient plongés dans le silence, déchiré seulement par le cliquetis régulier des talons de Mme Leong.

Une bannière de feutrine bleue ornée d'un fantôme – un vestige de la fête de fin d'année – s'était détachée et oscillait dans un courant d'air. La devise du lycée : « L'esprit, c'est nous ! » m'a soudain paru sinistre. Franchement, quelle idée de choisir un spectre comme mascotte ! Et surtout, je me serais bien passée de croiser un fantôme. N'était-ce pas un mauvais présage ? Le proviseur adjoint allait-il m'annoncer que ma mère était...

Lorsque Mme Leong a poussé la porte du bureau, un véritable brouhaha a succédé au silence du couloir. Une dizaine de téléphones sonnaient en même temps, une photocopieuse crachait des feuilles à un rythme effréné et deux autres secrétaires tapaient sur le clavier de leur ordinateur. J'ai eu l'impression de débarquer au siège d'une multinationale, et non au secrétariat du collège-lycée Endeavor.

Puis je me suis rappelé la nouvelle devise qu'Amanda avait imaginée pour l'établissement : « C'est nous les zombies ! » et j'ai souri, presque détendue. Mais ce soulagement a été de courte durée. Mme Leong m'a indiqué d'un geste le bureau du proviseur adjoint et mon ventre s'est de nouveau noué.

– Entrez, il vous attend.

L'espace d'une seconde, j'ai mesuré l'ironie de la situation. Ainsi, c'était sous les yeux de Thornhill, un homme que mon père détestait cordialement (mais sans raison apparente), que j'allais apprendre la terrible vérité sur ma mère.

J'ai poussé la porte, le cœur battant à tout rompre. J'étais quasiment sûre de découvrir derrière mon père effondré, le visage ruisselant de larmes.

chapitre 2

Mais mon père n'était pas là.

Trois chaises étaient disposées devant le bureau de Thornhill. Celle du milieu était vide. Celle de gauche était occupée par Nia Rivera, la reine des truffes de troisième, et celle de droite par Hal Bennett, un mec que je qualifierais de « loser en voie de rédemption ». Au collège[1], Hal était un grand échalas qui se trimbalait avec des pantalons ringards et une affreuse coupe au bol. Mais il avait dû passer tout l'été à regarder « Queer, cinq experts dans le vent », ou une émission du même genre, parce que depuis la rentrée, il était

1. Aux États-Unis, le collège dure trois ans (6e, 5e, 4e), et le lycée, quatre (de la 3e à la terminale).

carrément branché. Il portait des T-shirts vintage et des jeans usés à la coupe irréprochable, et ses cheveux châtain clair étaient savamment ébouriffés.

En plus d'avoir changé de look, Hal s'est révélé hyper doué en dessin. Au début de l'année, il a fait une caricature délirante de Thornhill pour le journal du lycée, qui a provoqué un buzz incroyable. Peu après, en novembre, il a été sélectionné pour représenter l'État du Maryland dans un concours organisé par un grand musée new-yorkais. Et pour finir, comble de la gloire, les iGirls l'ont repéré sur leur radar. La semaine dernière, à la cafétéria, j'ai entendu Kelli et Traci affirmer que Hal Bennett était devenu un vrai canon. Moi qui ai vécu des années dans la crainte qu'elles ne découvrent notre amitié passée, j'ai soudain eu envie de leur parler de l'été où j'avais sympathisé avec Hal. Je me suis aussitôt ravisée : Heidi n'avait pas l'air aussi charmée que les autres, et je me suis demandé ce qui arriverait si Hal redevenait un loser après ma confession.

Le bureau était plongé dans le silence, et seul Thornhill a réagi lorsque je suis entrée.

– Assieds-toi, Callie, m'a-t-il lancé.

Totalement déstabilisée, je me suis laissée tomber sur la chaise libre. De toute évidence, cette convocation n'avait rien à voir avec ma mère.

Le proviseur adjoint avait les mains jointes sous le menton et ses index rejoignaient les extrémités de sa petite moustache raide pour former un V autour de sa bouche. Le néon qui éclairait son bureau faisait luire son crâne chauve, comme s'il avait passé la matinée à le lustrer.

J'ai jeté un rapide coup d'œil autour de moi. C'était la première fois que j'entrais dans cette pièce, et elle m'a paru étrangement vide. Pas un diplôme, pas une photo de famille... Un meuble de classement occupait un pan de mur et plusieurs chemises en carton étaient posées sur le bureau du proviseur adjoint, qu'aucun objet personnel n'encombrait : ni mug Endeavor converti en bocal à crayons, ni presse-papier « bonne fête Papa »... Curieux, non ? Thornhill était déjà à Endeavor lorsque j'étais entrée en sixième, trois ans et demi plus tôt. Il aurait eu largement le temps de s'installer un bureau plus cosy.

Le silence devenait pesant. J'ai tourné la tête à droite, puis à gauche. Hal fixait le tapis, et le visage de Nia disparaissait derrière ses cheveux longs. En promenant de nouveau mon regard dans la pièce, j'ai croisé celui de Thornhill. Il m'a fixé si intensément que j'ai été obligée de détourner les yeux. Il semblait furieux contre moi. Convaincue que j'allais me prendre un savon, j'ai essayé de me rappeler quelle règle j'avais transgressée récemment. Je n'avais pas fumé dans les toilettes, ni oublié de faire mon travail à la maison, ni rien...

– Bien... a-t-il commencé. J'imagine que vous savez pourquoi vous êtes là.

Ça devenait comique. Pour la première fois depuis que Mme Leong était venue me chercher en cours, j'ai eu envie de rire. Je me voyais déjà raconter l'anecdote à Heidi, Traci et Kelli au déjeuner: «Sans déconner: il s'imaginait que j'avais fait quelque chose... Avec Nia Rivera!»

Il faut dire que depuis deux ans, les mots «Nia Rivera» étaient devenus un gag irrésistible pour les iGirls. Mon succès était garanti.

Nia a répondu la première:

– En fait, non. Je ne sais pas du tout pourquoi vous m'avez convoquée.

Elle a balancé ses cheveux châtain par-dessus son épaule d'un geste impatient, totalement dépourvu de grâce. Malgré cela, son assurance m'a bluffée: Thornhill ne semblait pas l'impressionner. Puis je me suis rappelé que Nia était la sœur de Cisco Rivera. Cisco est en première, et c'est LA STAR du lycée, le mec qui fait tomber les filles comme des mouches. Tout le contraire de sa sœur, quoi. D'ailleurs, quand j'y pense, ça paraît incroyable que deux personnes aussi différentes puissent être apparentées.

Thornhill a abattu une main sur son bureau. J'ai sursauté, mais Nia n'a même pas cillé.

– Nia, je n'ai pas de temps à perdre avec des mensonges. Cette situation est extrêmement préoccupante.

Avant ce jour, je n'étais jamais entrée dans le bureau du proviseur adjoint, mais je l'avais déjà entendu piquer des colères. Contre Amanda, justement, et à plusieurs reprises depuis

qu'elle était arrivée à Endeavor en octobre. La dernière fois, j'étais venue au bureau déposer une feuille de présence pour Mme Peabody. La porte de Thornhill était restée ouverte, et je l'avais entendu houspiller mon amie. C'était la rentrée des vacances de février. En arrivant dans son bureau le matin, il avait découvert sur sa chaise un grand corbeau empaillé, coiffé d'un chapeau haut de forme. J'ignore comment il avait identifié la coupable de la plaisanterie, et Amanda ne m'avait jamais confirmé qu'elle en était l'auteur. Elle ne m'avait pas non plus confié comment elle s'était introduite dans le bureau du proviseur adjoint, si c'était bien elle. Une chose était sûre, cette farce avait mis Thornhill hors de lui. Et, comme je l'ai dit, ce n'était pas la première fois. Il avait déjà convoqué Amanda lorsqu'il s'était aperçu que l'horloge du bureau avait été trafiquée pour sonner la fin des cours en avance, deux vendredis de suite, et il l'avait engueulée si fort que je l'avais entendu depuis le couloir. Aujourd'hui aussi, il avait l'air furieux. Comme si Nia avait fait quelque chose de vraiment grave.

Enfin, quoi qu'elle ait fait, je n'y étais pour rien, et je n'allais pas me laisser accuser à tort. Je me suis éclairci la gorge :

– Euh... Monsieur, je crois que vous vous trompez. On ne se connaît même pas, tous les trois...

La naïveté des adultes est parfois effrayante. Sans vouloir me vanter, Nia et moi ne jouons pas dans la même cour. Je suis une iGirl – plus populaire, tu meurs –, tandis qu'elle est une véritable pestiférée sociale. Comment Thornhill a-t-il pu s'imaginer une seconde que nous étions amies ?

– Callie, tu es une excellente élève et ton comportement a toujours été irréprochable...

Thornhill a tapoté les dossiers sur son bureau. Je me suis demandé si l'un d'eux me concernait.

– Veux-tu vraiment me faire changer d'avis sur ton compte en me dissimulant la vérité ?

– Elle ne ment pas, monsieur ! est intervenu Hal. Nous ne sommes pas amis, c'est vrai.

Il s'est penché en avant et l'anneau doré qui ornait son oreille a lancé un petit éclair. La voix de Traci a aussitôt résonné dans ma tête : « Il paraît que Hal Bennett s'est fait faire un tatouage, cet été... Cool, non ? »

La réponse du proviseur adjoint m'a arrachée à ma petite rêverie.

– Écoute-moi bien, Hal ! a-t-il rugi. Un acte de vandalisme grave a été commis ce matin. J'exige que vous me disiez tous les trois ce que vous savez. Immédiatement !

Thornhill était tellement fou de rage qu'une veine saillait sur son cou. C'était un peu inquiétant. J'ai de nouveau regardé Nia du coin de l'œil. Elle m'a rendu mon regard, et son expression était le reflet de mes pensées : « c'est quoi, ce délire ? »

– Si vous nous disiez ce que vous savez, vous ? a répondu Hal d'une voix calme, apaisante, comme s'il s'adressait à un malade mental (ce qui n'était pas absurde, vu les circonstances).

Le proviseur adjoint a pointé vers lui un index menaçant :

– Ne me prends pas pour un imbécile, Hal Bennett ! Vous savez très bien, tous les trois, ce qu'Amanda Valentino a fait ce matin. Je veux simplement comprendre pourquoi elle vous a impliqués dans son crime.

Alors là, ça devenait surréaliste ! Quand Mme Leong était venue me chercher en cours d'histoire, j'étais justement en train de penser à Amanda. Et voilà que Thornhill nous accusait d'avoir été sa complice dans un *crime*... Sauf qu'il était complètement à côté de la plaque. D'accord, j'étais amie avec Amanda. Mais pas Nia. À ma connaissance, Nia n'avait pas d'amies. Ou alors, des quiches dans son genre. Quant à Hal, tout relooké qu'il était, il traînait toujours avec la même bande d'abrutis dont les noms m'échappaient. Pas avec Amanda, en tout cas. Là-dessus, j'étais formelle.

– Si j'ai bien compris, monsieur, on aura beau vous jurer qu'on n'a rien fait, vous ne nous croirez pas, a repris Nia. Dans ce cas, vous devriez poser directement la question à Amanda. Elle vous le confirmera.

Cette fois, l'aplomb de Nia ne m'a pas rappelé Cisco, mais Amanda elle-même : la seule personne de mon entourage qui ne pliait jamais sous l'autorité.

Thornhill s'est levé et a contourné son bureau. Il s'est assis dessus, a croisé les bras et nous a fusillés du regard.

– C'est unc très bonne idée, Nia, a-t-il lâché. Je serais ravi de suivre tes conseils, s'il n'y avait un léger problème... Comme vous le savez parfaitement, Amanda Valentino a disparu.

CHAPITRE 3

J'ai eu l'impression que Thornhill m'avait donné un coup de gourdin sur la tête. Amanda... Disparu ?

– Mais...

J'allais le détromper, lui assurer qu'Amanda ne pouvait pas avoir disparu, puisqu'elle était chez moi la veille au soir, quand Nia m'a interrompue :

– Vous n'avez pas l'air de comprendre, monsieur. Aucun de nous trois n'est ami avec Amanda Valentino.

Je l'ai dévisagée. Je ne doutais pas qu'elle disait la vérité. Comment Amanda aurait-elle pu être amie avec quelqu'un d'aussi... bizarre ? La preuve : elle ne m'avait jamais parlé de Nia.

Pourtant, la pâleur soudaine de ma voisine, qui ressemblait de plus en plus à la mascotte de l'école, et ses mains agrippées aux accoudoirs m'ont fait soupçonner qu'elle mentait. Mais alors, Amanda et elle... Non ! C'était...

– Impossible, Nia, a dit le proviseur adjoint d'une voix lasse. C'est tout simplement impossible.

Il est allé à la fenêtre et a tiré le store.

– Venez voir.

Obéissants, nous l'avons rejoint. Après une nuit pluvieuse, le ciel s'était dégagé dans la matinée et les reflets du soleil sur les dalles mouillées du parking étaient aveuglants. J'ai plissé les yeux.

– Qu'est-ce qu'on doit regarder ? a demandé Hal.

Ses paroles m'ont fait retomber sur terre. J'étais tellement perdue dans mes pensées que je ne m'étais même pas posé la question.

– Ma voiture, a répondu Thornhill.

J'ai identifié tout de suite le véhicule en question. Une voiture garée sur le parking des profs offrait un spectacle... très coloré. Un arc-en-ciel géant s'étendait depuis son aile avant

jusqu'à l'arrière, et un gros signe « peace & love » couvrait la portière du conducteur. De loin, j'ai vaguement distingué des étoiles sur la porte arrière et un soleil jaune vif sur l'enjoliveur, juste en dessous. L'extravagance de ces décorations m'a fait éclater de rire. C'était irrésistible : probablement la meilleure farce d'Amanda à ce jour. Bientôt, prise d'un véritable fou rire, je me suis mise à hoqueter. J'ai d'abord cru que les autres allaient m'imiter, mais Hal et Nia sont restés sérieux comme des papes. Du coup, j'ai commencé à me sentir mal à l'aise, un peu hystérique. J'avais presque envie qu'on me balance un verre d'eau froide à la figure.

– Je suis content que tu trouves ça drôle, Callista, a dit Thornhill d'un ton glacial.

Ce n'était pas un verre d'eau, mais ça m'a fait le même effet. Je me suis arrêtée de rire tout net, comme s'il avait actionné un interrupteur. Il a laissé retomber le store avant de retourner s'asseoir à son bureau. Je me suis demandé si nous devions l'imiter. Voyant que Nia et Hal ne bronchaient pas, je suis restée avec eux près de la fenêtre, en évitant de regarder la voiture de peur de me remettre à rire.

– Admettons qu'Amanda ait peint votre voiture, a commencé Hal. Qu'est-ce qui vous fait croire que nous sommes ses complices ? Nia vous l'a déjà dit : nous ne sommes même pas amis avec elle...

J'allais ouvrir la bouche pour protester et dire à Thornhill que personnellement, j'étais amie avec Amanda. Mais Hal a fixé sur moi ses yeux bleus limpides et ajouté :

– On la connaît seulement de vue.

Soit j'avais rêvé, soit il avait tenté de me faire passer un message... pour m'inviter à me taire.

– Si vous n'êtes pas ses amis, a rétorqué le proviseur adjoint, expliquez-moi pourquoi, en plus d'avoir vandalisé ma voiture, elle a peint un symbole sur vos trois casiers ?

Amanda avait peint un truc sur mon casier ? Quoi ?

– Et vous en profiterez pour me dire si elle a laissé quelque chose à l'intérieur, a enchaîné Thornhill.

Elle l'aurait ouvert, aussi ? Non. Ça, c'était impossible : il était fermé avec un cadenas dont j'étais la seule à connaître la combinaison.

– Comment Amanda aurait-elle pu ouvrir nos casiers ? a demandé Hal, formulant ma pensée à haute voix.

Thornhill a souri :

– Excellente question, Hal.

Il a croisé les mains derrière la tête et s'est renversé sur sa chaise.

– Si tu me le disais ?

***

« J'aime les avoir, c'est tout. J'aime me dire qu'il y a un verrou, quelque part, que je pourrais ouvrir si je le voulais. »

Il pleuvait dehors. Une pluie glacée de février qui semblait ne vouloir jamais s'arrêter. Ma chambre douillette était un agréable refuge contre le froid et l'humidité. Pour une fois, le silence qui régnait dans la maison (signe que mon père buvait au lieu de travailler dans son atelier) ne me dérangeait pas. J'écoutais, captivée, Amanda me raconter pourquoi elle collectionnait les clés.

– Elles n'ont aucune valeur, ai-je observé.

Comme d'habitude, mon premier réflexe était de penser en termes d'argent. C'est curieux comme tous les chemins y mènent, lorsqu'on en manque.

– C'est vrai, a convenu Amanda en tripotant la petite clé ancienne qu'elle portait toujours autour du cou, attachée à un ruban. Mais c'est leur valeur symbolique qui m'intéresse.

Elle était assise par terre contre le fauteuil, et j'étais en face d'elle, adossée à mon lit. Je lui avais prêté une paire de pantoufles et j'avais posé mon édredon sur mes jambes. La veille, Amanda s'était coupé les cheveux courts, un peu n'importe comment. Ce jour-là, elle portait une longue perruque blond platine. J'ai cru que c'était pour masquer sa coupe ratée, mais quand je l'ai interrogée, elle m'a répondu, étonnée : « Non. C'est parce qu'elle me plaît. Pourquoi cette question ? »

– Où tu trouves ces clés anciennes ? lui ai-je demandé pour changer de sujet.

– À l'Armée du salut, dans les brocantes... Quand quelqu'un transporte un énorme trousseau de clés, il en a toujours au moins une qui ne lui sert plus...

Elle a levé l'anneau de métal devant son visage pour admirer sa collection.

– On dirait un trousseau de concierge, ai-je remarqué.

J'admire les gardiens du lycée, qui possèdent des centaines de clés mais identifient toujours du premier coup celle dont ils ont besoin.

– Si j'en avais autant, je serais totalement incapable de m'y retrouver.

Amanda m'a considérée avec intérêt.

– Tu n'as pas de clés de chez toi.

C'était une affirmation, mais un petit point d'interrogation flottait à la fin de sa phrase : une façon de m'inviter à lui expliquer ce mystère, sans m'y contraindre.

En fait, mes parents ne ferment jamais la maison à clé parce que cela ne servirait à rien. Les fermes construites au siècle dernier ont beaucoup de charme, mais elles n'ont pas été conçues pour décourager les cambrioleurs. En admettant qu'on prenne la peine de verrouiller la porte, il faudrait moins de dix secondes à un individu résolu à entrer pour parvenir à ses fins. Je l'ai expliqué à Amanda, et j'ai ajouté :

– Ma mère a longtemps vécu à New York. Quand papa et elle ont acheté cette maison, elle a dit qu'elle adorait vivre « à la campagne » parce qu'elle n'était pas obligée de fermer sa porte.

Lorsque ces mots ont franchi mes lèvres, j'ai songé que ma mère n'ouvrirait peut-être plus jamais notre porte, avec ou sans clé. Mes yeux m'ont picoté.

Amanda a détourné le regard pour étudier son trousseau, sans rien dire. Elle n'évitait pas le sujet: elle m'accordait simplement un instant d'intimité. J'ai inspiré à fond. Amanda a passé ses clés en revue à toute vitesse avant d'en choisir une, qu'elle m'a tendue:

– Tiens. C'est pour toi.

J'ai pris la clé et je l'ai examinée. Cinq chiffres, ainsi que les mots: « ne pas dupliquer » étaient gravés sur le métal.

– Qu'est-ce qu'elle ouvre?

Amanda a haussé les épaules. Puis elle a souri d'un air malicieux:

– Je ne sais pas ce qu'elle ouvre, mais j'espère qu'ils l'ont dupliquée avant de la perdre.

J'ai ri et glissé son cadeau dans ma poche:

– Merci.

– « Arrachez les verrous des portes! Arrachez les portes de leurs gonds! »[1] a-t-elle déclamé.

– Exactement.

Voyant que je n'obtiendrais pas davantage d'explications, je me suis levée:

– Viens, on descend manger un truc. Je meurs de faim.

1. Citation extraite du poème « Le Chant de moi-même », paru dans le recueil *Feuilles d'herbe*, du poète américain Walt Whitman (1819-1892).

CHAPITRE QUATRE

Thornhill nous a escortés jusqu'à nos casiers pour vérifier qu'Amanda n'y avait rien caché. La première heure s'était terminée et la seconde avait commencé pendant que nous étions dans son bureau, et les couloirs étaient de nouveau déserts. Cette fois, cela ne m'a pas dérangée, au contraire. Je n'aurais pas spécialement apprécié que les élèves d'Endeavor assistent à la fouille de nos casiers, comme si nous étions de vulgaires voleurs.

Le casier de Nia est situé dans l'aile des Lettres, à quelques mètres de la salle de M. Randolph. J'étais passée devant le matin sans rien remarquer. Enfin, même si j'avais vu quelque chose d'inhabituel, je n'aurais pas pu deviner que c'était le sien... Lorsque nous nous sommes arrêtés devant, j'ai distingué sur la porte, en bas à droite, un petit motif au pochoir d'un gris légèrement plus clair que le métal du casier. Il représentait un animal, une espèce d'oiseau. Nia, qui avait quitté le bureau de Thornhill avec son éternel air renfrogné, a brusquement changé d'expression. Elle a paru stupéfaite, mais s'est reprise presque aussitôt, et je crois que Thornhill n'a rien vu.

– N'importe qui peut avoir fait cela, a-t-elle murmuré. Qu'est-ce qui vous fait croire que c'est Amanda ?

Elle a tendu un doigt pour toucher le motif, mais elle s'est ravisée et a rentré les mains dans les manches de son pull avant de croiser les bras. Thornhill l'a fixée longuement.

– Ouvre la porte, s'il te plaît, lui a-t-il commandé.

Nia a hésité, comme si elle avait quelque chose à cacher. Puis elle a composé le code du cadenas.

J'étais curieuse de savoir ce qu'une fille comme Nia rangeait dans son casier. Vu le sérieux du personnage, je n'aurais pas été étonnée d'y voir une édition reliée des arrêts de la Cour suprême, ou une collection d'autocollants « Sauvez les baleines », dans toutes les langues.

Pendant que Thornhill passait en revue l'incroyable bazar entassé dans le minuscule réduit : des livres et des cahiers, deux paires de lunettes de soleil cassées, une multitude de papiers de bonbons, un sac de billes..., j'ai étudié la carte postale collée sur la porte. C'était l'affiche d'un film intitulé *L'Introuvable.* Juste à côté, une photo de guerrier maya ou aztèque était retenue par un aimant en forme de poisson portant l'inscription « DARWIN ».

Le proviseur adjoint n'a trouvé aucune preuve de la culpabilité de Nia, et ça l'a visiblement contrarié. Il a claqué la porte, puis s'est éloigné d'un pas rapide. Hal et moi l'avons suivi de loin. Quand je me suis retournée, Nia fixait toujours son casier d'un air hébété. Elle a couru pour nous rattraper, et arrivée à notre hauteur, a murmuré :

– Je...

– Pas maintenant, l'a coupée Hal dans un souffle.

– Mais...

– Pas maintenant ! a-t-il répété.

Hal a gardé un visage impassible lorsque nous avons découvert, sur son casier, un autre animal peint au pochoir. C'était une espèce de chat, ou peut-être un lion. Il était du même gris clair que l'oiseau de Nia, et également situé en bas à droite de la porte.

Hal, vêtu d'un T-shirt blanc à manches longues, a appuyé sa hanche contre un casier voisin et s'est mis à jouer avec le cadenas. Il n'a même pas regardé Thornhill fouiller dans ses affaires, étonnamment bien rangées pour celles d'un mec. Les livres et les cahiers étaient soigneusement empilés. Accrochée à l'intérieur de la porte, une petite bourse contenait des crayons de couleur.

Thornhill a extrait de la pile un carnet de croquis et l'a brandi sous le nez de Hal en le défiant du regard, comme s'il espérait le voir craquer. Je me suis sentie mal pour lui. Hal est un véritable artiste, et je sais à peine dessiner un bonhomme en bâtons ; on ne peut donc pas vraiment comparer nos talents, mais je mourrais de honte si Thornhill feuilletait mon cahier de gribouillages. Pour moi, c'est quasiment un journal intime, et je ne l'ai jamais montré à personne, à part à Amanda. Soudain, une pensée horrible m'a traversée : si je n'avais pas laissé mon cahier chez moi le matin, Thornhill, Hal et Nia auraient pu avoir accès à mes pensées secrètes. Hal dessinait-il des choses intimes, lui aussi ? Si oui, il devait se retenir de hurler.

Hal a laissé Thornhill agiter le carnet avec sa nonchalance habituelle. Le proviseur adjoint l'a finalement remis à sa place sans l'ouvrir, puis il a poussé la porte et s'est éloigné au pas de charge. Hal s'est attardé pour remettre son cadenas. Après quoi, il est resté un long moment devant le casier, la tête appuyée contre le métal.

Mon cœur s'est mis à battre à tout rompre lorsque nous avons bifurqué dans le couloir de l'aile des Sciences où se trouve mon casier. Je n'y vais jamais le matin, car tous mes cours de première heure ont lieu à l'autre bout du lycée. Je n'y étais donc pas retournée depuis la veille, avant mon cours de maths, quand j'avais reçu le SMS d'Amanda :

Mon casier est au milieu du couloir, et il m'a semblé qu'on n'y arriverait jamais. C'était une parfaite illustration du paradoxe de Zénon : en résumé, lorsque tu vas d'un point A à un point B, la distance à parcourir est chaque fois divisée par deux. Or, tu peux diviser la distance par deux à l'infini sans jamais atteindre ton but. J'ai regardé les numéros défiler : 100, 110, 120, et enfin, 128 : mon casier.

J'ai jeté un coup d'œil en bas à droite de la porte cabossée sans rien distinguer de spécial. Un mélange de confusion et de déception m'a envahi, juste avant que mes yeux se posent sur une forme gris clair, en haut à gauche de la porte. C'était un petit ours.

Malgré moi, j'ai laissé échapper une exclamation de surprise.

chapitre 5

– Tu devrais choisir l'ours.

Comme notre prof de maths était absent, Amanda m'avait proposé de l'accompagner chez Lakshmi, une boutique de tatouages au henné. Elle prétendait qu'elle voulait s'en offrir un, mais à peine avait-on passé la porte qu'elle avait changé d'avis. Il ne s'agissait plus de savoir quel tatouage lui plaisait, mais lequel me conviendrait le mieux.

– Je ne choisis rien du tout, avais-je protesté. Je n'ai pas d'argent sur moi.

J'avais ajouté le « sur moi » pour la forme, car ma phrase aurait été tout aussi vraie sans.

– Je te l'offre.

Amanda s'est avancée vers le mur où étaient présentés les différents modèles. Il y avait des cœurs, des ancres, des lettres et des maximes. Certains dessins étaient gigantesques : des gratte-ciel new-yorkais avec l'Empire State Building au milieu et d'autres minuscules : des signes peace & love et des colombes, que j'associais toujours aux hippies.

Amanda a collé le nez contre un dessin.

– Je crois que j'ai trouvé !

– Tu es folle.

Je l'ai quand même rejointe, par curiosité.

– Tu te rappelles ? m'a-t-elle glissé. L'ours est ton totem.

Amanda m'avait déjà parlé des totems. Selon elle, chacun d'entre nous a un animal fétiche qui le protège et le guide. Il nous faut parfois des années pour découvrir à quel esprit d'animal nous sommes associés. Mais grâce à mon prénom, Amanda avait deviné que mon totem était l'ours.

La plupart des gens ont un prénom banal : celui d'un membre de leur famille ou d'un personnage célèbre. Je tiens le mien d'une constellation. Sérieux. Callista vient de la constellation Callisto, aussi connue sous le nom d'*Ursa Major*. Vous n'en avez jamais entendu parler ? C'est normal si votre mère n'est pas, comme la mienne, une astronome de renommée mondiale. En revanche, vous connaissez probablement le Grand Chariot (lequel, pardon de vous décevoir, n'est pas une constellation, mais un astérisme qui fait partie de Callisto). Ma mère se prénomme Ursula, d'après *Ursa Minor* (dont le Petit Chariot, vous l'avez deviné, est la partie la plus connue). Quant à moi, j'ai en réalité un double prénom :

Callista Ursula Leary, qui me vient à la fois de Callisto et de ma mère.

J'ai contemplé le motif. C'était un petit ours brun dressé sur son train arrière, la patte avant droite levée, comme pour attraper du miel... Il était mignon et il avait l'air courageux. Il paraissait solide, inébranlable. Sans m'en rendre compte, j'ai tendu la main et effleuré la vitre.

Amanda me regardait fixement.

– Ce tatouage est pour toi. Tu étais destinée à l'avoir.

J'ai éclaté de rire.

– On ne peut pas être destinée à avoir un truc qui va disparaître au bout de quelques jours. Le destin concerne des choses importantes. Des choses plus... permanentes.

– Rien n'est permanent, a objecté Amanda. La seule chose permanente, c'est le changement.

L'espace d'une seconde, tout s'est arrêté. Le monde s'est figé, comme si toute l'énergie de l'Univers s'était concentrée sur moi, sur mon visage, sur mon bras et sur mon casier, devant moi. J'avais du mal à respirer et j'ai senti ma main se soulever légèrement, comme si l'ours peint sur mon casier appelait son double, tatoué sur mon avant-bras.

– Tu reconnais ce dessin. Il signifie quelque chose pour toi.

La phrase de Thornhill n'était pas une question ; c'était une simple observation.

Son ton s'était radouci, et j'ai été tentée de lui dire la vérité : « Oui, je reconnais cet ours. C'est un message d'Amanda. Où est-elle ? Il faut absolument que je lui parle. »

– Je tiens mon prénom d'Ursa Major, ai-je dit, d'une voix étonnamment ferme.

– La Grande Ourse...

Thornhill a réfléchi tout haut :

– Qui peut le savoir ?

J'ai haussé les épaules :

– Tous les gens qui ont entendu parler de la légende de Callisto, j'imagine. Ou ceux qui s'y connaissent en astronomie. Ce n'est pas non plus une information top secret.

Je me suis rappelé la décontraction de Hal lorsque Thornhill avait inspecté son casier, et je me suis efforcée de l'imiter.

– Amanda le sait-elle ? m'a-t-il demandé en me fixant dans les yeux.

J'ai de nouveau haussé les épaules :

– Aucune idée. Ça dépend si elle s'y connaît en astronomie.

– Elle est très douée en mathématiques.

« Elle est douée en tout », ai-je complété en pensée. Mais je me suis contentée de répondre :

– L'astronomie ne se résume pas aux maths.

Thornhill m'a lancé un regard courroucé, puis m'a fait signe d'ouvrir mon casier. J'ai obéi et je me suis effacée pour le laisser fouiller dans mes affaires. J'en ai profité pour regarder les photos de Heidi, Traci, Kelli et moi scotchées à l'intérieur de la porte. Nous affichions des sourires radieux, comme si la vie nous comblait. Comme si rien de désagréable ne nous arrivait jamais.

Thornhill n'a rien sorti de mon casier. Il a repoussé son contenu avec une moue méprisante avant de battre en retraite. Si je n'avais pas été aussi soulagée, j'aurais été horriblement vexée.

Alors qu'il remontait le couloir en direction des bureaux, j'ai fermé la porte et passé le cadenas dans l'anneau. Devions-nous le suivre, ou en avait-il fini avec nous ?

Comme pour répondre à ma question, Thornhill s'est retourné et nous a ordonné sèchement :

– Suivez-moi !

Il a pressé le pas et j'ai dû courir pour ne pas me faire semer.

Lorsqu'il a tourné au bout du couloir, j'ai senti une main se poser sur mon bras. Hal m'a attrapée par le coude et j'ai remarqué qu'il tenait de la même manière Nia, à sa droite.

Après s'être assuré que nous regardions, il nous a lâchées. Il a levé sa manche de T-shirt d'une quinzaine de centimètres. Sur son avant-bras droit, exactement au même endroit que moi, il avait un petit tatouage couleur brique représentant le chat peint sur son casier. Nia a regardé Thornhill à la dérobée avant de porter la main gauche à son bras droit. Elle a fait glisser son pull une fraction de seconde pour révéler l'oiseau que j'avais vu plus tôt sur son casier.

– Allez, on se dépêche ! nous a lancé Thornhill.

Il était déjà à la porte du bureau, qu'il maintenait ouverte avec son dos. Nous n'étions plus qu'à cinq mètres de lui, à peine.

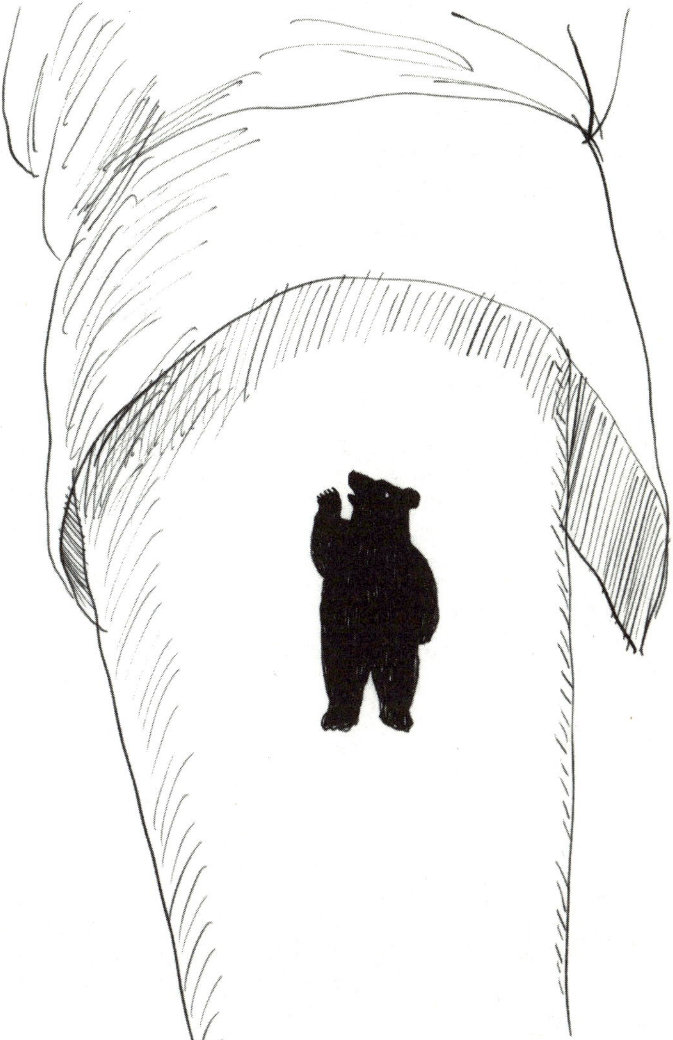

Quatre mètres... Trois... J'ai levé le bras droit devant mon front et passé la main gauche dessous, comme pour me gratter l'épaule.

Deux mètres cinquante... Deux mètres...

Posant ma main gauche sur mon biceps, j'ai fait glisser l'étoffe de mon chemisier juste ce qu'il fallait pour découvrir la patte levée de l'ours, sur mon bras droit.

– Oh ! a soufflé Nia.

Une seconde plus tard, on entrait dans le secrétariat.

CHAPITRE 6

D'un geste, le proviseur adjoint nous a indiqué trois chaises dans le couloir, devant son bureau.

– J'ai une réunion. Asseyez-vous ici et attendez-moi.

Puis, à l'intention de sa secrétaire :

– Mme Leong, soyez gentille de les garder à l'œil. Je veux qu'ils restent assis en silence jusqu'à mon retour.

– Je n'y manquerai pas.

– Très bien.

Thornhill s'est tourné vers nous :

– J'admets que depuis son arrivée, Amanda a eu tendance à fréquenter le lycée seulement par intermittence. Mais aujourd'hui, c'est différent. Aujourd'hui, elle a choisi de m'adresser trois de ses camarades pour me renseigner sur l'endroit où elle se trouve.

– Si vous voulez à ce point savoir où elle est, a grommelé Nia, vous n'avez qu'à téléphoner chez elle.

Les yeux de Thornhill ont lancé des éclairs.

– Je te serais reconnaissant de ne pas m'apprendre mon travail, Nia. Sachez que je ne laisse rien au hasard. Pendant mon absence, je vous conseille à tous les trois de méditer sur ce que vous venez de voir.

– Entendu, monsieur, a répondu Hal pour nous trois.

Malgré la consigne que Thornhill avait laissée à sa secrétaire, j'avais imaginé que nous pourrions parler de nos tatouages. Erreur ! Lorsque Hal a commencé à chuchoter, Mme Leong a sorti la tête de son bureau et l'a fixé d'un air assez féroce pour le dissuader de continuer.

Pendant les deux heures suivantes, j'ai tenté sans succès de comprendre ce qui se passait. Et quand Thornhill, à son retour, nous a demandé si nous étions prêts à coopérer, j'étais tellement embrouillée que j'ai failli lui déballer tout ce que je savais sur Amanda, dans l'espoir qu'il m'aide à y voir plus clair.

Heureusement, Hal m'a devancée.

– Je n'y comprends rien, a-t-il déclaré.

– Pourquoi refusez-vous de croire que nous sommes les victimes de cette farce autant que vous ? a enchaîné Nia.

Après ça, je n'allais quand même pas cracher le morceau. Du coup, quand le proviseur adjoint m'a regardée, j'ai simplement secoué la tête.

– Je suis déçu, a-t-il affirmé. Très déçu. J'espère que vous aurez changé d'avis après avoir lavé ma voiture, cet après-midi.

– Mais..., a tenté Nia.

– Et dans le cas contraire, je suis sûr qu'un mois de retenue tous les samedis matins vous rendra plus raisonnables.

– C'est... a commencé Hal.

– C'est sans appel ! l'a coupé Thornhill. À moins que vous ne puissiez convaincre votre amie Amanda Valentino de venir me trouver dans mon bureau pour tout m'expliquer.

À cet instant, la sonnerie a retenti. Thornhill l'avait sûrement prévu, pour ménager son effet.

– Vous pouvez aller déjeuner.

J'espérais qu'une fois libérés, Nia, Hal et moi échangerions enfin nos impressions et les informations qui nous manquaient. Mais lorsque la porte du bureau s'est refermée derrière nous, Nia a pris Hal par le bras et l'a entraîné dans le flot humain qui envahit les couloirs entre les cours.

Comment réagir ? Je n'allais quand même pas leur courir après comme un petit chien abandonné en leur criant : « Attendez-moi ! Moi aussi, je veux parler d'Amanda ! »

Tant pis ! S'ils étaient trop fiers pour me laisser participer à leur conciliabule, qu'ils restent entre eux. J'irais chercher les informations à la source.

Comme les téléphones portables sont interdits au lycée, j'ai dû me cacher dans les toilettes pour composer le numéro d'Amanda. Évidemment, je suis tombée sur sa messagerie : « La vie est trop courte pour patienter, mais attendez quand même le bip ! » faisait sa voix au bout du fil. Je lui ai laissé un message : « Salut, Amanda. Je ne sais pas où tu es passée, mais il faut absolument que tu viennes au lycée. On nage en plein délire avec la voiture de Thornhill, les casiers, et tout. Appelle-moi le plus vite possible, s'il te plaît. À plus. »

Après avoir raccroché, j'ai regretté de ne pas lui avoir parlé de Hal et Nia. Mais pour lui dire quoi ? « Je viens de découvrir que tu as deux autres amis à Endeavor. » Après tout, moi aussi j'avais d'autres amis. Toute une tablée qui m'attendait justement pour déjeuner. Amanda avait parfaitement le droit de voir d'autres personnes. Il n'y avait pas de quoi en faire une montagne.

Pourtant, en me dirigeant vers la cafétéria, j'ai réalisé que cela me contrariait plus que je ne me l'avouais. À un moment, Amanda m'avait donné l'impression de m'avoir « choisie », et je m'étais imaginé que j'étais sa seule amie. Aujourd'hui, j'apprenais qu'elle avait attribué un totem à deux autres personnes. Qu'elle les avait, comme moi, impliquées dans une farce. Amanda savait que j'étais amie avec les iGirls. Pourquoi ne m'avait-elle jamais parlé de Hal et de Nia ?

La cafétéria était bondée, mais Heidi, Traci et Kelli étaient assises à notre table habituelle. Kelli m'a fait de grands signes de main, puis elle a dit quelque chose à Heidi, qui l'a imitée. En me frayant un chemin jusqu'à elles, je suis passée devant Hal et Nia, assis ensemble à une petite table près de la fenêtre. Ils étaient penchés l'un vers l'autre et Nia parlait à grand renfort de gestes.

Je brûlais de m'arrêter pour savoir ce qu'elle disait, mais des élèves de seconde et de première, à une table voisine, me regardaient avec insistance. À présent, tout le monde devait savoir ce qui était arrivé à la voiture de Thornhill, et être au courant qu'il nous avait convoqués tous les trois dans son bureau. Allaient-ils s'imaginer que nous étions amis ? Mon image risquerait d'en prendre un coup.

Dans notre lycée, la plupart des élèves de troisième sont « neutres » : ni populaires, ni impopulaires. Ils ne font simplement pas parler d'eux. Nia Rivera n'est pas dans cette catégorie. Malgré ses survêtements informes, ses queues de cheval ringardes, ses lunettes d'intello et son air renfrogné, elle aurait pu passer relativement inaperçue si, en cinquième, elle n'avait pas volontairement saboté son image au point de se faire détester de tous.

Il y a deux ans, Nia avait fait l'erreur d'accuser (à raison) Heidi et Traci d'avoir triché à un devoir de maths. Le souvenir de la chanson odieuse qu'Heidi avait imaginée pour se venger (et que toutes les cinquièmes avaient bientôt fredonnée à longueur de journée) m'a incité à passer mon chemin. J'avais peut-être envie de savoir ce que disait Nia, mais ma curiosité risquait de me coûter trop cher.

– Callie, c'est dingue !

Heidi m'a invitée à m'asseoir sur la chaise voisine de la sienne.

– J'ai appris ce qui s'est passé. C'est hallucinant !

– C'est le truc le plus délirant que j'aie jamais entendu ! a renchéri Kelli.

– Tout le lycée en parle.

– On était hyper inquiètes pour toi.

Kelli et Heidi sont toutes les deux blondes aux cheveux longs, et les gens les prennent parfois pour des sœurs. Traci a des cheveux bruns et raides comme sa mère, d'origine chinoise, et les yeux bleus de son père. Les trois pourraient facilement être des top models, contrairement à moi. Entendons-nous bien : je ne suis pas un thon, loin de là, mais je n'ai pas leurs jambes interminables et mes cheveux ont tendance à frisotter. Pour cette raison (et une centaine d'autres), je m'étonne toujours de faire partie des iGirls et de plaire à un mec aussi beau que Lee Prescott.

– Qu'est-ce qu'il te voulait, d'abord ? Tu ne connais même pas cette fille.

Heidi appelait toujours Amanda « cette fille ». Prononcer son prénom aurait été lui faire trop d'honneur. Pour comprendre, il faut savoir une chose. La mère de Heidi, qui travaille comme journaliste pour la télé locale, est une vedette à Orion. Et comme son père est commissaire de police, tout le monde les connaît. Si elle n'était ni belle, ni riche, Heidi serait quand même quelqu'un, grâce à la notoriété de ses parents. À Endeavor, elle intimide même les terminales et grâce à elle, les iGirls sont invitées à toutes les fêtes.

Amanda, contrairement aux autres, n'a jamais paru impressionnée par le personnage. Son premier article pour *L'Esprit* (le journal du lycée) s'intitulait « Vous voyez ce que je vois ? L'avis d'une nouvelle à Orion ». Dans un paragraphe, elle disait avoir regardé les informations régionales, et qualifiait la mère d'Heidi de « journaliste de télé de province ». Heidi n'a pas apprécié. Quand elle l'a fait savoir à Amanda, celle-ci s'est contentée de lui répondre : « Eh bien quoi ? C'est ce qu'elle est, non ? Je ne voulais pas l'insulter. Orion est une ville de province, et c'est là qu'elle travaille. »

Après cet épisode, Heidi a saisi toutes les occasions pour débiner Amanda, qui lui en a fourni à la pelle. Elle a même été jusqu'à piquer à Heidi un rôle dans *Comme il vous plaira*, avant de le refuser en prétextant qu'elle avait trop de travail.

Dans son second article pour *L'Esprit*, Amanda a révélé qu'une secrétaire se faisait payer pour délivrer des mots d'excuse aux élèves en retard. Après le renvoi de la coupable, Heidi a dit tout le mal qu'elle pensait d'Amanda. Elle regrettait le départ de Mme Rifkin, qui rendait à son avis un précieux service. « On a forcément besoin d'un mot d'excuse un jour, a-t-elle affirmé. Mais cette conne a tout fichu en l'air. »

Dans son troisième article, Amanda affirmait que les professeurs ont peur des élèves populaires. D'après elle, un élève qui a plein d'amis et des parents riches se fait moins souvent engueuler que les autres en classe. Il a moins de colles et de mauvaises notes, on ne lui demande pas de se justifier s'il n'a pas fait son boulot, ou s'il le rend en retard. L'article, paru à la rentrée des vacances de février, a causé un scandale énorme. Ça m'a étonnée. Pour moi, Amanda ne faisait que souligner une évidence. Chacun sait que tous les élèves ne sont pas logés à la même enseigne : ce sont toujours les mêmes qui sont collés, et les profs ont leurs chouchous.

Certains peuvent faire tout ce qui leur chante en classe sans qu'on leur dise jamais rien.

Enfin, visiblement, enfoncer une porte ouverte peut quand même faire du bruit. D'autant qu'Amanda avait étayé son argumentation sur des statistiques. Comme le disait Thornhill, elle est très forte en maths, et elle s'était procuré des données auxquelles elle n'aurait jamais dû avoir accès : qui avait été collé, quand et pour quel motif, par exemple. D'où le bazar. Thornhill a fait la leçon aux profs et certains élèves, comme Heidi, qui bénéficiaient d'un traitement de faveur, qui n'avaient jamais rendu un devoir à l'heure et qui trichaient impunément, ont perdu leurs privilèges du jour au lendemain.

– C'est vrai ? Elle s'est fait renvoyer ? m'a demandé Kelli, tout excitée.

– Renvoyer ? Euh, je...

– Cette fille est complètement tarée, a déclaré Heidi en massacrant un morceau de sushi.

Je la trouvais injuste, mais quand Heidi déteste quelqu'un, la contredire est assez risqué. En plus, après la matinée que j'avais passée, je n'étais pas franchement disposée à défendre Amanda.

Traci, qui ne mange jamais rien, a fait éclater une bulle de chewing-gum.

– Je ne comprends toujours pas pourquoi ils t'ont convoquée au bureau avec ces abrutis. Tu ne les connais même pas.

– N'exagérons rien, est intervenue Kelli. Nia est une tache, mais Hal est plutôt mignon...

Heidi a soudain semblé mal à l'aise. Les yeux rivés sur son assiette en carton, elle s'appliquait à tirer un cure-dents dans une petite flaque de sauce soja. Traci était trop occupée à arracher des peluches invisibles sur son T-shirt rouge pour le remarquer. Elle n'a pas non plus commenté la remarque de Kelli.

– C'est une grossière erreur judiciaire, non ? a-t-elle lâché.

Elle a rentré le menton dans le cou. Je me suis demandé si elle vérifiait la propreté de son T-shirt ou si elle admirait sa poitrine, qu'elle a tendance à mettre en avant.

– Je ne comprends pas comment Thornhill a pu faire un rapprochement entre toi et Amanda Valentino...

Perdue dans mes pensées, j'ai tardé à répondre. En fait, je n'avais jamais décidé de cacher mon amitié avec Amanda aux iGirls. C'était un simple concours de circonstances. Entre le moment où j'avais rencontré Amanda et celui où nous étions devenues vraiment amies, Heidi s'était mise à la détester cordialement. Comme je l'ai déjà dit, c'est impossible – voire suicidaire – de dire du bien d'une personne que Heidi déteste. De son côté, Amanda m'avait facilité la tâche : elle était toujours au journal à l'heure du déjeuner, ou absorbée par ses multiples activités. On se croisait seulement en cours. Je n'ai donc pas eu de mal à garder nos relations secrètes. Il était sans doute temps de rétablir la vérité, mais comment ? Je n'allais pas leur sortir une phrase du genre : « Euh, les filles... Figurez-vous qu'en fait, je suis copine avec Amanda. Amie, même. J'espère que ça ne vous ennuie pas. »

Trop fort, Callie ! Et si tu invitais Nia Rivera à la fête de samedi, pendant que tu y es ?

Heidi, Traci et Kelli me dévisageaient. J'ai repensé à Hal et Nia. Peut-être connaissaient-ils Amanda mieux que moi... Peut-être n'étions-nous pas de véritables amies, en fait... Je m'étais seulement fait des idées parce qu'elle m'avait demandé de la « guider », et avait prétendu que je comptais énormément pour elle.

– Ouais, ai-je répondu, rêveuse. C'est une erreur.

Kelli m'a passé un bras autour des épaules :

– Ma pauvre. Quand je pense que tu es restée enfermée toute la matinée avec les deux pires losers du bahut.

Traci m'a également enlacée :

– Viens, je vais te faire des papouilles pour te réconforter.

Elle a ri et m'a saisi le bras droit. Lorsqu'elle m'a effleuré le poignet, j'ai compris le danger.

– Arrête ! ai-je crié d'une voix suraiguë.

Je lui ai repris mon bras avec un sursaut, comme si elle m'avait brûlée. Elle m'a regardée, stupéfaite.

– Enfin, Callie, qu'est-ce qui t'arrive ?

– Rien ! Je... je me suis brûlée hier soir en faisant cuire des pâtes. Ça me fait encore mal.

– Ah..., a-t-elle murmuré, penaude. Excuse-moi. Ça va ?

J'ai constaté avec soulagement que ma manche couvrait toujours mon poignet.

– Ouais, ça va.

– Tant mieux, a dit Kelli.

Puis elle a changé de sujet :

– Tu veux tester le gloss sublime que ma mère m'a acheté hier ?

– Avec plaisir.

J'ai tendu les lèvres et je l'ai laissée me maquiller.

Les quarante-cinq minutes du repas m'ont semblé durer mille ans. J'ai regardé la pendule une bonne cinquantaine de fois entre le moment où je me suis assise et celui où la cloche a enfin sonné.

– C'est déjà la fin de la pause ? a gémi Traci, l'air accablé. J'ai deux heures de bio. L'enfer !

– Vous voulez venir chez moi après les cours ? nous a proposé Heidi. J'ai dit aux mecs de passer.

– Cool, a fait Kelli.

– Génial ! s'est exclamée Traci.

J'ai secoué la tête :

– Je ne peux pas.

La vague irritation que j'éprouvais jusque-là vis-à-vis d'Amanda s'est changée en véritable colère. Mes amies et mon mec allaient passer un après-midi génial ensemble, pendant que je nettoierais la bagnole du proviseur adjoint en compagnie de deux parias. Deux snobs qui me faisaient l'affront de m'ignorer, en plus. Géant !

– Ah bon, pourquoi ? a voulu savoir Heidi.

– Je dois laver la voiture de Thornhill.

Traci a cessé d'inspecter ses ongles pour me considérer avec surprise.

– Quoi ? Mais je croyais que c'était une erreur. Qu'il s'était trompé en te convoquant dans son bureau.

– N'importe quoi ! a sifflé Heidi, qui n'aimait pas voir ses projets contrariés. Pourquoi tu ne lui as pas dit que tu n'avais rien à voir avec cette allumée qui a tagué sa voiture ?

– Je l'ai fait, ai-je protesté.

Je ne mentais pas. C'était précisément ce que j'avais dit à Thornhill.

Kelli a sorti un paquet de chewing-gum de son sac Coach vert pomme.

– C'est totalement injuste. Tu ne peux pas demander à tes parents d'appeler pour se plaindre ?

J'ai pensé à mon père, qui avait sûrement déjà entamé sa seconde bouteille de vin. Je l'ai imaginé plaidant ma cause devant Thornhill. C'était trash ! Et ma mère n'était pas vraiment joignable au téléphone. J'ai pris la tablette de chewing-gum que Kelli me tendait avant de répondre :

– Crois-moi, c'est plus simple de laisser couler et de faire ce que Thornhill me demande.

Nous avons échangé des bises, puis j'ai balancé mon sac sur mon épaule pour aller en cours d'anglais. En sortant de la cafétéria, j'ai failli rentrer dans Béatrice Rossiter, une fille de troisième victime d'un accident de voiture pendant les vacances de Noël. La pauvre marchait en rasant les murs, comme pour se fondre dans le décor. Et ça se comprenait : tout le côté gauche de son corps, y compris son visage, était défiguré. Elle était couverte de cicatrices et portait un bandeau sur l'œil gauche.

Quelques secondes après, Traci m'a glissé à l'oreille :

– Chaque fois que je la vois, je mesure la chance que j'ai d'être moi.

Je ne lui ai pas répondu, mais j'ai pensé très fort : « Si tu étais à ma place, si tu savais ce que je sais, tu voudrais être n'importe qui sauf moi, quand tu croises Béa. »

J'ai récupéré mon téléphone dans mon sac à dos et je l'ai allumé, mais je n'avais pas reçu de nouveau message.

CHAPITRE SEPT

J'ai passé le cours de biologie et celui d'anglais dans une espèce de brouillard, dont j'ai émergé seulement quand Mme Burger nous a fait remarquer que nous étions le 15 mars. Elle nous a conseillé de prendre garde aux « Ides de mars », et ses paroles m'ont causé une vague inquiétude. Y avait-il une relation entre la date d'aujourd'hui et la prétendue disparition d'Amanda ? Je n'ai pas réussi à me rappeler ce que ces « Ides de mars » avaient de spécial. Lorsque Mme Burger nous a demandé d'ouvrir nos livres à la page 138 des *Sonnets* de Shakespeare, j'étais de nouveau dans le gaz, et je fixais la pendule en attendant avec impatience la fin de l'heure.

Certaine qu'Amanda serait en cours de maths, j'ai couru comme une dératée jusqu'à la salle de Mme Watson. J'en voulais à mon amie de nous avoir collé Thornhill sur le dos, mais je mourais quand même d'envie de la voir. J'avais des questions à lui poser : était-elle vraiment amie avec Hal et Nia ? Pourquoi avait-elle décoré la voiture de Thornhill et peint des animaux sur nos casiers ?

Amanda n'était pas là quand j'ai poussé la porte de la salle S5, mais cela ne voulait rien dire : elle n'arrivait presque jamais à l'heure en cours. Elle n'était toujours pas entrée quand la cloche a sonné, et au fil des minutes, mon impatience s'est transformée en déception. J'ai écouté distraitement Mme Watson corriger les problèmes qu'elle nous avait donnés à faire à la maison, et que nous avions résolus avec Amanda la veille au soir. Où était passée mon amie ? C'est une chose de sécher les cours, et Amanda ne s'en privait pas. Mais disparaître après avoir mis volontairement trois camarades dans le pétrin, ce n'est vraiment pas cool. Amanda a le chic pour éluder les questions qui la dérangent en répondant par un haussement de sourcils ou par une citation mystérieuse. Mais cette fois, elle allait devoir s'expliquer.

Ce n'est pas dramatique quand je n'arrive pas à me concentrer en cours de maths. Si je rêvasse en histoire, je suis sûre d'avoir une note lamentable au prochain devoir. Avec les maths, c'est différent. Je comprends tout instantanément, un peu comme si j'étais tombée dedans quand j'étais petite. Par exemple, quand Mme Watson nous explique un nouveau concept, il me paraît tout de suite évident, et j'ai l'impression de l'avoir toujours su. Au fond, ça n'a rien d'étonnant, car ma mère est l'une des mathématiciennes les plus calées du monde. Parfois, elle me sidère. OK, je suis capable de multiplier deux nombres à trois chiffres de tête sans trop de difficulté, mais ce n'est rien comparé à elle. Au supermarché, elle peut, en jetant un simple coup d'œil au Caddie, calculer au centime près le montant du ticket de caisse. Et si tu lui demandes en juillet combien il reste de jours avant Noël, elle te donne la réponse en moins d'une seconde.

Ça ne m'a pas empêchée d'être accablée quand Mme Watson m'a demandé de donner un coup de main à la nouvelle, qui débarquait au lycée au moment d'Halloween. À l'époque, j'étais tellement bouleversée par la disparition de ma mère que ça m'a paru insurmontable. Surtout qu'en temps normal, je ne suis déjà pas douée pour expliquer les maths à mes camarades. Quand on a fait connaissance, Traci m'a demandé plusieurs fois de l'aider à faire ses exercices. Après quelques tentatives, voyant que j'étais incapable de lui expliquer comment je trouvais les réponses, elle a laissé tomber. J'étais donc sûre que Mme Watson se trompait en croyant que je pouvais aider Amanda Valentino à rattraper deux mois de cours. Mais bon, je ne me voyais pas lui sortir : « Euh, non, désolée : je crois que je n'en suis pas capable. » Du coup, j'ai répondu ce qu'on dit généralement à un prof qui vous demande un service : « OK, pas de problème. »

– Depuis combien de temps tu vis à Orion ?

– Depuis toujours.

J'avais répondu assez sèchement, à la limite de la politesse, parce qu'Amanda me faisait une impression bizarre.

Elle portait un rouge à lèvres écarlate qui contrastait avec son teint pâle. Elle n'était pas laide : elle était même plutôt jolie, même si ce n'était pas une beauté de magazine comme Heidi, Traci ou Kelli. En tout cas, c'était le genre de fille sur laquelle on se retourne dans la rue. Peut-être à cause de ses vêtements, aussi, qui tranchaient avec ceux des autres élèves d'Endeavor... Ses cheveux bruns coiffés en chignon étaient retenus par deux baguettes croisées et elle portait une robe grise toute simple, mais assez chic, qu'on aurait pu voir sur un mannequin de *Vogue*. Le ruban bleu qui ornait son cou disparaissait dans l'encolure de sa robe.

– Ça doit être formidable de vivre dans un seul endroit, a-t-elle observé.

Elle paraissait mélancolique et cela m'a étonnée. Le bruit courait qu'elle avait grandi aux quatre coins du monde. Je me suis demandé comment une fille qui avait eu la chance de voyager toute son enfance pouvait envier une personne ayant passé sa vie à Orion, dans le Maryland, au milieu de nulle part.

– Ouais, bien sûr, ai-je répondu, ironique.

Puis, me reprochant mon manque de savoir-vivre, j'ai ajouté :

– Et toi, euh... Tu as un pays préféré ?

– Un pays ?

J'ai réalisé mon erreur un peu tard. Je n'étais pas censée connaître sa vie, et l'idée que des ragots circulaient déjà sur son compte risquait de lui déplaire. Tant pis, j'étais lancée :

– Ouais. J'ai entendu dire que tu avais beaucoup voyagé...

Amanda a éclaté de rire avec un naturel inattendu de la part d'une fille aussi sophistiquée.

– C'est passionnant ! Qui t'a dit ça ?

Je le tenais de Heidi, qui m'avait fait passer un mot en cours d'histoire :

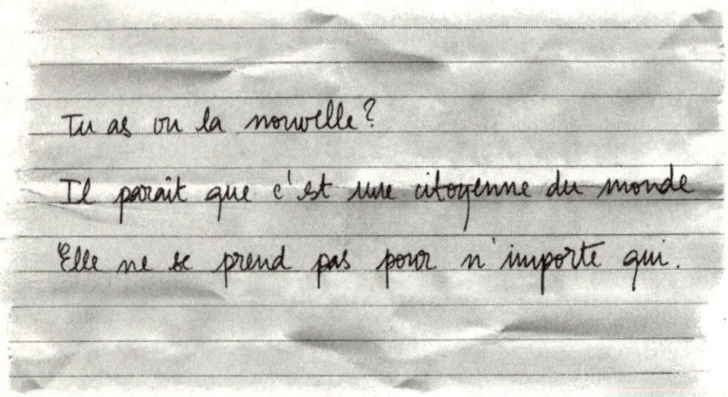

Tu as vu la nouvelle ?
Il paraît que c'est une citoyenne du monde
Elle ne se prend pas pour n'importe qui.

J'ai haussé les épaules. De toute façon, il y avait peu de chances qu'Amanda connaisse Heidi Bragg.

– Une amie.

Elle a souri.

– Qu'est-ce qu'elle t'a dit d'autre ?

– C'est tout.

J'avais préféré garder pour moi le reste du message, mais le regard d'Amanda m'a prouvé qu'elle n'était pas dupe.

– Alors, c'est vrai : tu as passé ta vie à voyager ? lui ai-je demandé.

La signification exacte de l'expression « citoyenne du monde » m'échappait.

– Absolument pas, m'a détrompée Amanda. J'ai grandi dans ce pays.

J'ai trouvé étrange qu'elle ne mentionne aucune ville, même pas un État.

– Où ça?

– Ici et là, un peu partout, a-t-elle lâché avec un sourire énigmatique.

– Ah... Bienvenue à Orion, alors.

Elle a hoché la tête et scruté le couloir où nous étions assises.

– Merci. Je crois que je vais beaucoup m'y plaire.

– Ça m'étonnerait. Cette ville est à crever d'ennui.

J'avoue que comme comité d'accueil, on fait mieux. Mais je n'étais pas d'humeur particulièrement gaie. Ma mère avait disparu depuis deux semaines et mon père commençait déjà à perdre les pédales.

Mon pessimisme n'a pas paru déranger Amanda. Elle ne m'a pas demandé pourquoi j'étais aussi critique. Elle s'est contentée de hocher la tête, comme si je venais de lui donner une information cruciale.

– J'essaierai de m'en souvenir.

Je n'avais plus envie de discuter. En fait, je n'avais envie de rien, à part de regarder par la fenêtre en ressassant mes problèmes. À tout prendre, je préférais encore enseigner les maths à ma nouvelle camarade de classe, même si c'était perdu d'avance.

– Bon, ai-je dit. Les sinus et les cosinus...

J'ai ouvert mon livre à la page du jour et je l'ai feuilleté pour retrouver le début du chapitre.

– Ah oui, a dit Amanda. Justement...

Elle m'a paru soudain embarrassée. C'était inattendu : elle était si décontractée quand Mme Watson l'avait présentée à la classe, en l'obligeant à rester plantée devant tout le monde.

J'ai laissé mon livre ouvert à la page 217 et je l'ai regardée à la dérobée. Elle portait à l'index une grosse bague en argent en forme de grappe de raisin, qu'elle faisait tourner distraitement autour de son doigt.

– Justement quoi ?

– En fait, je connais déjà les sinus et les cosinus. Mon père m'a appris la trigonométrie... Ça doit te paraître bizarre, a-t-elle ajouté à mi-voix.

– Pas du tout. Ma mère est un génie des maths. Elle m'apprend des trucs, elle aussi.

J'étais enchantée. Mes amies trouvaient toujours bizarre que je parle de maths avec ma mère. Un jour, alors qu'on se connaissait à peine, Heidi m'avait demandé ce que j'avais fait la veille au soir. Je lui avais expliqué que ma mère et moi avions utilisé le télescope pour chercher M31 dans la galaxie d'Andromède. Nous avions choisi exprès une carte du ciel périmée, afin de devoir recalculer sa position. Heidi m'avait regardée comme une bête curieuse.

– Tu me rassures, m'a avoué Amanda. J'hésitais à faire semblant de ne rien savoir. J'avais peur que tu me prennes pour un phénomène de foire...

J'ai éclaté de rire à mon tour.

– Ça ne risque pas ! Et si tu m'avais laissé t'expliquer la trigonométrie, tu t'en serais mordu les doigts ! Comme prof, je suis lamentable.

– Moi aussi ! s'est écriée Amanda.

Confuse d'avoir parlé si fort, elle a plaqué une main devant sa bouche.

– Moi aussi, a-t-elle répété en chuchotant. Je suis incapable d'expliquer comment je fais pour trouver les bonnes réponses, mais je ne me trompe jamais. Les profs m'accusent de tricher.

Elle rayonnait de plaisir.

– Ça m'est déjà arrivé ! ai-je claironné.

Nous avons pouffé, comme si c'était hilarant d'être accusées de tricher en maths. Puis Amanda s'est brusquement arrêtée de rire et m'a regardée avec insistance. Embarrassée, je me suis demandé si je n'avais pas un truc coincé entre les dents, ou une tache de cacao au bout du nez.

– Quoi ? lui ai-je demandé en me frottant le nez.

– Tu n'as jamais l'impression de prévoir l'avenir ? m'a-t-elle demandé.

Ses yeux d'un gris profond, couleur orage, m'ont soudain paru énormes.

– Quoi ? Tu me demandes si j'ai un sixième sens ?

– Non, ce n'est pas ça.

Amanda a tapoté sa lèvre supérieure avec le bout de son stylo.

– Je te demande plutôt si tu n'as jamais le sentiment qu'un événement doit se produire, parce que c'est le destin.

– Euh...

Cette conversation devenait un peu trop profonde à mon goût. Une seconde plus tôt, on déconnait en parlant des

devoirs de maths, et voilà qu'elle me branchait sur le destin... Comment lui faire comprendre, sans la vexer, qu'elle me mettait hyper mal à l'aise ? Elle m'a effleuré l'épaule avec son stylo.

– C'est toi, a-t-elle déclaré.

– Quoi ?

Malgré mon manque d'enthousiasme évident, elle a souri. Puis elle a expiré et fermé les yeux.

– Tu vas me servir de guide, a-t-elle ajouté d'une voix très calme.

J'ignorais de quoi elle parlait, mais j'ai senti mon cœur s'emballer.

– De guide ? ai-je répété dans un souffle.

Amanda a rouvert les yeux et m'a fixée intensément.

– Je savais que je te trouverais.

Qu'est-ce que vous voulez répondre à ça ? J'ai choisi de me taire.

De temps à autre, un cataclysme se produit à la surface de la terre : un tsunami, un tremblement de terre..., et sa violence est telle qu'il la déplace de son axe. Si vous pouviez aller dans l'espace pour filmer la planète au moment exact où cet événement survient, vous verriez littéralement le monde bouger.

Je ne m'en suis pas rendu compte sur le moment, mais ma rencontre avec Amanda Valentino allait me faire à peu près cet effet-là.

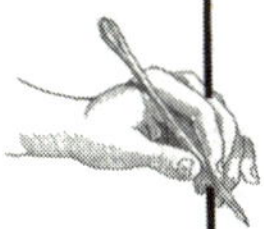

chapitre 8

Nia a gloussé quand Thornhill nous proposé de « laver notre conscience », après nous avoir équipés de seaux, de serpillières, de rouleaux de papier absorbant et de flacons de détergent. Perdue dans mes pensées, j'ai mis un certain temps à comprendre la plaisanterie.

Voyant qu'on ne répondait pas, il nous a indiqué la porte et on est sortis en file indienne : Hal le premier, puis Nia et moi.

– Thornhill rêve s'il s'imagine qu'on va nettoyer sa voiture avec ça, ai-je fait remarquer aux autres. Pour retirer de la peinture en bombe, il faut des trucs autrement plus costauds.

Ils ne m'ont pas répondu, comme s'ils avaient conclu un pacte pendant le déjeuner et résolu de m'ignorer. Je les ai laissés jouer à leur petit jeu en décidant de les imiter.

Des élèves rassemblés au portail du parking admiraient la voiture de Thornhill. Certains brandissaient même leur téléphone pour immortaliser la scène. Le vigile qui les contenait derrière la grille a refusé de nous laisser passer, et Hal a dû lui expliquer pendant une éternité que nous venions justement nettoyer la voiture. Lorsque je suis entrée, j'ai aperçu les boucles brunes de Lee dans la foule. Puis j'ai vu Traci, Heidi et Jake près de lui. Lee m'a repéré le premier. Il a brandi les poings en l'air en criant: « Vas-y, Callie ! » Traci et Heidi ont applaudi et Jake s'est mis à siffler. C'était bon d'avoir des amis ! J'ai espéré que Hal et Nia les avaient entendus.

La vieille Honda Civic du proviseur adjoint était garée au fond du parking. Le ciel s'était de nouveau couvert depuis que Thornhill nous avait montré sa voiture par la fenêtre, mais même dans la lumière voilée de cet après-midi de mars, elle semblait irradier de couleurs et d'énergie.

– Waow ! a fait Hal. C'est sublime !

Je partageais cet avis. De loin, nous n'avions fait qu'apercevoir les dessins, mais de près, on distinguait les détails: de minuscules oiseaux portant des branches d'olivier entrelacées, des guirlandes de pâquerettes enroulées autour de magnifiques arcs-en-ciel. Plus qu'une farce gaie et colorée, c'était une véritable œuvre d'art.

Une pensée m'a traversée. Oubliant ma résolution de ne pas m'adresser à lui, je me suis tournée vers Hal. Il admirait le paysage lunaire qui couvrait le pare-brise, côté conducteur.

– C'est toi qui as dessiné ça ?

Il a effleuré le contour de la pleine lune sans me répondre.

– Ça alors ! On dirait...

Je lui ai saisi le bras :

– Hal, je te parle !

– Quoi ?

Il a tourné la tête vers moi et m'a regardée sans me voir, encore captivé par le chef-d'œuvre. J'ai remarqué que son doigt était couvert de poudre blanche.

– Je t'ai demandé si c'était toi qui avais dessiné ça.

Hal est le mec le plus doué du lycée en dessin, et la personne qui avait décoré cette voiture ne manquait pas de talent. D'où ma question.

– J'aurais bien aimé, a-t-il soufflé.

Il m'a tourné le dos pour contempler de nouveau la voiture.

– J'aurais peut-être pu le faire, a-t-il ajouté. Mais seulement avec elle...

Je n'ai pas compris où il voulait en venir, mais j'ai remarqué qu'il m'avait répondu sur un ton amical.

– Alors, tu la connaissais ? Comment c'est possible ?

J'avais pris un ton un peu agressif sans le vouloir. Hal n'a pas répondu. Nia, en revanche, a explosé :

– Non, mais je rêve. Pour qui tu te prends ? Tu ne tiens pas le registre des amitiés du lycée, que je sache !

Aucune iGirl n'aurait toléré un tel affront de la part de Nia, mais je n'avais pas leur sens de la répartie. Faute de trouver une réponse cinglante, j'ai haussé les épaules.

– Je n'avais pas remarqué que vous étiez amis avec elle, c'est tout.

Je pensais que Nia allait rendre les armes. Je me trompais.

– Et pour cause ! a-t-elle enchaîné. Toi et tes copines, vous...

– Regardez ! est intervenu Hal en nous indiquant le coffre de la voiture.

Ravie d'éviter une dispute avec Nia sans passer pour une dégonflée, je l'ai rejoint à l'arrière du véhicule, où j'ai découvert une demi-douzaine d'ours, d'oiseaux et de chats semblables à ceux qui ornaient nos casiers. Un autre animal y figurait : une espèce de lézard. Il y avait aussi des étoiles, des lunes, et de nombreux signes « peace & love ».

– Un lézard..., ai-je murmuré. Et un chat...

– Un couguar, a rectifié Hal en se frottant machinalement le poignet.

Nia était arrivée derrière moi, mais je m'en suis aperçue seulement lorsqu'elle a lâché avec mépris :

– Tu as cru que c'était un chat ? Ça ressemble à tout sauf à un chat.

Cette fois, ma réponse a fusé :

– J'ignorais tes talents de naturaliste, Nia. Fais-moi signe quand tu présenteras une émission sur *Discovery Channel*[1]. Je te promets de regarder.

– Ouais, c'est ça.

– Euh, les filles, est-ce que vous pourriez..., a commencé Hal d'un ton apaisant.

---

1. *Discovery Channel* est une chaîne câblée américaine qui diffuse beaucoup de reportages sur la nature et les animaux.

Mais Nia était lancée:

– De quel droit tu doutes de notre amitié avec Amanda? Et toi, alors? Je ne l'ai jamais vue avec toi et tes abruties de iGirls. Tu as peut-être essayé de t'en faire une amie, mais tu as renoncé quand elle a refusé de se faire appeler Mandi!

J'ai rougi. Furieuse, j'ai tendu le bras vers elle, oubliant que j'avais toujours le seau à la main.

– Tu es d'une jalousie pathétique, Nia! Je n'arrive pas à croire qu'Amanda ait pu passer du temps avec quelqu'un d'aussi...

Le seau a oscillé violemment et une bouteille de détergent est tombée par terre.

– Ça suffit, toutes les deux! a crié Hal.

Je ne l'avais encore jamais entendu élever la voix. Ça m'a cloué le bec.

– Écoutez, a-t-il continué, plus calme. Je ne prétends pas comprendre Amanda, ni ce qui l'a poussée à faire un truc pareil, mais je suis sûr d'une chose: elle n'agit jamais au hasard. Et là, j'ai vraiment l'impression que...

Il a indiqué la voiture, puis nous a regardées l'une après l'autre.

– ... J'ai l'impression qu'elle nous a laissé un message.

Je ne suis pas spécialement superstitieuse, mais les paroles de Hal m'ont causé un frisson désagréable. Avait-il raison? Amanda essayait-elle de nous dire quelque chose?

– Voilà comment j'interprète ce qu'elle a dessiné, a enchaîné Hal. Mon totem est le couguar: puissant mais solitaire.

J'ai rougi de plus belle en l'écoutant se décrire ainsi. Mais il ne paraissait pas gêné du tout. Nia, soudain apaisée, a désigné l'oiseau.

– Ça, c'est moi, a-t-elle murmuré. La chouette. Sage. Indépendante.

Je me suis retenue d'exploser de rire. « Indépendante ! » C'est sûr, c'est une qualité qu'il vaut mieux avoir quand on est incapable de se faire des amis.

Hal m'a tapoté l'épaule et j'ai compris que mon tour était venu.

– Les ours sont puissants, ai-je affirmé sans me presser.

J'ai passé sous silence la caractéristique de l'ours qu'Amanda m'avait rappelée : il hiberne.

Nia s'était appuyée contre la voiture. En se redressant, elle a frotté sa hanche et je me suis rappelé le doigt de Hal.

– C'est de la craie ! ai-je crié.

Hal s'est frappé le front :

– Oui ! C'est ce que j'allais vous dire tout à l'heure. Ce n'est pas de la peinture.

– Pardon ? a fait Nia, interloquée.

– Le dessin. C'est de la craie. Regarde !

J'ai posé l'index sur une pomme rouge vif et je l'ai traîné sur la carrosserie. Lorsque je l'ai retiré, l'extrémité de mon doigt était rouge. Hal a collé le nez contre la voiture :

– En fait, je crois que c'est un mélange de craie et de pastel. Ça devrait être assez facile à nettoyer.

– C'est dommage de l'effacer, a observé Nia.

J'ai approuvé. Même si ce n'était pas un message d'Amanda comme le suggérait Hal, c'était son œuvre, et c'était génial. J'avais vraiment hâte de connaître ses motivations.

Cette pensée en appelant une autre, j'ai interrogé mes acolytes :

– Au fait, vous avez eu de ses nouvelles ? Je lui ai envoyé des SMS et laissé des messages, mais elle n'a pas répondu.

Hal et Nia ont secoué la tête.

– Rien, a dit Nia.

J'ai deviné à son intonation qu'ils avaient essayé de la joindre toute la journée, comme moi.

– Je vais prendre des photos, a annoncé Hal.

Joignant le geste à la parole, il a sorti son téléphone.

– Vous me donnez un coup de main ?

Obéissantes, Nia et moi avons récupéré notre portable et commencé à tourner autour de la voiture.

– Regardez !

Nia, assise près de la porte arrière, côté conducteur montrait un animal dessiné sur la carrosserie, juste après la roue.

Contrairement au couguar, je l'ai identifié sans problème. Hal m'a devancée :

– C'est un coyote.

– Le totem d'Amanda, a complété Nia.

– Moi ? Je suis le coyote. Le farceur.

Amanda a serré le poing, puis l'a rouvert et m'a montré sa paume vide.

– Là tu me vois. Et là, tu ne me vois plus.

En théorie, je lui donnais un cours de rattrapage sur les équations du second degré. Mais en réalité, c'est elle qui me faisait une leçon sur les totems : le sien et le mien en particulier. Quand je lui ai fait remarquer que les totems, la superstition et les croyances anciennes étaient aux antipodes de la trigonométrie, Amanda a fait « non » avec son stylo plume.

– Pas du tout, a-t-elle objecté. Ce sont juste différents systèmes de croyance.

– Arrête ! Les maths ne sont pas un système de croyances. C'est une science qui sert à expliquer le fonctionnement des choses.

– Exact, a convenu Amanda. Autrement dit, c'est un système de croyances.

Je ne sais pas ce qu'elle s'était mis dans les cheveux, mais on aurait dit qu'ils avaient poussé pendant la nuit. Avec sa robe à manches ballon ornée de dentelle, elle semblait tout droit sortie d'un autre siècle. J'avais prévu de l'interroger sur son accoutrement – les cheveux, le stylo plume et la robe –, mais elle m'avait fait perdre le fil de mes pensées. C'était fréquent quand je discutais avec Amanda, qui passait sans prévenir d'un sujet à l'autre.

– Attends, tu es en train de me dire que tu ne crois pas aux maths ?

Ces deux dernières semaines, j'avais découvert qu'Amanda était la personne la plus douée en mathématiques que je connaissais... après ma mère. Comment pouvait-elle remettre en question leur vérité fondamentale ?

– Je crois aux maths, a-t-elle répondu. Ce n'est pas comme la petite souris des dents de lait, ou le Père Noël : je sais qu'elles existent. Mais je ne suis pas sûre qu'elles expliquent mieux les choses que d'autres systèmes, simplement parce qu'elles sont à la mode à un moment et à un endroit donnés.

– Quand tu dis ça, tu penses à... Dieu ?

C'était la conversation la plus étrange que j'avais jamais eue. Et pour cause : je me voyais mal parler de Dieu avec Heidi, Traci ou Kelli.

– La religion est un autre système de croyances, a dit Amanda. Ce n'est pas le mien.

– Mais alors, le tien, c'est quoi ?

J'avais répondu du tac au tac, presque agressive. Parfois, lorsque je discutais avec Amanda, j'avais l'impression de courir derrière elle pour la rattraper.

– Quel est mon système de croyances ?

Elle a appuyé la tête contre le mur et a fermé les yeux. Puis, sans les rouvrir, elle a récité :

– « Il y a plus de choses sur la terre et dans le ciel, Horatio, qu'il n'en est rêvé dans votre philosophie[1]. »

J'ai secoué la tête :

---

1. « Hamlet », Shakespeare.

– Il y a peut-être beaucoup de choses sur la terre et dans le ciel, mais tu peux toujours les compter.

Amanda a ouvert les yeux et les a plongés dans les miens :

– Non, Callie. Justement : tu ne peux pas les compter.

Le silence s'est installé entre nous, ponctué par les déclics de l'appareil photo de Nia. Sans regarder dans le viseur, j'ai orienté mon téléphone dans la direction du coyote et appuyé sur le déclencheur. Hal a repris la parole le premier :

– Bon... Amanda a besoin qu'on fasse quelque chose pour elle.

Une voiture a klaxonné en s'engageant sur le rond-point devant le lycée. J'ai reconnu la BMW de Brittney Bragg. Heidi était assise à côté de sa mère et Traci, à l'arrière du véhicule. Heidi m'a crié quelque chose que je n'ai pas entendu et m'a fait signe de lui téléphoner.

J'ai eu soudain l'impression étrange d'exister simultanément dans deux univers parallèles : celui des iGirls, plutôt banal, et un autre plein de mystère, dans lequel Amanda était le personnage principal.

– Mais qu'est-ce qu'elle attend de nous ? ai-je lancé à Hal, pour reprendre le fil de la conversation. Si elle veut qu'on l'aide, pourquoi ne nous l'a-t-elle pas demandé, tout simplement ?

– Il n'est pas devin, m'a lancé sèchement Nia.

J'ai démarré au quart de tour :

– Tu as un problème avec moi, Nia ? Je peux savoir ce que j'ai dit qui t'a contrarié, ces cinq dernières minutes ?

Nia a fait mine de réfléchir, un index sur la tempe :

– Voyons voir...

Elle a ricané avec mépris.

– Non, je dois admettre que tu ne m'as sorti aucune vacherie depuis cinq minutes.

– Est-ce que vous allez continuer longtemps..., est intervenu Hal.

Cette fois, je n'allais pas me laisser intimider. J'ai poursuivi :

– Nia, je ne t'ai jamais rien fait, et tu te comportes comme si...

– Tu ne m'as jamais rien fait ?

Elle s'est avancée vers moi.

– Tu ne m'as jamais rien fait ? a-t-elle sifflé. Je rêve ! Dis-moi, Callie : est-ce que le nom de Keith Harmon te rappelle quelque chose ?

J'ai rougi. Le nom de Keith m'évoquait effectivement un souvenir... que j'aurais préféré oublier.

– Ce n'était pas moi, ai-je protesté.

– Ouais, c'est ça ! a craché Nia en me tournant le dos.

Je l'ai attrapée par le bras :

– Je t'assure, Nia ! Ce n'était pas moi.

Elle a récupéré son bras comme si mon contact lui faisait horreur. J'ai pensé à ma réaction quand Traci avait voulu me faire des papouilles, le midi.

– Comme dit ma mère, si tu te couches avec les chiens, ne t'étonne pas de te réveiller avec des puces, a-t-elle conclu.

J'ai mis un certain temps à comprendre l'allusion.

– Mes amies ne sont pas des chiens !

– Vu de l'extérieur, peut-être..., a rétorqué Nia avant de retourner prendre des photos.

Mon cœur cognait dans ma poitrine. Si je faisais tout pour éviter l'affrontement, Nia, elle, recherchait clairement le conflit. Je commençais à comprendre pourquoi elle n'avait pas d'amies. En même temps, j'étais remplie de honte au souvenir du cauchemar que Heidi lui avait fait vivre deux ans plus tôt, alors que nous étions en cinquième.

Cette année-là, Nia et Heidi étaient ensemble en cours de maths et d'anglais. Un jour, à peu près une semaine après avoir accusé Heidi de tricher, Nia avait oublié son cahier d'anglais en classe. Heidi l'avait récupéré, soi-disant pour le lui rendre. Mais elle l'avait fait tomber par inadvertance et le cahier s'était ouvert à une page où figuraient les initiales NR et KH, dans un petit cœur.

Je ne sais pas exactement ce qui s'était passé ensuite. Le week-end, mon père et moi étions allés rejoindre ma mère à Washington, où elle assistait à une conférence de la NASA. Pendant mon absence, Heidi, Traci ou Kelli – ou peut-être les trois – avaient créé une adresse email, du genre « keith.harmon@yahoo.com » pour envoyer de faux messages de Keith à Nia, qui s'était empressée d'y répondre. Le lundi matin, Heidi était arrivée au collège triomphante, avec une série d'emails hyper compromettants qui avaient fait le tour de l'établissement en un clin d'œil. Dans ces messages, Nia avouait ses sentiments à Keith et acceptait de sortir avec lui. À l'époque, Nia avait un look un peu niais avec ses nattes et ses lunettes, mais elle passait relativement inaperçue. Si elle ne s'était pas mis Heidi à dos, elle aurait pu continuer à vivre en paix. Mais elle l'avait provoquée, et cette histoire avait fait d'elle la risée du collège pendant des semaines. Elle ne pouvait plus passer dans un couloir sans qu'on lui balance une phrase du genre : « Tu vas retrouver ton mec, Nia ? », ou « Tiens, Nia, je viens de croiser Keith. » Elle trouvait en permanence des trucs collés sur son casier : un bout de papier avec les initiales NR + KH, une fleur séchée... Pour moi, elle l'avait un peu cherché. Qu'est-ce qui lui avait pris de dénoncer Heidi et Traci ? C'était sûr qu'elles chercheraient à se venger. À force, pourtant, je m'étais mise à la plaindre. J'aurais sans doute dû prendre sa défense, mais à l'époque, je n'étais pas encore très amie avec Heidi, Kelli et Traci. J'étais en « probation », et le moindre faux pas aurait pu me coûter cher. Si mes amies complotaient un truc aussi diabolique aujourd'hui, j'essaierais de les raisonner... Sauf qu'elles ne feraient plus ce genre de choses. Les gens changent entre le collège et le lycée, et on ne peut pas leur reprocher indéfiniment leurs erreurs.

À ce moment précis, comme par hasard, Béa Rossiter est sortie du lycée en boitant. Je l'ai regardée monter dans la voiture de sa mère.

J'ai fermé les yeux et tenté de me persuader que l'accident de Béa n'avait rien à voir avec la mésaventure de Nia. Pourtant, une petite voix dans ma tête refusait de me laisser tranquille : « C'était vraiment différent ? Tu en es sûre ? »

CHAPITRE 9

La voix de Hal m'a arrachée à mes pensées :

– On ne peut pas aider Amanda si on ne réfléchit pas ensemble.

Nia a fait brusquement volte-face et l'a apostrophé :

– Arrête, Hal ! Tu ne sais même pas si elle veut qu'on l'aide. Tu ne sais pas pourquoi elle a fait ça, alors s'il te plaît, épargne-nous ton petit numéro de voyant extralucide, parce que ça commence à me taper sur les nerfs.

J'ai regardé Hal, l'air de dire : « Qu'est-ce que tu veux faire avec cette mégère ? », mais il fixait Nia, comme fasciné. Ça m'a agacée.

– Nia..., a-t-il murmuré.

Comme elle fuyait ostensiblement son regard, il a répété :

– Nia...

Je n'ai pu m'empêcher d'être un peu jalouse de ce ton affectueux, si peu mérité.

Nia a plongé son visage dans ses mains et inspiré profondément.

– Je ne comprends pas, a-t-elle gémi. Je croyais que j'étais... Non, rien. Ça m'énerve !

Hal lui a posé une main sur l'épaule.

– Tu croyais que tu étais quoi ?

– Rien, a répété Nia en secouant la tête. Pourquoi elle ne nous rappelle pas ?

– Je n'en sais rien, a admis Hal.

Il a tapoté la poche où était son téléphone.

– Ça ne lui ressemble pas, a dit Nia.

– C'est vrai, ça ne lui ressemble pas, a confirmé Hal.

Je me suis soudain sentie de trop. Je n'avais pas eu cette impression depuis longtemps. Depuis que j'étais une iGirl, en fait. Puisque je n'étais pas invitée à participer à leur conversation, je suis retournée faire des photos. Quand mon téléphone a clignoté pour m'indiquer que la mémoire était pleine, je suis restée plantée, les bras ballants. Nia et Hal discutaient toujours à voix basse de l'autre côté de la voiture. Désœuvrée, j'ai collé le nez contre une vitre, curieuse de savoir à quoi ressemblait l'intérieur. Connaissant Thornhill et sa manie de l'ordre, j'imaginais que tout y serait impeccablement rangé. Mais l'arc-en-ciel dessiné sur la portière m'empêchait de distinguer quoi que ce soit.

Hal s'est hissé sur la pointe des pieds pour me parler par-dessus le toit.

– On commence à nettoyer ?

Mon irritation a atteint son comble. Pour qui se prenaient-ils, tous les deux ? Maintenant qu'ils avaient fini leur petit conciliabule, ils se croyaient autorisés à me donner des ordres... Et puis quoi, encore ?

Sans répondre, je suis allée prendre mon seau et j'ai vaporisé du détergent sur la carrosserie avec mauvaise humeur. La craie s'est dissoute instantanément. Je me suis dit qu'Amanda était sympa de nous avoir facilité le travail, puis je m'en suis voulu d'avoir pensé un truc aussi ridicule. Quel que soit le but d'Amanda, elle ne s'était pas souciée une seule seconde de nous, c'était évident. Elle avait simplement voulu nous faire une farce ou nous faire passer pour des imbéciles, et c'était réussi.

La peinture bleu sombre de la carrosserie a réapparu peu à peu. Quand j'ai enfin distingué l'intérieur de la voiture, j'ai été surprise de voir quel désordre y régnait. Des gobelets en carton traînaient à l'arrière sur un tas de dossiers, et une pile de journaux encombrait le siège du passager, à l'avant. Une dizaine de CD étaient éparpillés par terre sous le tableau de bord. J'ai de nouveau collé le nez contre la vitre et identifié un disque de Mozart. Les autres étaient à l'envers, ou leur titre était masqué. Tant pis : je n'avais pas vraiment besoin de savoir quelle musique Thornhill écoutait.

Lorsqu'on a essuyé la dernière trace de couleur, il m'a semblé qu'on travaillait depuis une éternité. J'ai consulté ma montre, mais il était à peine plus de cinq heures. Nous nous sommes éloignés de la voiture pour admirer le résultat de nos efforts, et soudain, un téléphone a sonné. Amanda. C'était forcément Amanda ! On a sursauté et fouillé nos poches, à la recherche de nos téléphones respectifs.

– Allô, maman ? a fait Nia.

Elle nous a adressé un regard d'excuse, comme si elle s'en voulait d'avoir déçu nos espoirs.

– Non, rien, a-t-elle enchaîné.

J'ai jeté un nouveau coup d'œil sur la voiture, qui m'a paru d'une banalité à pleurer. Soudain, un grand sentiment de solitude m'a envahie. Un peu comme si la disparition du dessin sur la carrosserie signifiait qu'Amanda était sortie de ma vie. J'ai tenté de chasser cette pensée en me persuadant que Thornhill avait dramatisé. Amanda séchait régulièrement les cours. Elle n'avait pas vraiment disparu, bien sûr. Elle serait de retour demain, et tout s'expliquerait.

Nia parlait toujours avec sa mère :

– Oui, j'arrive. Je sors de mon club de débat. Non... C'était une réunion imprévue.

Il restait une traînée violette sur la fenêtre de la Honda Civic, côté conducteur. J'ai voulu l'effacer, mais de plus près, je me suis aperçue que les reflets m'avaient induite en erreur : la tache se trouvait en réalité côté passager. J'ai contourné la voiture. Vu le temps qu'on avait passé à la nettoyer, autant que ce soit parfait.

– Allô, maman ? C'est moi, a fait la voix de Hal.

Et voilà, j'étais la seule à ne pas parler à ma mère... En même temps, ça n'avait rien de surprenant, étant donné les circonstances. Je me suis approchée de la fenêtre, mais je n'ai vu aucune trace violette. J'étais pourtant sûre d'avoir repéré une tache une minute plus tôt. La nuit tombait et ça devenait difficile de voir dans la voiture.

– Non, rien de spécial, j'ai juste traîné un peu, disait Hal à sa mère.

Comme Nia, il avait choisi de cacher la vérité à ses parents. Et moi ? Je savais à l'avance que mon père ne serait pas en état de me demander des comptes quand je rentrerais à la maison. Inutile d'être une bête en maths pour savoir quel résultat on obtient à la fin de la journée, quand on se siffle une bouteille de vin toutes les trois heures.

– Le bahut est encore ouvert, si elle veut que j'aille lui chercher..., a continué Hal.

Je me suis rappelé sa petite sœur, Cornelia. Elle devait être en sixième ou en cinquième, à présent. À Endeavor, les lycéens et les collégiens ont cours dans le même bâtiment, mais dans des salles si éloignées qu'ils ne se croisent pour ainsi dire jamais. La dernière fois que j'avais vu Cornelia, elle avait neuf ans. Je ne suis demandé si je la reconnaîtrais.

J'ai de nouveau écrasé le nez contre la vitre, sans rien chercher en particulier.

Et c'est là que je l'ai vu.

Au milieu de la pile de journaux était glissé un papier violet... ou était-ce une enveloppe ? C'était difficile à dire à cause de la pénombre, mais une chose était sûre : dans un coin de ce mystérieux objet violet figurait la silhouette d'un animal.

Ou plus exactement, la silhouette d'un coyote.

CHAPITRE DIX

Le cœur battant, j'ai tiré sur la poignée. Mais évidemment, la portière a refusé de s'ouvrir. La voix de Hal au-dessus de mon épaule m'a fait sursauter :

– Quoi ? Qu'est-ce que c'est ?

– Rien.

J'ai fait volte-face et je me suis adossée à la voiture avant de lui décocher un sourire innocent.

– Rien, ai-je répété. Je voulais juste voir quel genre de musique Thornhill écoute. Mais il n'a que du classique...

J'ai prié pour que Hal ne soit pas un amateur de musique classique, et pas assez curieux pour vouloir connaître les morceaux préférés du proviseur adjoint. Heureusement, il s'est contenté de s'adosser contre la portière près de moi.

Mon pouls refusait de ralentir. L'enveloppe que j'avais aperçue était-elle une lettre d'Amanda ? Mais pourquoi aurait-elle écrit à Thornhill ? Elle le haïssait. Elle avait ses raisons, d'ailleurs : je ne comptais plus le nombre de fois où il lui avait fait la leçon à cause de ses articles « insolents », parce qu'elle avait passé outre son interdiction pour interviewer telle ou telle personne, ou parce qu'elle insistait pour consulter un document confidentiel... La dispute que j'avais entendue en passant dans le couloir le mois dernier n'était qu'une parmi des dizaines.

– Et d'après toi, qu'est-ce que ça signifie ? m'a interrogée Hal.

Je me suis demandé comment il avait deviné mes pensées, avant de réaliser qu'il parlait de la voiture.

– Je ne sais pas...

C'était la vérité. J'ignorais pourquoi Amanda avait décoré la voiture du proviseur adjoint, et je n'avais pas envie de parler à Hal et Nia de l'enveloppe que j'avais cru voir à l'intérieur. J'avais déjà partagé beaucoup de choses avec eux sans le vouloir. J'estimais que je pouvais garder cette découverte pour moi.

– J'ai l'impression qu'elle attend quelque chose de nous, a répété Hal. Tous ces signes peace & love... Nos totems... C'est un peu comme si elle nous parlait, non ?

Nia était toujours au téléphone avec sa mère. Elle paraissait agacée, et j'ai ressenti une nouvelle pointe de jalousie. Moi aussi je m'énervais, autrefois, quand je voulais raccrocher et que ma mère continuait à parler pour ne rien dire. Est-ce que j'éprouverais de nouveau ce sentiment un jour ?

Comme je me taisais, Hal a continué :

– Tu sais, Amanda a de nombreuses personnalités. Elle aurait pu décorer la voiture dans un style gothique, punk, ou antebellum[1]. Mais elle a choisi ce look sixties.

Je ne connaissais pas la signification du mot « antebellum », mais j'ai compris ce que Hal voulait dire. Amanda n'était pas une hippie. Enfin, pas plus qu'autre chose. Elle savait s'approprier n'importe quel style.

– Cette voiture est un message joyeux, a conclu Hal. Pour moi, c'est évident.

Je l'ai regardé attentivement. Avec ses traits fins et ses cheveux ébouriffés, il n'avait plus grand-chose du gamin aux joues rondes et à la coupe au bol que j'avais connu.

Vaguement troublée, j'ai lâché sans réfléchir :

– J'ai l'impression que tout le monde disparaît.

Ces mots avaient à peine franchi mes lèvres que j'ai eu envie de pleurer. Quelle idée, en plus, de dire un truc pareil devant Hal, qui n'était pas au courant pour ma mère. Il allait me prendre pour une malade mentale.

Je me suis frotté un œil pour lui faire croire qu'un cil s'y était logé.

– Elle n'a pas disparu, a dit Hal en regardant par-dessus mon épaule. Elle est là.

J'ai fait volte-face, certaine de découvrir Amanda derrière moi. Mais je n'ai vu que Nia, qui refermait son portable d'un coup sec.

---

1. « Antebellum » est une expression latine employée aux États-Unis pour qualifier ce qui précède la guerre de Sécession.

– Pfff, quelle barbe !

Elle a rangé son téléphone dans son sac de postier plein à craquer et nous a rejoints.

– Alors ? a-t-elle demandé à Hal, m'ignorant ostensiblement.

– Alors ? a-t-il répété. Quelle est la suite du programme ?

– Tu penses que cette histoire de voiture est plus qu'une simple farce ? a fait Nia.

Hal a hoché la tête.

– Oui. C'est ce que je crois.

Nia a penché la tête et j'ai remarqué ses lunettes. Elles étaient vraiment sympa avec leur monture noire épaisse. Sa veste en lainage bleu pâle, coupée court, avait un air vintage. De quand datait ce nouveau look ? Amanda avait-elle traîné Nia dans les magasins ?

Imaginer Amanda et Nia en train de flâner dans une boutique vintage m'a rendue carrément jalouse. Je n'aurais pas été plus humiliée si j'avais découvert que Lee avait une autre petite amie. D'où ma répartie un tantinet agressive :

– Et alors ? Tu penses qu'elle a imaginé une espèce de code secret ? « À chaque animal correspond une lettre. Trouvez le message caché dans le dessin. »

– Je ne prétends pas que c'est aussi compliqué, a répondu Hal, imperturbable. C'est peut-être juste une façon de nous dire... Euh, je ne sais pas : « Vous comptez vraiment pour moi. »

J'ai eu un petit rire amer. Si je comptais autant pour Amanda, pourquoi avait-elle fréquenté Hal et Nia dans mon dos ?

– Et pourquoi pas : « Aucun de vous ne compte vraiment pour moi », ai-je suggéré ? Parce que le résultat de ce message, comme tu dis, c'est quand même qu'on est collés tous les samedis pendant un mois.

– Arrête, Callie ! est intervenue Nia. C'est évident qu'Amanda reviendra avant un mois. Si ça se trouve, on n'aura même pas à aller en colle ce samedi.

Son ton plein d'assurance m'a énervée. Comme si elle connaissait Amanda mieux que moi.

– Tu prédis l'avenir, maintenant ?

Hal a secoué la tête :

– Les filles, s'il vous plaît, arrêtez de vous chamailler. Le premier objectif de cette plaisanterie était sûrement de nous réunir.

Nia a pouffé et je me suis retenue de l'imiter.

– Je ne comprends pas, a-t-elle commencé. Amanda est tellement intelligente...

Elle s'est interrompue, mais la fin de sa phrase était facile à deviner : « Amanda est tellement intelligente. Comment a-t-elle pu imaginer une seconde que nous voudrions faire quelque chose ensemble ? »

– C'est vrai, a convenu Hal, assez sèchement. Amanda est très intelligente. Alors, je vous propose d'arrêter de vous disputer une minute pour essayer de comprendre ce qu'elle a voulu nous dire.

Sur ces mots, il a fait demi-tour et nous a plantées là. Quelques secondes plus tard, sa silhouette disparaissait dans l'obscurité.

– Waow, il est furieux.

Je ne sais pas quelle réponse j'attendais de Nia. Un simple « ouais » m'aurait suffi. Mais elle s'est contentée de me regarder en silence.

– Quoi ? lui ai-je lancé.

Je ne suis pas du genre belliqueux, mais je commençais vraiment à en avoir marre de cette attitude. Si elle voulait la bagarre, elle allait l'avoir.

– Rien.

Nia a eu un petit rire. Puis elle a secoué la tête et s'est éloignée à son tour.

Après son départ, je me suis tournée vers la voiture et j'ai appuyé le nez contre la vitre, à me faire mal. Les profs avaient quitté le lycée depuis longtemps. Thornhill allait bientôt partir, lui aussi. J'ai envisagé de l'attendre pour l'interroger sur la lettre d'Amanda, mais je me suis ravisée. Il risquait de ne pas apprécier que j'aie regardé dans sa voiture.

Alors que je me préparais à mettre les voiles, j'ai remarqué que nos trois seaux, avec les chiffons sales, étaient toujours près de la voiture.

– Merci de m'avoir laissé vos ordures ! ai-je crié, furieuse.

Puis, au lieu de m'époumoner pour rien, j'ai ramassé les seaux et je suis allée les ranger dans le bâtiment.

chapitre 11

Depuis quelque temps, je joue à un petit jeu chaque fois que j'arrive dans l'allée devant chez moi. Il s'agit de déterminer à partir de quel endroit un visiteur lambda s'aperçoit que quelque chose ne tourne pas rond dans notre maison. Après le départ de ma mère, mais avant que mon père ne perde son boulot, on pouvait arriver jusqu'à la cuisine sans rien remarquer. Il fallait ouvrir la porte du frigo et voir qu'il était vide pour soupçonner un problème, ou bien se demander de quoi se nourrissaient les habitants du 90, route du Pommier-Sauvage.

Par la suite, c'est devenu plus difficile d'arriver en haut de l'allée sans comprendre qu'un truc clochait. En décembre, mon père a arrêté de payer le jardinier qui tondait notre pelouse, et depuis, l'herbe m'arrive aux genoux à certains endroits.

L'ampoule du perron est grillée depuis des mois, mais personne n'a pris la peine de la remplacer, et un fouillis de feuilles, de brindilles et de terre jonche les marches.

Cependant, c'est à l'intérieur que commencent les véritables réjouissances. Après s'être fait renvoyer, mon père a décidé de fabriquer des meubles pour gagner sa vie. L'idée n'était pas aussi absurde qu'on pourrait le penser : papa fait des meubles magnifiques. On a dans la salle à manger une table géniale, qu'il a fabriquée pour l'anniversaire de ma mère l'été dernier à partir de bois de récupération. À Orion, beaucoup de vieilles granges sont détruites pour laisser la place aux innombrables complexes immobiliers qui sortent de terre comme des champignons. Récupérer du bois est donc un jeu d'enfant. Bref, pour en revenir à la table, peu après son anniversaire, ma mère a invité son patron à dîner et sa femme a flashé dessus. Elle n'arrêtait pas de demander à papa à quel prix il accepterait de la lui vendre. Il lui a répondu qu'elle n'était pas à vendre, bien sûr, mais elle insistait lourdement : « Je vous donne mille dollars. » Papa avait beau lui répondre qu'il était désolé, elle est montée jusqu'à cinq mille dollars avant que son mari ne lui demande d'arrêter (personnellement, je lui aurais demandé de la fermer dès qu'elle a ouvert la bouche).

Ma mère était visiblement agacée, et après leur départ, elle nous a sorti son petit couplet sur les gens qui s'imaginent qu'ils peuvent tout acheter, qui sont convaincus que tout a un prix, et bla, bla, bla. Heureusement, papa a réussi à la faire rire :

– OK, ma chérie. Dis-moi combien tu veux pour faire toute la vaisselle ? Je te donne mille dollars. Deux mille... Trois mille dollars si tu sors la poubelle.

Sa colère est retombée, elle l'a embrassé et j'ai ronchonné : « Bon, ça suffit. Moi, je vais me coucher ! »

J'étais trop énervée d'avoir loupé une soirée avec mes amis pour assister à ce dîner nul. Quand j'y repense, je me dis parfois que si mon père a disjoncté, c'est parce que leurs amis se sont convaincus qu'ils n'étaient pas bien ensemble, avec maman. Certains lui ont même carrément sorti : « Tu sais, Dan, elle a fait ses bagages, elle a emporté son ordinateur et tous ses dossiers... Apparemment, elle est partie de son plein gré. Peut-être que ça n'allait pas aussi bien que tu le pensais entre vous... » C'est ce genre de phrases qui l'ont anéanti. Pour prouver à ces gens qu'ils avaient tort, papa a commencé à enquêter sur la disparition de maman. Le problème, c'est qu'il s'est servi des autorisations spéciales qu'il avait à l'époque où il organisait la sécurité pour l'équipe de ma mère (au Colorado, quand ils se sont rencontrés). Il a accédé à des documents top secrets et s'est connecté à des bases de données qu'il n'était pas censé utiliser. Manque de bol, il s'est fait coincer et renvoyer.

Quelquefois, je me dis que si un seul de leurs amis avait cru que maman n'était pas partie volontairement (même si elle était effectivement partie au volant de sa voiture), mais pour fuir quelqu'un qui la traquait ou la terrorisait, papa aurait réussi à survivre décemment en attendant son retour. Il ne se serait pas levé chaque matin avec pour seul projet d'aller faire une razzia dans la cave à vin, où mes parents entreposaient depuis des années leurs crus préférés.

Après avoir poussé la porte d'entrée, je n'étais plus d'humeur joueuse. Le chaos qui régnait à l'intérieur de la maison ne donnait pas seulement l'impression que quelque chose clochait. Il faisait carrément soupçonner qu'un des habitants était fou à lier.

Des milliers de morceaux de bois étaient empilés un peu partout : de gigantesques planches que mon père avait récupérées dans des bâtiments en ruine, à Orion ou dans les environs, des branches aux formes étranges qui avaient retenu son attention pour leur originalité... Rien que dans l'entrée, il y avait assez de bois pour construire une maison entière, et il fallait enjamber un tas de poutres pour atteindre la penderie.

– Salut !

Pas de réponse. La maison était glaciale. Je me suis demandé si papa avait oublié de payer la facture de gaz, ou si la chaudière avait finalement rendu l'âme. J'ai appelé de nouveau :

– Salut ?

Un soupçon de peur filtrait dans ma voix. J'éprouvais ce sentiment chaque fois que je rentrais à la maison. Mon père n'avait visiblement plus très envie de vivre, et je tremblais à l'idée qu'un jour, le peu de flamme qui lui restait s'éteindrait tout à fait.

Une lumière brillait dans la salle à manger. J'ai franchi le seuil et aperçu mon père endormi, la tête sur la table, une main posée à quelques centimètres d'un verre à pied vide. Pour vous dire à quel point la situation était catastrophique, ma première pensée a été « les morts ne ronflent pas ». J'ai envisagé une seconde de le réveiller, mais j'y ai renoncé. Autant commencer par faire cuire des pâtes. En général, il était plus cohérent le ventre plein.

J'ai ouvert le placard pour prendre une casserole, et mes yeux sont tombés sur le Post-it collé au frigo depuis des mois.

Callie : ta parka est dans le sèche-linge

Ce mot était le dernier que ma mère m'avait écrit, et je l'avais déjà lu un million de fois. Mais après cette journée pénible, voir son écriture et le logo familier de son labo – la galaxie rouge en forme de tourbillon – était une épreuve de trop. J'ai refermé le placard et quitté la cuisine. Mon père n'aurait qu'à se faire à dîner tout seul. Je n'avais plus faim.

J'ai actionné l'interrupteur au pied de l'escalier, mais le couloir de l'étage est resté dans le noir. J'ai pris note de penser à acheter des ampoules ce week-end. Ça, c'était encore dans nos moyens.

Ma chambre est une pièce en angle située au bout du couloir, et je l'adore. Une fenêtre donne sur la colline du Pommier sauvage, où nous allions regarder les étoiles avec maman, équipées de son télescope hyper perfectionné.

J'ai allumé l'interrupteur à l'entrée de la pièce, sans plus de résultat.

– Non, ce n'est pas vrai !

J'ai allumé et éteint plusieurs fois en vain. J'ai craint un instant qu'on nous ait coupé l'électricité, puis je me suis rappelé que la lumière brillait dans la salle à manger. J'ai eu plus de chance avec ma petite lampe de chevet. Une douce lueur rosée a inondé la pièce. Comme je le disais, j'adore ma chambre et sa déco, douce et féminine sans être gnangnan. Les murs sont couverts d'un papier peint à l'ancienne constellé de minuscules roses jaunes, et un gros édredon douillet trône sur mon lit. Le mobilier en bois ancien est si doux au toucher qu'on dirait du satin.

Avant le départ de ma mère, il m'arrivait parfois en me couchant le soir de penser à tous les gens qui avaient vécu dans cette maison depuis deux siècles : les familles heureuses, malheureuses, originales ou ordinaires. Depuis quelque temps, j'essaie surtout de m'endormir le plus vite possible sans penser à rien.

Je me suis allongée sur le dos, un oreiller sur le visage. Nettoyer la voiture de Thornhill m'avait fait mal aux reins, et j'ai tendu les bras au-dessus de ma tête pour m'étirer. Au passage, j'ai effleuré un bout de papier. J'ai refermé la main dessus sans changer de position. L'avant-veille, je m'étais endormie en révisant un devoir de biologie. Une de mes fiches mémo avait dû tomber et je ne l'avais pas vue en faisant mon lit, le lendemain. À force de vivre dans une maison sens dessus dessous, on finit par ne plus remarquer les détails...

J'ai ramené le bras devant mon visage pour voir quelle fiche j'avais égarée. Est-ce que j'avais fait l'impasse sur un chapitre sans le vouloir ?

Lorsque j'ai découvert de quoi il s'agissait, j'ai complètement oublié la biologie. Ce n'était pas une fiche de révision, mais une enveloppe violette identique à celle que j'avais cru apercevoir dans la voiture de Thornhill. En haut à gauche, à l'endroit où l'expéditeur inscrit généralement son adresse, figurait un coyote.

Je l'ai ouverte, fébrile, et mon cœur s'est arrêté de battre.

Il y avait dans l'enveloppe deux mille cinq cents dollars en billets de cinquante.

CHAPITRE 12

– Ne me dis pas ça, Georges ! Ne me dis pas ça !

J'étais dans l'escalier et mon père dans le séjour, mais je l'entendais hurler comme si j'étais à vingt centimètres de lui. J'avais mon cahier de gribouillages sous le bras. J'ai failli le laisser tomber en fonçant vers la cuisine, où m'attendait Amanda.

– Viens, on monte ! ai-je lancé à mon amie.

– Georges ! a tonné mon père, tu étais déjà mon avocat quand nous nous sommes mariés, Ursula et moi. Tu sais ce que cette maison signifie pour nous...

Amanda m'a regardée avec bienveillance.

– Callie, ce n'est pas grave, a-t-elle murmuré.

Nos tasses de cacao étaient encore à moitié pleines. Je les ai récupérées, comme si j'espérais l'appâter dans ma chambre avec du chocolat chaud.

– S'il te plaît, viens... on sera plus tranquilles là-haut.

Pourquoi l'avais-je laissée ici quand j'étais allée chercher mon cahier ? Je savais que papa était au téléphone. Je savais qu'avec lui, les choses pouvaient dégénérer d'une seconde à l'autre.

Mes yeux me brûlaient. J'ai fermé les paupières et inspiré à fond.

– Je ne veux pas perdre cette maison, Georges ! Pas pour deux mille cinq cents dollars.

Amanda s'est levée et a contourné la table pour me rejoindre. Sans dire un mot, elle a pris mon poignet et effleuré le tatouage que je m'étais fait faire l'après-midi. Puis elle m'a suivie dans l'escalier.

– Non ! C'est là que tu te trompes ! Elle va revenir, et je ne veux pas qu'elle découvre à son retour que j'ai arrêté de rembourser le prêt. Je vais trouver l'argent. Tu vas leur dire que...

Nous avions atteint le palier. Avec un peu de chance, si papa s'arrêtait de crier maintenant, on ne l'entendrait plus.

Comme pour exaucer mon souhait, mon père a baissé la voix. Mais c'était presque pire, car il a pris un ton implorant :

– S'il te plaît, Georges... Je t'en supplie. Je ne peux pas perdre cette maison.

En poussant du pied la porte de ma chambre, je l'ai carrément entendu éclater en sanglots.

– Je suis désolée, ai-je dit à Amanda.

Les jambes en coton, j'ai posé les tasses de cacao sur ma table de chevet et je me suis laissée glisser le long du mur, jusqu'au sol. Amanda s'est assise par terre, le dos contre mon lit, et elle a fixé sur moi ses grands yeux cernés de Khol : un maquillage qui complétait sa panoplie punk rock, à la Patti Smith.

– Tu n'as pas à être désolée.

– C'est juste que... Je suis hyper mal à l'aise. Papa n'est pas comme ça, d'habitude.

En prononçant ces mots, je me suis rendu compte que je mentais. C'est vrai, autrefois, mon père était différent. Il était gentil, plein d'humour, et même séduisant. Quand Kelli l'avait rencontré pour la première fois, elle s'était extasiée : « Il est craquant, ton père ! On dirait George Clooney ! » Mais là, avec son teint blafard, sa barbe d'une semaine, ses yeux injectés de sang et son ventre proéminent, il faisait presque peur à voir.

– Je t'assure, Callie ! a insisté Amanda. Ça va passer. Il va s'en remettre.

Malgré mes efforts pour les retenir, deux larmes ont roulé sur mes joues. Je les ai essuyées d'un poing rageur.

– Tu n'en sais rien, ai-je rétorqué, furieuse. Il ne s'en remettra jamais ! Il ne changera jamais !

J'étais tellement heureuse quand Amanda m'avait proposé de passer chez moi, après notre balade en ville. C'était la seule amie que j'osais encore inviter à la maison, mais elle venait rarement car elle était toujours débordée. Et il avait fallu qu'elle assiste à cette scène lamentable...

– Plus c'est la même chose, plus ça change, a-t-elle déclaré.

J'ai souri.

– J'aurais préféré que tu me prédises l'avenir, genre : « Un lointain parent va mourir demain et te laisser deux mille cinq cents dollars en héritage. »

Amanda s'est penchée vers moi et m'a fait une bise sur la joue.

– J'allais justement te l'annoncer.

Puis elle s'est levée et s'est approchée de la porte. J'ai deviné son intention : à sa place, je me serais enfuie depuis longtemps.

– Je comprends que tu aies envie de partir...

Elle a rebroussé chemin pour venir s'agenouiller près de moi.

– Ne m'en veux pas, d'accord ? Ne m'en veux pas de partir...

Sa voix avait une intensité dramatique que je ne lui connaissais pas. Je l'ai regardée attentivement.

– Tu sais, quand je t'ai invitée, je n'avais pas prévu que...

Elle s'est relevée sans me laisser terminer ma phrase.

– *Life is what happens to you when you're busy making other plans*[1], a-t-elle chantonné.

J'ai ri malgré moi.

– C'est sûr.

J'ai basculé la tête en arrière et fermé les yeux.

– À demain.

1. « La vie est ce qui t'arrive quand tu es occupé à faire d'autres projets. » Extrait de la chanson *Beautiful boy*, de John Lennon.

– Au revoir, Callie.

La porte s'est refermée avec un léger déclic et je me suis retrouvée seule.

Mes mains tremblaient tellement que je n'arrivais pas à remettre les billets dans l'enveloppe. Où Amanda avait-elle trouvé deux mille cinq cents dollars ? Elle n'avait pas des quantités astronomiques d'argent de poche, comme Heidi ou Traci. Il lui arrivait de m'offrir des trucs, comme le tatouage de la veille, mais il n'avait coûté que douze dollars. Douze dollars, c'était seulement... – j'ai réfléchi une demi seconde – zéro virgule quarante-huit pour cent de deux mille cinq cents dollars.

Mon petit exercice de calcul mental m'a un peu calmée. Il y avait forcément une explication. Peut-être qu'Amanda avait économisé de l'argent dans un but précis, puis qu'elle s'était inquiétée pour mon père et moi, et qu'elle avait pensé...

Pensé quoi au juste ? « Bon, tant pis, je leur donne mes économies, puis je peinturlure la caisse de Thornhill, je lui balance Callie dans les pattes et je les laisse se débrouiller pendant que je me bidonne en cachette. »

Non, ce scénario était ridicule.

Amanda avait-elle volé cet argent avant de disparaître de crainte de se faire prendre ? Ça expliquerait qu'elle ait séché les cours aujourd'hui. Mais alors, à quoi rimait cette histoire de voiture et de casiers ? Un voleur en cavale s'enfuit le plus vite et le plus loin possible, non ? Y avait-il un lien entre la voiture et les billets, ou n'était-ce qu'une simple coïncidence ? C'était incompréhensible.

J'avais le vertige à force de réfléchir. Jamais je ne pourrais démêler cette affaire toute seule. Mais à qui en parler ? À Heidi ? À Traci ? Ben voyons... À Lee ? En théorie, c'était mon petit copain, mais pour l'instant, on s'était contentés d'échanger des cartes de Saint-Valentin et de se tenir la main à la cafétéria du lycée. C'est dire si on était proches ! Et si j'appelais Hal ou Nia, je serais obligée de leur révéler des trucs que je préférais garder pour moi. Nia Rivera n'avait pas besoin de savoir que ma famille était en vrac.

Je suis arrivée à la conclusion qu'une seule personne pouvait m'aider. J'ai fourré les billets pêle-mêle dans l'enveloppe, que j'ai pressée contre mon cœur comme un objet précieux avant de foncer dans le couloir et de dévaler l'escalier.

Mon père était toujours endormi dans le séjour, mais il ne ronflait plus et sa respiration était plus régulière. Arrivée près de lui, j'ai hésité. Cet homme passait ses matinées à ramasser des bouts de bois dans les poubelles, et ses après-midi à picoler jusqu'à perdre connaissance. Était-il vraiment capable de m'aider ?

Le meilleur moyen de le savoir, c'était encore de tenter ma chance.

– Papa ?

Pas de réponse. J'ai crié plus fort :

– Papa !

Je lui ai tapoté l'épaule. Il a sursauté, s'est redressé brusquement et a regardé autour de lui, l'air égaré.

– Hein ? Quoi ? Je...

Il a secoué la tête.

– Ah ? Callie, a-t-il articulé d'une voix pâteuse.

Il s'est frotté les yeux, puis il a pressé les paumes contre son front pour chasser sa migraine.

– Je me suis assoupi. Quelle heure est-il ?

Je me suis assise à côté de lui.

– Papa. Il faut que je te parle.

– Bien sûr, ma chérie. Dis-moi ce qui te tracasse.

Il avait du mal à me fixer, mais au moins il m'écoutait. Il a tenté de récupérer son verre de vin. J'ai posé une main sur son bras.

– Papa, j'ai besoin que tu m'aides.

– Bien sûr.

Il a contemplé son verre avec regret, mais n'a pas fait un geste pour le reprendre. Je lui ai tendu l'enveloppe, le rabat fermé, de sorte qu'il ne pouvait pas distinguer son contenu.

– Dis-moi ce qu'on va faire de ça...

Il m'a regardé comme s'il me voyait pour la première fois depuis longtemps. Puis, sans un mot, il a pris l'enveloppe.

CHAPITRE TREIZE

– Cette fille est tarée ! T.A.R.É.E, a déclaré Traci en trempant une lamelle de carotte crue dans le petit pot de sauce de Kelli. Sans déconner ! Elle était avec moi en cours d'histoire, et elle passait son temps à demander à la prof : « Comment peut-on être sûrs que c'est vrai ? Comment peut-on en être sûrs ? » Hyper saoulante ! J'ai cru que Mme Balducci allait lui mettre des claques.

– Tu m'étonnes. Il n'y a qu'à lire son dernier article.

Kelli a tracé dans l'air un gros titre imaginaire et déclamé :

– Les lycées réinstaurent la peine capitale.

– Les châtiments corporels, l'a corrigée Heidi en roulant ses yeux bleus magnifiques. La peine capitale, c'est la peine de mort.

Kelli a haussé les épaules :

– Ouais, c'est pareil.

Puis, se tournant vers moi :

– Bon, Callie, pour t'aider à oublier les souffrances que tu as endurées hier, je m'occuperai personnellement de ton maquillage avant la fête de Liz, samedi soir. On. Va. Être. Sublimes.

J'ai souri, mais après avoir passé la nuit allongée dans mon lit, les yeux ouverts, à attendre un coup de fil d'Amanda, j'étais trop fatiguée pour articuler une phrase. Depuis que j'avais trouvé l'argent, je lui avais envoyé deux textos auxquels elle n'avait pas répondu. Mon téléphone était dans ma poche en position vibreur, mais j'avais perdu espoir de recevoir des nouvelles.

– Ça va, Callie ? m'a demandé Traci.

Elle a posé la tête sur mon épaule et m'a caressé le bras.

– Rassure-moi : ces cinglés ne t'ont pas fait de misères ?

– Ouais, tu es bizarre tout à coup ! a enchaîné Heidi, l'air agacé.

– Non, je vais bien.

J'ai fait l'effort de me redresser. Je n'avais pas besoin de m'attirer les foudres de Heidi, en plus du reste.

– C'est vrai. Je suis seulement fatiguée.

Mais Heidi ne m'écoutait plus. Elle regardait par-dessus mon épaule, et elle a pris la voix chantante qu'elle réserve aux garçons pour saluer les nouveaux arrivants :

– Saluut !

Une seconde plus tard, Jake, Lee et Keith se sont arrêtés à l'extrémité de notre table. La présence de Keith m'a rappelé ma dispute de la veille avec Nia, et j'ai eu du mal à le regarder en face.

Lee portait la veste Abercrombie qui lui va si bien, et ses joues étaient rosies par le froid. Je me disais parfois qu'avec son look de mannequin et ses fringues stylées, Lee méritait d'avoir une petite amie un peu moins banale que moi. Il allait forcément s'en apercevoir un jour, ce n'était qu'une question de temps.

– Bonjour, mesdemoiselles, a dit Jake en souriant à la ronde.

Jake, Keith et Lee sont des amis d'enfance. Si Keith et Lee ont toujours été mignons, Jake a eu une période un peu grassouillette, et je l'ai longtemps considéré comme le faire-valoir des deux autres. Mais depuis l'an dernier, il a beaucoup grandi, s'est affiné, et a troqué ses lunettes contre des verres de contact. Bref, il s'est métamorphosé en grand brun ténébreux, et la rumeur qui court, comme quoi il appartiendrait à la famille d'un maharadjah de l'Inde, ajoute encore à son charisme. Pour rire, Heidi lui a proposé de l'aider à récupérer son trône. Keith a eu beau lui expliquer un million de fois qu'il n'y a pas de trône, Heidi n'en démord pas. La connaissant, si elle veut qu'il y ait un trône, je suis sûre qu'il y en aura un, d'une façon ou d'une autre.

– Vous venez chez Liz demain, les mecs? leur a-t-elle demandé.

C'était une question purement rhétorique. Liz n'a pas la popularité record des iGirls, mais elle est très sympa, et elle habite une maison immense dans le même quartier que Heidi. Chaque année, elle organise une fiesta gigantesque pour son anniversaire, à laquelle tout le gratin des troisièmes est invité. Et comme son frère, plus âgé que nous, invite aussi pas mal d'amis, ça devient vraiment intéressant.

– Vous avez prévu de nous parler si on vient ? s'est renseigné Jake. Ou vous comptez nous snober en draguant des mecs de terminale ?

Il était penché vers Heidi, qui le dévorait du regard. Je ne m'expliquais pas comment ces deux-là ne sortaient pas encore ensemble.

– Ça dépend si vous nous donnez une bonne raison de vous parler, a-t-elle minaudé en entortillant une mèche de cheveux blonds autour de son doigt. Qu'est-ce qu'on gagne ?

– Tu nous mets la pression, là !

Keith aussi était penché vers Heidi. Je me suis demandé pourquoi on donne le surnom de « reine des abeilles » aux filles populaires. Je les comparerais plutôt à des fleurs, autour desquelles bourdonnent des dizaines d'admirateurs et d'admiratrices.

Pendant que je regardais Heidi discuter avec Keith et Jake, Lee a contourné la table pour venir s'asseoir près de moi.

– Comment ça va ? a-t-il murmuré, sur le ton de la conspiration.

– Ça va.

Ce n'étaient que deux mots, mais j'ai eu l'impression qu'ils exprimaient le plus gros mensonge de l'univers.

– Je t'ai vue, hier. Quand tu lavais la voiture...

– Ouais. Moi aussi, je t'ai vu.

Je me suis rappelé ses signes d'encouragement, qui m'avaient bien réconfortée.

– Merci pour ton soutien, c'était sympa !

– De rien. Mais c'est quoi, cette histoire ? Pourquoi Thornhill t'a obligée à nettoyer sa voiture ? Tu connais Amanda, ou quoi ?

C'est le problème avec les mensonges : une fois que tu as commencé, tu ne peux plus t'arrêter.

– Pas vraiment. On est en cours de maths ensemble.

– C'est vrai ? Alors, Amanda doit être un génie en maths, elle aussi ! s'est exclamé Lee, toujours adorable.

– Exact.

Après avoir écouté les iGirls traîner Amanda dans la boue, j'étais ravie de pouvoir lui décerner un compliment à voix haute. Du coup, j'en ai rajouté :

– Amanda est un vrai génie !

Puis, à mon soulagement, la conversation a dérivé sur le week-end et la fête chez Liz. Dès que la cloche a sonné la fin du déjeuner, nous nous sommes levés de table tous ensemble. Keith et moi avons franchi la porte de la cafétéria ensemble, et il a engagé la conversation. Quand on est arrivés devant ma salle de bio, il me parlait encore de ses projets pour les vacances de Pâques. J'ai levé les yeux et aperçu Hal et Nia au fond du couloir. Hal ne m'a pas vue, mais Nia, oui. Elle nous a regardés tour à tour, Keith et moi, avant de se détourner comme si elle venait d'assister à un spectacle affligeant.

– C'est fou, non ? a conclu Keith.

– Quoi ? l'ai-je questionné machinalement.

Pour lui éviter de se répéter, je me suis empressée d'ajouter :

– Ouais, tu m'étonnes ! C'est totalement dingue.

– Bon, il faut que je file, a dit Keith. À plus.

– À plus.

Je suis entrée dans le labo de biologie et je me suis laissée tomber sur un tabouret. J'ai passé les quarante-cinq minutes suivantes a fixer le tableau sans le voir, et à écouter le prof sans comprendre un mot de ce qu'il racontait.

Comme Amanda n'était pas en cours de maths, j'ai téléphoné à mon père et il est passé me chercher à la sortie du lycée avec sa camionnette. Il avait la dégaine du type qui a dormi tout habillé, mais il semblait sobre. C'était déjà ça.

– On va rendre cet argent, m'a-t-il annoncé sur un ton péremptoire, aussitôt après avoir démarré.

Comme il était visiblement en colère, je n'ai pas cherché à discuter.

Quand je l'avais quitté la veille au soir, après lui avoir raconté comment j'avais obtenu cet argent, il m'avait demandé de lui laisser la nuit pour réfléchir. À présent, il avait pris sa décision et j'étais fière de lui. On risquait peut-être de perdre

notre maison, mais c'était mieux que de la conserver grâce à de l'argent volé.

– Bon, dis-moi où habite ta copine, m'a suggéré papa.

Je n'étais jamais allée chez Amanda, mais un jour, alors qu'on traversait à vélo un quartier d'Orion nommé « College Green », elle m'avait montré une vieille maison de style victorien, très jolie.

– C'est là que j'habite.

Elle roulait quelques mètres devant moi et elle n'a pas ralenti.

– Tu ne veux pas t'arrêter ? me suis-je étonnée.

Je savais qu'Amanda vivait avec ses grands-parents paternels. Sa mère, anthropologue, travaillait en Ouganda jusqu'à la fin de l'année scolaire. Quant à son père, il tentait de développer des solutions de microcrédit en Amérique latine pour le compte de l'ONU, et voyageait sans arrêt. Je n'avais encore jamais eu d'amis qui vivaient séparés de leurs parents, mais dans le cas d'Amanda, ça me semblait logique. Je n'aurais même pas été surprise d'apprendre qu'elle n'avait pas de parents du tout. Elle était tellement... détachée des préoccupations qu'on a généralement à son âge : les parents, les heures de sortie, les disputes au sujet des notes et du travail scolaire, l'argent de poche... Tout cela lui était inconnu. Je n'en étais que plus curieuse de voir sa maison et de rencontrer ses grands-parents.

– Non, pas spécialement.

Elle m'avait pas mal distancée lorsque j'avais ralenti pour admirer sa maison, et elle a dû crier pour que je l'entende :

– Allez, viens !

Avant d'accélérer, j'ai admiré le perron où était suspendue une balançoire ancienne. La porte peinte d'un bleu éclatant était entrouverte, comme pour inviter les passants à entrer. C'était une vieille maison, mais elle était dans un état impeccable. Elle me rappelait un peu la mienne, avant le départ de ma mère. L'idée de vivre dans le même genre de maison qu'Amanda m'a fait plaisir, et je me suis mise à rêver tout éveillée. Peut-être que nos parents s'apercevraient un jour qu'ils avaient plein de choses en commun. Quand ma mère reviendrait, quand mon père recommencerait à vivre normalement, quand la mère d'Amanda rentrerait d'Ouganda et quand son père cesserait de sillonner l'Amérique du Sud, ils pourraient faire connaissance et s'apprécier... peut-être devenir amis. Je nous voyais déjà tous autour d'un barbecue, et cette idée me séduisait tant que je l'ai ressassée pendant tout le trajet.

***

Je croyais me rappeler où se trouvait la maison d'Amanda, mais je me trompais. J'ai obligé mon père à tourner en rond pendant vingt minutes avant de retrouver la bonne rue, et une fois sur place, j'ai failli manquer la maison parce que la porte avait été repeinte en rouge. Papa était de plus en plus tendu. Je me suis demandé s'il hésitait à rendre l'argent ou s'il souffrait du manque d'alcool : il n'avait pas été à jeun à cette heure de la journée depuis plusieurs mois.

Avant de descendre du camion, j'ai tenté une nouvelle fois de joindre Amanda, sans succès. Après tout ce qui s'était passé, j'avais un peu le trac à l'idée de la voir. J'étais impatiente de lui demander des explications et pourtant, au fond de moi, j'espérais qu'elle ne serait pas chez elle. Je me contenterais de saluer ses grands-parents, de leur donner l'enveloppe et de lui laisser un message pour qu'elle me rappelle.

Mon père est arrivé devant la porte quelques secondes avant moi. Il a appuyé sur la sonnette avant de frapper, incapable de patienter une seconde. Au bout d'un certain temps, des pas ont résonné derrière la porte, et une voix a crié : « J'arrive, j'arrive ! »

Une minute plus tard, la porte s'est ouverte sur un vieil homme vêtu d'un gilet lie de vin. Il devait avoir dans les quatre-vingts ans. Je n'avais pas imaginé le grand-père d'Amanda aussi vieux.

– Bonjour, a fait mon père d'un ton aimable, qui ne trahissait heureusement aucune impatience. Nous venons voir Amanda.

L'homme a souri. Malgré son grand âge et son dos voûté, il y avait en lui quelque chose de vif, dynamique.

– Excusez-moi, je suis un peu dur d'oreille. Pourriez-vous répéter, s'il vous plaît ?

– Nous venons voir Amanda, a dit mon père d'une voix plus forte.

– Amanda ?

L'homme souriait toujours, comme s'il était ravi d'avoir de la visite et de nous renseigner.

– Oui, c'est cela, a fait papa. Amanda, euh...

J'ai volé à son secours :

– Amanda Valentino.

C'était quand même curieux qu'un grand-père, même très âgé, ait besoin qu'on lui rappelle le nom de famille de sa petite-fille.

– Valentino, a répété l'homme. Vous avez bien dit Amanda Valentino ?

– Oui, a confirmé papa.

Le vieillard a secoué la tête.

– Je suis désolé. Il n'y a personne ici qui porte ce nom.

chapitre 14

Ce n'était pas possible. J'ai regardé autour de moi. La balançoire que j'avais vue le jour où nous étions passées à vélo était toujours là. La porte avait changé de couleur, mais tout le reste était pareil. Amanda m'avait dit qu'elle habitait dans cette maison. J'en étais sûre.

– Euh... Et ce n'est pas possible qu'elle ait vécu ici... avant?

Amanda m'avait indiqué cette maison fin novembre, et on était mi-mars. Elle ne m'avait pas parlé de déménagement, mais apparemment, elle avait passé sous silence un certain nombre de détails de sa vie.

– C'est possible, a gloussé l'homme. Mais alors, il y a très longtemps. Ma femme et moi vivons ici depuis plus de cinquante ans.

Je n'en croyais pas mes oreilles.

– Amanda Valentino, vous avez bien entendu ? ai-je crié, irritée.

Après avoir redouté la grossièreté de mon père, c'était à moi de me montrer impolie. Je me suis efforcée de prendre un ton plus aimable pour ajouter :

– Elle a mon âge et fait à peu près ma taille. C'est une très jolie fille, qui change tout le temps d'apparence. Elle m'a dit qu'elle vivait ici.

L'homme, distrait par une idée, n'a pas entendu ma dernière phrase.

– Est-ce qu'à tout hasard, vous ne chercheriez pas Callista ? Callie ? m'a-t-il interrogée.

– Pardon ? s'est étranglé mon père.

L'homme a continué, imperturbable :

– Ce doit être la jeune fille dont vous parlez. Une petite adorable. Elle nous a aidés, ma femme et moi, à faire quelques courses cet hiver, quand il faisait si froid. En janvier.

Il s'est retourné pour appeler son épouse :

– Chérie, viens voir ! Il y a des gens sympathiques qui cherchent Callie.

Prise d'un soudain vertige, j'ai cru que j'allais tomber dans les pommes. Alors que je m'agrippais à mon père, une vieille dame est apparue derrière l'homme. Elle était voûtée, elle aussi, et portait une robe de la même couleur que son gilet.

– Oui ?

– Ma chérie, ces gens sont des amis de Callie. Ils la cherchent.

Le visage de la femme s'est éclairé, et elle nous a fait un grand sourire.

– Ah, c'est une gentille fille. Harold vous a raconté comme elle nous a aidés cet hiver ? Je ne sais pas ce qu'on aurait fait sans elle.

– Et intelligente comme tout, a enchaîné l'homme. Elle veut devenir astrologue.

Son épouse lui a lancé un regard indulgent et l'a corrigé :

– Non, Harold : astronome.

Elle s'est tournée vers nous :

– Sa mère était astronome. C'est pourquoi ce métier l'intéresse.

J'ai senti le bras de mon père trembler. Face à notre silence, la vieille dame a soudain changé d'expression.

– Il ne lui est rien arrivé de grave, j'espère ? Elle ne s'est pas attiré d'ennuis ?

J'ai retrouvé ma voix comme par miracle, mais elle manquait d'assurance :

– Non. Non, elle va bien, ne vous inquiétez pas. J'ai simplement pensé que je pourrais la trouver ici.

– Ah, me voilà rassurée ! s'est exclamée la femme. Nous ne l'avons pas vue depuis un bon moment... Enfin, elle nous a promis de revenir.

– Voulez-vous entrer boire un café ? nous a proposé l'homme.

– Ou un thé ? a ajouté la femme. Nous avons des thés délicieux.

Nous avons décliné l'invitation, pris congé du couple, descendu les marches du perron et nous sommes montés dans la camionnette de mon père comme des automates. Papa a démarré si vite que les pneus ont crissé ; je suis sûre qu'il a laissé des traces sur le bitume. Arrivé au bout de la rue, il a tourné à gauche, puis a donné un violent coup de frein.

– Maintenant, tu vas m'expliquer, Callie. À quoi tu joues ?

Il avait le souffle court et le visage écarlate.

– Moi ? Tu crois que je joue ? Tu plaisantes ?

Il a pointé l'index sur moi :

– Tu as volé cet argent ? C'est ça ?

– Tu crois que j'ai volé l'argent, puis que j'ai inventé cette histoire tordue au sujet d'Amanda ? me suis-je écriée. J'ai bien compris ?

– Je ne sais pas ce que je dois penser, a soupiré mon père. Je ne te comprends plus.

Cette fois, j'ai explosé :

– Tu ne me comprends plus ? Tu veux rire ?

J'étais au bord des larmes, mais j'étais trop furieuse pour m'en soucier.

– Ce n'est pas moi qui suis saoule la moitié du temps, papa ! Ce n'est pas moi qui stocke toute une forêt dans la maison ! Ce n'est pas moi qui perds la boule, d'accord ? Alors, ne t'avise pas de me dire que tu ne me comprends plus. C'est toi qui as complètement changé. Moi, je suis restée la même !

J'ai regardé dehors pour me calmer. Nous étions garés devant une autre maison victorienne, pas aussi jolie que la prétendue maison d'Amanda, mais quand même assez sympa. J'ai songé que je donnerais n'importe quoi pour y vivre, ou pour habiter dans n'importe quelle maison de cette rue.

Dans n'importe quelle maison, sauf la mienne.

Nous sommes restés assis un long moment dans la camionnette en silence. Puis mon père a remis le contact et il a repris le chemin de la maison.

Nous n'avons pas échangé un mot sur tout le trajet du retour. Quand papa s'est arrêté devant le garage, je lui ai dit :

– Garde l'argent. On se fiche de savoir d'où il vient, et ce qu'elle a fait pour l'avoir. Garde l'argent et sauve la maison.

Je suis sortie sans lui laisser le temps de répondre et je suis montée directement dans ma chambre. J'avais besoin d'être seule pour essayer de comprendre ce monde de dingues dans lequel je vivais depuis quelques jours.

En ouvrant la porte, je m'attendais presque à voir un nouveau mot d'Amanda. Mais j'ai eu beau tirer mon édredon, soulever mes oreillers, je n'ai rien trouvé. Je me suis allongée sans savoir si j'étais déçue ou soulagée.

Au moment où je fermais les yeux, j'ai entendu frapper à ma porte.

– Quoi ?

La dernière chose dont j'avais envie, c'était de discuter avec mon père.

Pas de réponse. On a frappé de nouveau.

– Quoi ? ai-je répété, un ton plus haut.

« Toc. Toc. »

J'ai soupiré bruyamment, je me suis relevée et j'ai traversé la pièce au pas de charge.

– Quoi ? ai-je hurlé en ouvrant la porte à la volée.

Il n'y avait personne dans le couloir.

– C'est quoi, ce...

Un autre « toc » m'a fait réaliser que le bruit ne venait pas de ma porte, mais de la fenêtre. J'ai rebroussé chemin et regardé dans le jardin, où j'ai découvert Hal Bennett.

CHAPITRE 15

Hal a dit un truc que je n'ai pas entendu. Je me suis acharnée plusieurs minutes sur la fenêtre pour tenter de l'ouvrir, mais le panneau refusait de coulisser et j'ai fini par renoncer. Je lui ai fait signe que je descendais le rejoindre. En dévalant l'escalier, je me suis demandé ce que je dirais à papa si je le croisais. Sa camionnette était toujours garée dans l'allée, mais il n'était pas dans les parages, et c'était tant mieux. Hal avait déjà vu l'état de la pelouse. Il n'avait pas besoin de voir en plus l'état de mon père.

En sortant dans le jardin, je me suis rappelé toutes les fois où nous nous étions donné rendez-vous dans les bois, quand nous étions enfants. Du coup, sa présence ici me paraissait presque naturelle. Hal était arrivé à Orion pendant l'été, juste avant notre entrée en sixième. Mes grandes vacances avaient mal commencé : tous mes amis étaient partis en colo ou avec leurs parents, et je passais mes journées seule. Pour tuer le temps, j'allais jouer dans les bois derrière la maison. Un après-midi, alors que je traversais le torrent, en équilibre sur un vieux tronc moussu, j'avais rencontré Hal. Nous avions discuté un moment, puis il m'avait montré la grotte sinistre qu'il avait découverte au début de l'été, et on avait passé la fin de la journée à grimper aux arbres. À l'époque, je ne m'attardais pas sur des détails comme la coupe de cheveux, ou les vêtements. J'étais moi-même fringuée n'importe comment, avec mes T-shirts informes, mes bermudas et mes couettes. Hal n'était pas très bavard, mais il était drôle. Il m'avait appris à pêcher et il savait escalader les rochers comme personne.

Un jour, alors que nous traversions le torrent sur notre éternel rondin, j'avais perdu l'équilibre, j'étais tombée et je m'étais cassé le bras. C'était une vilaine fracture, qui m'avait valu une opération chirurgicale, des broches, et l'interdiction de retourner courir dans les bois. À la place, j'avais commencé à aller régulièrement à la librairie du centre commercial, histoire de m'occuper. Et c'est là que j'étais tombée sur Heidi, Traci et Kelli. Pas à la librairie, mais dans la galerie marchande, où les trois amies renouvelaient leur garde-robe avant la rentrée. Heidi m'avait lancé un « bonjour » chaleureux, à mon grand étonnement, car on se connaissait seulement de vue.

Ma surprise avait atteint son comble quand elle m'avait invitée à venir chez elle pour profiter de la piscine. Je ne pouvais pas nager à cause de mon bras, mais j'adorais paresser avec Heidi et ses amies au bord du bassin, en sirotant les Orangina que l'employée de maison nous servait dans de jolis verres en plastique décorés de palmiers. C'est l'époque où Heidi a remarqué que nos prénoms se finissaient tous par un i (sauf le mien, mais elle a eu la clémence de me laisser abandonner le e) et décrété que nous serions désormais les iGirls.

Je n'avais encore jamais fait partie d'un groupe d'amies comme celui-là. Heidi me téléphonait chaque matin pour me proposer de passer chez elle, me donner rendez-vous au centre commercial, ou au cinéma. Quand mes anciennes amies sont revenues de vacances, j'ai décliné plusieurs fois leurs invitations et après un temps, elles ont cessé de m'appeler. Quant à Hal, je l'avais complètement oublié. À la rentrée de septembre, j'étais métamorphosée. Les iGirls m'avaient emmenée faire du shopping et m'avaient complètement relookée. La coiffeuse de Heidi – et de sa mère – m'avait coupé les cheveux. Quand je croisais Hal dans le couloir, je faisais semblant de ne pas le voir, et j'étais quasiment sûre qu'il ne me reconnaissait pas, tellement j'avais changé.

– Salut, m'a-t-il lancé.

Il avait une veste en daim sympa, vintage, qui m'a rappelé celle que Nia portait la veille. Amanda les avait-elle emmenés tous les deux dans les boutiques ? Une fois encore, penser à elle m'a causé un pincement. Je me sentais trahie et ridicule, comme si Amanda n'avait fait que se moquer de moi tout le temps où je nous avais crues amies.

– Salut.

Je n'ai rien ajouté, faute de savoir quoi dire. J'étais partagée entre l'envie de lui parler de l'argent et de ma visite à la maison d'Amanda (façon de parler), mais j'hésitais à lui révéler mes derniers secrets.

– On va faire un tour ? a-t-il suggéré.

– Euh... ouais.

C'était toujours mieux que de rester plantés là en silence.

Je m'attendais à ce qu'il prenne la direction des bois, mais il est parti de l'autre côté, vers la colline du Pommier sauvage. Depuis que ma mère m'avait réveillée en pleine nuit, à la fin octobre, pour m'emmener au sommet de la colline admirer une pluie de météorites, je n'y étais retournée qu'une seule fois.

J'ai emboîté le pas à Hal en me disant qu'il était vraiment hyper mignon. En plus, c'est le genre de mec qui a toujours l'air de penser à des trucs intelligents et profonds. À côté, je me sentais superficielle. Je n'ai pas osé engager la conversation de peur que mes propos lui paraissent creux, futiles. Du coup, un silence pesant s'est installé entre nous.

Arrivés au sommet, nous avons continué à nous taire un long moment. La colline du Pommier sauvage n'est pas le mont Everest, mais Orion n'est pas non plus le Népal. Les environs sont peu vallonnés, et il n'est pas nécessaire de monter très haut pour avoir un vaste panorama. Je n'étais quasiment jamais venue ici en plein jour, et la vue m'a séduite. Dans le lointain, j'ai reconnu le terrain de foot d'Endeavor et ses gradins.

– Mon circuit de footing préféré passe là-bas, m'a confié Hal en pointant un doigt vers l'est.

– Je sais.

Je me suis mordu les lèvres, mais c'était trop tard.

– Tu sais ? s'est étonné Hal en se tournant vers moi.

– Euh, ouais... Je ne savais pas que c'était ton parcours préféré, mais...

Il m'arrive de rougir si fort que mes oreilles se mettent à bourdonner. C'était justement le cas.

– Je monte quelquefois ici avec le télescope de ma mère...

De crainte de passer pour une voyeuse, je me suis empressée d'ajouter :

– Pour regarder les étoiles... Et une fois, je t'ai vu passer en courant. Pas avec le télescope. À l'œil nu.

Après avoir prononcé le mot « nu », j'ai lutté contre une envie terrible de faire demi-tour et de redescendre la colline en courant, pour aller me réfugier dans ma chambre et enfoncer la tête sous mon oreiller, après avoir fermé la porte à double tour.

Finalement, le silence avait ses avantages.

– Ah.

Hal n'a pas remarqué mon embarras.

– Ça doit être sympa de regarder les étoiles, a-t-il murmuré.

– C'est génial !

Je me suis gardée d'ajouter que je ne l'avais pas fait depuis six mois, à une exception près.

– Je n'ai toujours pas de nouvelles d'Amanda, a repris Hal. Ça commence à m'inquiéter un peu. J'étais sûr qu'elle viendrait en cours aujourd'hui...

– Je suis allée chez elle cet après-midi.

Sans cesser de regarder le paysage, j'ai ajouté :

– Enfin, là où je croyais qu'elle habitait.

– Comment ça ? a fait Hal.

Il s'est assis sur un rocher plat et m'a regardée en plissant les paupières. J'ai commencé par lui raconter que j'étais passée à vélo devant la maison d'Amanda avec elle, quelques mois plus tôt.

– Elle n'habite pas avenue Princeton, a-t-il objecté. Elle vit dans un immeuble du centre-ville, à côté de la boutique de tatouages.

– Pardon ?

J'ai écarquillé les yeux et répliqué du tac au tac :

– Certainement pas !

– Si ! a insisté Hal. Elle habite avec sa mère dans l'immeuble moderne qu'ils viennent de construire. Dans le... – comment ça s'appelle, déjà ? – l'appartement témoin ? Tu sais, le truc meublé qu'ils font visiter aux futurs acheteurs, pour leur donner une idée de ce que... Enfin bref : elles vivent là en attendant que leur appart soit prêt.

– Mais...

Un appartement en ville ? J'avais en tête une image si précise d'Amanda dans une maison victorienne que je n'arrivais pas à l'imaginer dans un appartement. D'ailleurs, c'était impossible : sa mère était en Ouganda avec les gorilles.

Hal, qui semblait désolé de me plonger dans un tel état de confusion, a continué d'une voix douce :

– En fait, après la mort de son père...

Stop ! On arrête ! Convaincue qu'il était en plein délire, je me suis empressée de l'interrompre :

– Quand son père est mort ? Comment ça, quand son père est mort ? Son père n'est pas mort. Il travaille pour l'ONU.

Cette fois, c'est Hal qui m'a regardée avec des yeux comme des soucoupes.

– Son père est mort depuis longtemps. Elle avait à peine trois ans...

OK. J'avais désormais la preuve que Hal avait perdu la boule. J'ai tenté de le ramener à la raison :

– Hal, son père n'est pas mort quand elle avait trois ans. Il lui a enseigné les équations du second degré. Crois-moi, même un génie comme Amanda n'a pas pu apprendre ça à trois ans ! Ses parents sont tous les deux en vie, et elle est venue habiter à Orion parce que sa mère travaille en Afrique et son père en Amérique latine. Elle vit avec ses grands-parents paternels dans une grande maison victorienne sur l'avenue Princeton.

En prononçant ces mots, je me suis rappelée que ce n'était pas la stricte vérité. En somme, Hal pouvait avoir raison aussi bien que moi.

Il y avait vraiment de quoi devenir dingue !

CHAPITRE SEIZE

Hal s'est levé.

– Je ne vois pas comment elle pourrait vivre avec ses grands-parents paternels : ils sont morts dans un accident de voiture quand elle avait six ans !

J'ai marché vers lui et élevé la voix, comme si ça pouvait le convaincre :

– Ses grands-parents paternels ne sont pas morts dans un accident de voiture, puisqu'elle vit avec eux !

Hal a haussé le ton, lui aussi.

– Tu te trompes. Amanda n'a plus un seul parent en vie, à part sa mère.

– Mais...

J'allais lui répéter qu'Amanda vivait avec ses grands-parents, quand j'ai mesuré le ridicule de la situation. Hal a dû s'en rendre compte aussi, parce qu'il est resté bouche bée, comme s'il s'était arrêté juste avant de me hurler dessus. Il s'est rassis, a ramassé une brindille et s'est mis à trifouiller dans la boue à ses pieds.

– C'est très, très bizarre, a-t-il lâché finalement.

– Tu m'étonnes ! Et encore, tu n'es pas au courant de tout...

Je me suis éloignée de quelques pas et lui ai confié l'histoire de l'enveloppe pleine de billets, en espérant qu'il ne chercherait pas à savoir pourquoi Amanda m'avait donné cet argent. Je n'avais pas envie de lui mentir, mais je n'étais pas non plus prête à partager mes vilains petits secrets de famille (petits, c'était vite dit !).

Quand j'ai mentionné la somme, Hal a poussé un long sifflement :

– Waow...

– Ouais, je sais.

Il a réfléchi avant de me questionner :

– Tu crois qu'elle...

Comme les mots refusaient de sortir, il a avalé sa salive.

– Tu crois qu'elle a volé cet argent ?

J'ai secoué la tête :

– Je ne crois pas. Je veux dire, Amanda est plutôt...

J'ai hésité. Amanda n'est pas le genre de personne qu'on peut décrire en trois mots.

– Non conventionnelle ? a proposé Hal.

– Ouais, quelque chose comme ça. Mais je ne la vois pas voler, ni rien.

– N'empêche, c'est une sacrée somme ! a repris Hal. Je ne crois pas qu'Amanda soit spécialement riche.

Nous nous sommes tus le temps de digérer tout ça. Hal a repris la parole le premier :

– Je n'ai pas rencontré sa mère. Elle m'en a beaucoup parlé, mais je ne l'ai jamais vue. Tu trouves ça bizarre ?

J'étais mal placée pour répondre à ce genre de question.

– Comment ça ?

– Eh bien... J'en arriverais presque à me dire...

Hal a hésité, comme s'il s'apprêtait à lâcher un truc énorme :

– Et si elle n'avait pas de mère ? Si elle vivait seule ? Ça te paraît dingue ?

Je me suis rappelé avoir pensé qu'Amanda était trop cool pour avoir des parents ordinaires... mais de là à l'imaginer seule au monde. Cette seule pensée me donnait la chair de poule. Même si j'étais un peu livrée à moi-même, avec ma mère disparue et mon père dans les choux, j'avais le sentiment que papa répondrait présent s'il m'arrivait quelque chose de grave. Enfin, je l'espérais.

– Ils ont forcément un dossier, quelque chose..., a murmuré Hal.

Il parlait pour lui-même, mais ça ne m'a pas empêchée de l'interroger :

– Qui ? Qui a un dossier ?

– Le lycée. Ils doivent savoir où elle habite. Quand tu t'inscris quelque part, tu es obligé de fournir la preuve que tu vis dans le secteur.

Mes jambes commençaient à fatiguer. J'avais beau savoir que le sol était froid et humide, je me suis assise par terre. Comme prévu, j'ai eu instantanément les fesses trempées.

– Comment tu le sais ?

– Quand on a emménagé à Orion, mes parents ont dû attendre de recevoir une facture à leur nouvelle adresse pour m'inscrire au collège. Ça a énervé ma mère, qui n'arrête pas de dénoncer notre société basée sur le soupçon et la paranoïa.

Il a abattu son poing contre sa cuisse.

– C'est ça : il faut qu'on mette la main sur son dossier !

– Sans vouloir être soupçonneuse et paranoïaque, tu ne crois pas qu'Amanda a pu leur donner de faux documents ? Endeavor goberait ce genre de trucs sans problème. On n'est pas non plus à Langley.

– Langley ? a répété Hal. C'est quoi, Langley ?

– Ah, pardon ! Mon père bosse dans la sécurité. Enfin, *bossait.* Langley, en Virginie, c'est le QG de la CIA.

– Ah, je vois.

Hal a incliné la tête sur le côté et m'a regardée. Sauf qu'il ne me voyait pas vraiment. Il contemplait sa propre idée à travers moi.

– En parlant de sécurité, comment Thornhill sait-il que c'est Amanda qui a peint sa voiture ?

– Hein ?

J'ai réalisé que je ne m'étais pas posé la question.

– Eh bien... Il a dû la voir, j'imagine.

Il a fait non de la tête :

– Il ne l'a pas vue. Autrement, il l'aurait arrêtée.

– Oui. Bien sûr.

– Et à ton avis, quand est-ce qu'elle a fait ça ?

Hal a marqué une pause avant de répondre lui-même à sa question :

– Probablement le soir, juste avant que Thornhill quitte le lycée. Il a dû trouver sa voiture barbouillée en partant.

J'ai secoué la tête à mon tour. C'était impossible car j'avais passé tout le mercredi après-midi avec Amanda. Et j'avais une deuxième objection :

– Non. Souviens-toi : mercredi, il a plu toute la journée et tard dans la nuit. Si Amanda avait décoré la voiture mercredi, à n'importe quelle heure, ça n'aurait pas tenu.

– Excellente déduction, Sherlock Holmes ! s'est exclamé Hal.

Il m'a frappé dans la main avec un enthousiasme un peu exagéré, et j'ai glissé une pipe imaginaire dans ma bouche :

– Élémentaire, mon cher Watson.

Je me suis soudain rappelé l'enveloppe violette. Était-il possible qu'Amanda ait revendiqué son geste ? Mais la lettre que j'avais aperçue, glissée entre des journaux sur le siège avant de la Civic, n'avait visiblement pas été ouverte par son destinataire. Thornhill n'avait donc pas pu apprendre la culpabilité d'Amanda par ce biais.

Le moment était venu de parler à Hal de cette lettre. Cela m'obligerait à avouer que j'avais gardé cette information pour moi, mais tant pis. L'heure n'était plus aux cachotteries.

– C'est grâce à elle que je suis allé à New York, tu sais ? a lâché Hal, rêveur.

De quoi parlait-il. De la voiture de Thornhill ?

– À New York ?

– Je suis allé à New York, rappelle-toi. Pour un concours artistique...

Gêné, il s'est baissé pour rattacher son lacet, qui n'était même pas défait.

– Oui, bien sûr ! Le concours national que tu as gagné. Bravo !

Hal a relevé la tête. Il avait le visage rouge pivoine, mais il n'a pas fui mon regard.

– C'est grâce à elle que je me suis inscrit. Elle m'a proposé de faire une caricature de Thornhill pour le journal du lycée. Puis elle l'a montrée à M. Harper, avec d'autres travaux de moi qu'elle avait « empruntés » dans mon carton à dessin.

M. Harper est le directeur du département d'arts plastiques, mais il n'enseigne pas aux élèves de troisième.

– C'est vrai ?

Je voyais en pensée Amanda entrer au pas de charge dans le bureau de M. Harper, un exemplaire de *L'Esprit* dans une main et un paquet de dessins volés à Hal dans l'autre, pour exiger qu'il soumette la candidature de son ami.

Hal, les yeux perdus dans le vague, s'est mis à penser à haute voix :

– Personne n'avait encore pris mes dessins au sérieux, avant...

Il a claqué des doigts.

– Les caméras de sécurité ! Il a dû la voir sur les vidéos de surveillance.

Après une seconde de flottement, j'ai compris qu'il était revenu au sujet de la voiture de Thornhill. J'avais oublié ce détail, mais il est vrai que le lycée est équipé de caméras de sécurité : une à chaque entrée du bâtiment et plusieurs dans les parkings. Le proviseur adjoint les a fait installer à l'automne dernier après avoir constaté une série d'effractions, bien que rien n'ait été volé.

– Ouais, ce serait intéressant de jeter un coup d'œil sur ces vidéos, ai-je réfléchi.

J'avais prononcé cette phrase sans aucune arrière-pensée, comme j'aurais pu dire : « J'aimerais bien retrouver le portable que j'ai perdu cet été », ou « J'aimerais bien pouvoir interroger George Washington sur ses motivations lorsqu'il a traversé le Delaware, au lieu de devoir les imaginer toute seule pour rédiger mon devoir d'histoire ». C'était une façon de dire : « J'aimerais bien vivre dans un univers parallèle, où on aurait la possibilité de regarder la vidéo sur laquelle Amanda décore la voiture de Thornhill. Dommage que ça ne soit pas possible. »

De toute évidence, Hal l'avait interprétée différemment.

– C'est ce qu'on va faire, a-t-il déclaré.

– Quoi ? Qu'est-ce qu'on va faire ?

– On va regarder cette vidéo. Il faut aussi qu'on trouve l'adresse qu'Amanda a donnée au lycée, le maximum de détails sur sa famille, et tous les trucs concrets qu'on peut apprendre sur son compte. Autrement dit, on doit mettre la main sur son dossier scolaire.

– Ouais... Et comment tu comptes t'y prendre ?

– Ça ne doit pas être si difficile. Le dossier et les vidéos sont sûrement dans le bureau de Thornhill.

Je me suis représenté le grand meuble de rangement installé contre le mur.

– Ouais, mettons...

Hal s'est passé une main dans les cheveux.

– On pourrait créer une diversion. Pour obliger tout le monde à sortir du bâtiment.

– Une diversion ? Quel genre ?

– Déclencher l'alarme à incendie ?

J'ai secoué la tête :

– Tu te rappelles ce qui est arrivé à Seth et à Wyatt Hall ?

Hal a grimacé.

– Ouais, c'est vrai.

Seth et Wyatt Hall, des frères jumeaux, étaient en terminale à Endeavor au trimestre dernier. Ils s'étaient fait renvoyer pour avoir déclenché l'alarme à incendie pendant les examens blancs.

– Une alerte à la bombe ? a proposé Hal.

– C'est un coup à se retrouver en prison.

Il s'est levé et s'est mis à marcher en rond.

– Bon, bon... Ça ne doit pas être si difficile. Il ne s'agit pas non plus de faire une opération chirurgicale à cœur ouvert.

On a juste besoin de passer dix minutes, seuls, dans le bureau de Thornhill.

– Hal, ça revient à dire « on a juste besoin d'un million de dollars »...

– Je sais ! s'est-il écrié, s'arrêtant soudain de marcher. Comment n'y ai-je pas pensé plus tôt ? On sera au lycée demain matin. Le samedi, le bâtiment est désert. C'est l'occasion idéale.

J'ai cru bon de lui rappeler une évidence :

– Être dans le bâtiment et être dans le bureau de Thornhill, ce n'est pas la même chose. En supposant qu'on puisse atteindre le bureau sans nous faire repérer depuis la salle où on sera en colle, il faudrait en plus qu'on arrive à y entrer.

– On n'aura qu'à crocheter la serrure. Ça se fait tout le temps dans les films. Il faut juste une carte de crédit et une épingle à cheveux.

– Tu as déjà essayé de crocheter une serrure ?

– Non, pas vraiment.

– Disons que ce n'est pas aussi facile qu'au cinéma. Il y a quelques années, quand mes parents refaisaient la cuisine, un des ouvriers a fermé notre porte d'entrée à clé, l'après-midi, avant de rentrer chez lui. La clé était sur le trousseau qu'on lui avait donné, et il ne pouvait pas savoir qu'on ne ferme jamais. On ne trimballe même pas de clés sur nous. En rentrant du collège, j'ai essayé de crocheter la serrure... Au bout de deux heures, j'ai accepté l'idée qu'on ne peut pas croire tout ce qu'on voit à la télé. J'ai escaladé le pommier et je suis entrée par la fenêtre de ma chambre, que j'avais laissée ouverte.

– Ah, a dit Hal en se rasseyant pesamment sur son rocher.

Je me suis mordu les lèvres. Je m'en voulais un peu de démolir tous ses plans sans en proposer un seul. En même temps, je n'étais pas une spécialiste de l'effraction. J'ai tenté de me rappeler ce que me racontait mon père, quand il travaillait dans la sécurité.

– Euh... Et si on lui empruntait ses clés ? Demain matin, pendant la colle. Tu pourrais le distraire le temps que je lui pique son trousseau.

Je ne savais pas précisément comment j'allais subtiliser ses clés à Thornhill, mais voyant que ma proposition déridait Hal, j'ai continué sur ma lancée. Tout compte fait, je trouvais qu'échafauder un plan – même irréalisable – était assez excitant.

– Ils ne font pas des clés dans le magasin d'électroménager à côté de la pizzeria ?

J'ai fermé les yeux pour tenter de visualiser les commerces les plus proches d'Endeavor : trois pauvres boutiques échouées au milieu d'un quartier résidentiel, à presque un kilomètre du lycée. L'un de nous devrait prétexter un besoin urgent d'aller aux toilettes, ou de récupérer un truc dans son casier, et faire l'aller-retour à toute vitesse.

– On pourrait lui piquer ses clés, les apporter chez le serrurier, les faire copier...

C'était au tour de Hal d'avoir une objection :

– On ne peut pas faire dupliquer les clés du lycée.

Mécontente de voir mon plan contrarié, je me suis campée devant lui, les mains sur les hanches :

– Comment ça, on ne peut pas dupliquer les clés du lycée ? Qu'est-ce qu'elles ont de spécial ?

J'ai pensé aux clés de la camionnette de mon père, munies d'une espèce de coque en plastique. En cas de perte, il faut s'adresser au constructeur automobile pour en obtenir un double. Mais je n'avais jamais rien observé de tel sur les clés du lycée.

– Tu en as déjà vu une de près ? m'a demandé Hal.

– Une clé du lycée ?

J'ai essayé de me souvenir.

– Ouais, j'ai dû voir celles des concierges...

– Un jour, m'a raconté Hal, j'ai oublié ma veste dans une salle d'étude et la concierge m'a prêté son trousseau pour que j'aille la récupérer. J'ai remarqué que toutes les clés portaient un numéro et la mention « ne pas dupliquer ». Alors, à moins de soudoyer un serrurier...

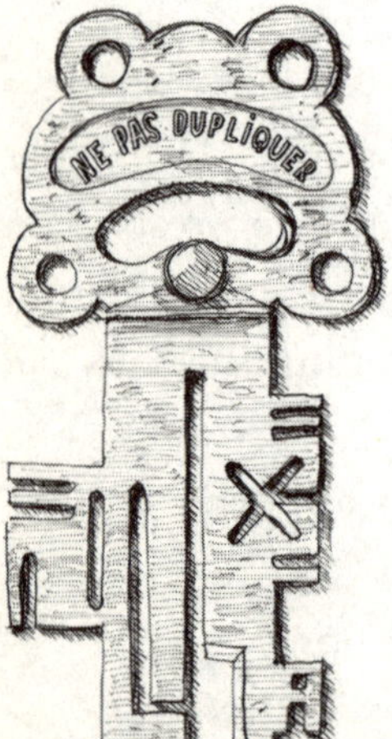

Mes oreilles se sont mises à bourdonner et je n'ai pas entendu la fin de la phrase. Mon cœur battait à un rythme effréné. Je me suis rappelé cet après-midi d'hiver. La perruque blonde d'Amanda. La clé. J'ai songé au mystérieux individu qui avait installé un oiseau empaillé dans le bureau de Thornhill pendant les vacances de février. Je me suis accroupie et j'ai posé une main sur le bras de Hal.

– Tu as bien dit : « ne pas dupliquer » ?

– Ouais. Ça signifie...

Je me suis assise, prise de vertige. Était-ce possible ? Amanda m'avait-elle...

Hal s'était tu et me dévisageait. Mon pouls battait dans mes tempes et ma vue était floue. Comme je ne répondais pas, il s'est penché pour me regarder dans les yeux.

– Callie, qu'est-ce qui t'arrive ?

J'ai enfin croisé son regard.

– Je crois que je sais comment on va entrer dans le bureau de Thornhill.

chapitre 17

J'étais très sûre de moi, et même assez fière lorsque j'avais expliqué à Hal que nous pourrions entrer dans le bureau de Thornhill grâce à la clé qu'Amanda m'avait offerte. Mais le lendemain matin, assise à la bibliothèque sous l'œil de cerbère du proviseur adjoint, je n'en menais plus aussi large. Notre projet me paraissait soudain très risqué. Et, comme pour finir de me convaincre qu'enfreindre les règles était une mauvaise idée, Thornhill avait appelé Jason Phillips et Todd Markham au moment où ils entraient dans la salle. Il leur avait glissé une phrase à mi-voix, dans laquelle figurait le mot « renvoyer ». Jason et Todd sont en première, et ils se font régulièrement épingler parce qu'ils organisent des fêtes totalement déjantées lorsque les Enders remportent un match (ce qui n'arrive pas tous les quatre matins, croyez-moi). Je me suis demandé pour quelle raison ils étaient collés aujourd'hui, vu que la saison de foot était terminée depuis longtemps. Mais quoi qu'ils aient fait, c'était sûrement moins grave que d'entrer par effraction dans le bureau du proviseur adjoint et de fouiller dans ses affaires.

D'ailleurs, comment savoir si la clé fonctionnait ? J'avais passé une partie de la nuit à me tourner et me retourner dans mon lit en pensant au nombre de clés dans le monde qui portent la mention « ne pas dupliquer ». En admettant qu'Amanda l'ait chipée à un concierge de lycée, comment savoir s'il s'agissait d'un concierge d'Endeavor ? À l'entendre, Amanda avait souvent déménagé. Cette clé ouvrait peut-être le bureau du proviseur adjoint d'un lycée du Minnesota ou du Missouri, d'un collège en Oklahoma ou d'une école élémentaire dans le Maine. Comment aurait-elle pu se procurer une clé du bureau de Thornhill ? Et pourquoi me l'aurait-elle confiée ?

Au lever du jour, je n'étais plus sûre de rien. L'idée qu'Amanda, sachant que j'aurais besoin un jour de cette clé, me l'avait donnée sans me prévenir, me paraissait complètement farfelue. Épuisée par mon insomnie, j'en étais arrivée à la conclusion que l'objet qui trônait sur ma table de nuit depuis deux semaines, dans un bol plein de pièces de monnaie et d'élastiques à cheveux, ne pouvait ouvrir le bureau de Thornhill. Je l'avais glissée dans mon sac à dos la veille au soir, pleine d'illusions, et je me demandais désormais pourquoi je m'étais donné cette peine.

J'avais espéré faire part de mes doutes à Hal et Nia devant le lycée, mais bien que je sois arrivée une demi-heure en avance, Thornhill m'avait précédée. Quand Hal et Nia avaient fait leur apparition, j'avais à peine osé les regarder de peur d'éveiller ses soupçons.

Nous n'étions que cinq élèves à nous présenter pour la retenue. Thornhill nous a indiqué à chacun une table dans la salle de lecture de la bibliothèque. Je me suis retrouvée derrière Hal, avec Nia à ma gauche, et la distance qui nous séparait a achevé de me désespérer. En admettant que ma clé soit la bonne, comment pourrions-nous mettre notre plan à exécution sans nous parler ? Et Nia ? Était-elle seulement au courant du projet ? Hal m'avait dit qu'il l'appellerait, mais comment savoir s'il l'avait fait ?

Je devais absolument lui faire passer un mot. J'ai sorti mon carnet de croquis de mon sac et, sur la première page blanche disponible, j'ai écrit à la va-vite :

On laisse tomber. C'est pas la bonne clé.

Rédiger ce message m'a un peu calmée. La situation n'était pas si grave, après tout : nous n'aurions qu'à trouver un autre moyen de récupérer les vidéos de surveillance et le dossier d'Amanda. Et peut-être ne serait-ce même pas nécessaire. Peut-être vivait-elle réellement dans un appartement du centre-ville. Dans ce cas, je serais la seule à qui elle aurait donné une fausse adresse. Penser qu'Amanda m'avait menti et avait dit la vérité à Hal m'a contrariée. J'ai griffonné sur mon cahier un bonhomme avec une cravate comme celle de Thornhill, puis trois autres petits personnages, derrière des barreaux. J'ai consulté ma montre. Cinq minutes seulement s'étaient écoulées.

Les iGirls sont des expertes dans l'art de faire passer des mots. Je savais donc qu'il était encore trop tôt.

Devant moi, Hal s'est éclairci la gorge. J'ai relevé brusquement la tête. Essayait-il de me dire quelque chose ? Il a continué à feuilleter son carnet de croquis comme si de rien n'était. J'ai regardé les dessins défiler. Chaque fois

qu'il s'arrêtait sur une page, je découvrais un nouveau portrait d'Amanda. Ce mec était vraiment hyper doué : il avait su capter la personnalité de mon amie – ou plutôt, sa personnalité changeante. Sur l'un des croquis, on la voyait de profil. La bouche grande ouverte, la tête rejetée en arrière, elle riait aux éclats. Sur le suivant, Amanda tournait le dos au spectateur, mais j'ai reconnu sa cape violet foncé. Le décor, en revanche, ne me disait rien. Puis Hal a incliné la tête et j'ai identifié un quai de Baltimore. Hal et Amanda avaient-ils été ensemble à Baltimore, à presque une heure et demie de train ? Mais quand ? Je me suis rappelé toutes les fois où elle avait manqué les cours. J'avais cru qu'elle était malade, qu'elle faisait quelque chose avec ses grands-parents, ou qu'elle séchait pour le plaisir. Était-elle avec Hal ?

Les imaginer tous les deux dans le train, puis occupés à se balader en ville m'a rendue un peu jalouse. Mais le plus étrange, c'est que j'avais du mal à savoir qui j'enviais.

Hal feuilletait toujours son carnet et d'autres croquis d'Amanda défilaient. Apparemment, ils avaient passé pas mal de temps ensemble. Beaucoup plus qu'Amanda et moi. Étaient-ils seulement amis, ou plus ?

J'ai tenté de décrypter ma jalousie. À quoi ça rimait ? Je ne craquais quand même pas sur Hal...

Je commençais à me poser sérieusement la question quand une boulette de papier a atterri sur mes genoux. J'ai regardé à droite, puis à gauche. Nia avait le nez dans son livre. Jason était derrière moi, mais ça m'a semblé assez peu probable qu'un inconnu de première me fasse passer un mot. Quant à Todd, la tête inclinée vers la table, il somnolait.

J'ai déplié le papier chiffonné sans le regarder et je l'ai lissé sur mon cahier avec mon air le plus innocent. Le crissement du papier a fait un bruit épouvantable, mais personne n'a rien remarqué. Thornhill lisait son journal et Hal était toujours absorbé par ses dessins.

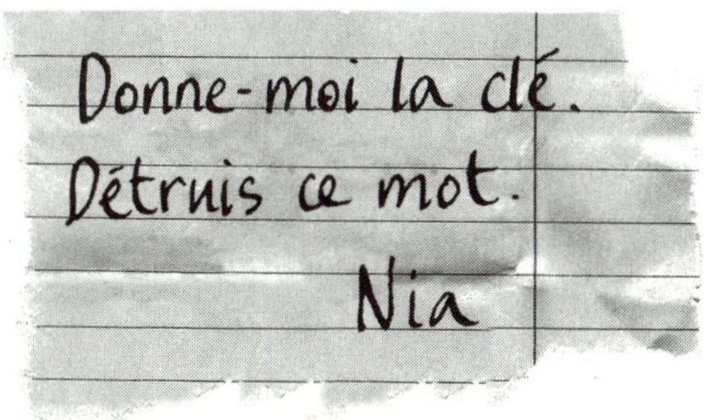

Ben voyons... J'ai jeté un coup d'œil vers Nia. Elle fixait toujours son livre. À supposer que cette clé puisse lui être d'une quelconque utilité, comment étais-je censée la lui donner ? Nia espérait-elle que j'allais me lever pour aller la poser sur sa table ? J'ai anticipé la réaction de Thornhill :

« Callie, qu'est-ce que tu fais ?

– Rien, monsieur. Je donne juste le passe du lycée à Nia pour qu'elle puisse entrer dans votre bureau.

– Ah, très bien. Excellente initiative.

– Merci, monsieur. »

Avec mille précautions, j'ai déchiré un coin du mot. Personne n'a réagi. Au troisième morceau, Thornhill a levé les yeux.

– Celui ou celle qui déchire du papier peut-il arrêter ? Merci.

Il a remarqué la position avachie de Todd et s'est approché de lui.

– Todd ?

Le dormeur a vaguement remué, mais il est resté affalé. Thornhill a abattu sa main sur la table et il s'est réveillé en sursaut. Il a regardé autour de lui, paniqué :

– Quoi ?

– Voilà, c'est mieux ! a dit Thornhill en guise de réponse. Maintenant, si tu n'as rien à faire et rien à lire, je te suggère d'emprunter un des merveilleux textes dont regorge cet endroit sacré que nous nommons bibliothèque.

– Hein ? a fait Todd.

Soit il était encore endormi, soit il ne comprenait pas de quoi parlait Thornhill.

– J'ai dit : fais ton travail ou lis un livre, Markham. Ou prévois de revenir samedi prochain.

Le proviseur adjoint a regagné son bureau et Todd est resté assis sans bouger.

– Immédiatement !

Todd s'est levé et est allé d'un pas traînant prendre un livre sur l'étagère la plus proche. Il est revenu s'asseoir et a posé le livre sur la table devant lui. Fermé.

J'ai levé la main sur une impulsion. Thornhill, qui regardait Todd en secouant la tête, a dû me voir du coin de l'œil.

– Oui, Callie ? Tu as quelque chose à me dire ? Quelque chose qui pourrait me permettre de vous libérer plus tôt que prévu, toi et tes amis ?

– Non, monsieur. Je me demandais juste si je pouvais prendre un livre, moi aussi. Je croyais en avoir apporté un, mais j'ai dû l'oublier chez moi.

– Dépêche-toi, a-t-il soupiré.

En quatrième vitesse, j'ai griffonné sur un morceau de papier :

Je ne crois pas qu'elle marche.

Je me suis fait violence pour ne pas foncer tout droit vers la chaise de Nia. J'ai examiné les étagères voisines de ma table, le temps que Thornhill se replonge dans son journal.

Polio, la course à la guérison. Rougeole : l'épidémie silencieuse. Devenir médecin, une vocation. Avec l'air gourmand de celle qui cherche un bon bouquin, j'ai fait demi-tour et je me suis dirigée vers le rayonnage le plus proche de Nia. *W. H. Hauden : le poète de l'Amérique.* Emily Dickinson, *Œuvres complètes.* Sylvia Path, *Ariel.* J'avais l'impression que la clé, chauffée à blanc, me brûlait la fesse à travers mon jean. En m'accroupissant, j'ai glissé la main dans ma poche arrière.

– Callie, retourne à ta place ! m'a ordonné Thornhill.

J'ai refermé les doigts sur la clé et sorti la main de ma poche avant d'annoncer :

– J'ai trouvé ce que je cherchais.

J'ai pris un petit livre bleu sur l'étagère, que j'ai fait volontairement tomber sous la table de Nia. En me baissant pour le récupérer, j'ai posé la clé et le message par terre, contre son pied. Nia a fait comme si elle n'avait rien vu, et je me suis demandé si ce n'était pas vraiment le cas. La bonne blague ! J'ai imaginé Hal et Nia m'accusant d'avoir saboté le plan, alors que ce serait la faute de Nia. Devais-je lui chuchoter quelque chose pour attirer son attention ?

– Callista Leary, ça suffit ! s'est énervé Thornhill. Retourne immédiatement à ta place !

Quand je me suis relevée, Nia n'avait toujours pas réagi. Soit elle jouait le jeu à la perfection, soit elle était sourde comme un pot.

Je suis retournée m'asseoir avec un recueil de poèmes de W. B. Yeats, espérant qu'il serait assez intéressant pour me distraire.

Au bout d'un quart d'heure, Nia n'avait toujours pas ramassé la clé. Après vingt minutes, j'ai commencé à me demander comment formuler un second message : « Nia, je suis sûre que la clé ne fonctionne pas, mais si tu veux quand même l'essayer, elle est par terre contre ton pied, avec un autre mot qui dit à peu près la même chose. Détruis ce message, STP. Et celui d'avant aussi. »

Thornhill a replié son journal. Il s'est levé et il est venu tourner autour de nos tables, en bon chien de garde. J'avais le nez dans un poème intitulé « Les cygnes sauvages à Coole », mais ne me demandez pas ce que faisaient les cygnes sauvages, ni où se trouve Coole.

– Monsieur, s'il vous plaît, je peux aller aux toilettes ?

Nia avait levé la main, mais parlé sans attendre l'autorisation.

– Fais vite.

Je l'ai regardée prendre son sac sur le dossier de sa chaise et passer la bandoulière sur son épaule. Au moment où je me demandais si elle avait la clé, ou si elle avait réellement besoin d'aller aux toilettes, elle est passée près de ma table.

– Merci, a-t-elle soufflé.

J'ai mis une seconde pour réaliser qu'elle s'était adressée à moi. La porte de la bibliothèque s'était déjà refermée derrière elle.

CHAPITRE 18

Parfois, on dirait que le temps s'écoule à l'envers. La preuve : un instant, j'ai cru que la pendule s'était arrêtée, et celui d'après, qu'elle avait reculé de dix minutes. Que faisait Nia ? Que dirait-elle à Thornhill à son retour pour justifier une aussi longue absence ? Depuis qu'elle était partie, mon cœur battait comme un fou quelques secondes avant de s'arrêter brusquement, et d'accélérer de nouveau. Si ça continuait longtemps, j'allais avoir besoin d'un défibrillateur : ces trucs qui t'envoient une décharge de dix mille volts dans la poitrine pour te ranimer.

Au début, Hal a paru se soucier de l'absence de Nia comme de sa première chaussette. Alors que je passais mon temps à me retourner pour regarder l'heure, il dessinait calmement la bibliothèque dans son carnet de croquis. Comment pouvait-il être aussi serein ?

Puis Thornhill s'est levé et Hal a glissé une main dans la poche où se trouvait son portable. Voyant que le proviseur adjoint se dirigeait vers la porte, il a composé un numéro à la hâte. Thornhill a pris une agrafeuse sur le bureau de la bibliothécaire avant de retourner s'asseoir. Hal a sorti la main de sa poche. Impossible de savoir s'il avait envoyé son texto.

Moins d'une minute plus tard, la porte s'est ouverte à la volée et Nia est entrée, hors d'haleine, le visage écarlate. Si on m'avait prédit, trois jours plus tôt, que je serais à ce point heureuse de voir Nia Rivera, j'aurais éclaté de rire.

– C'était bien long, Nia, a grommelé Thornhill sans lever les yeux de son travail.

– Désolée, monsieur. Tous les WC des filles sont fermés dans cette aile. J'ai dû aller dans les toilettes à côté de l'auditorium.

Était-ce du pipeau ? Si oui, elle ne manquait pas de culot : Thornhill pouvait facilement le vérifier... Mais le ferait-il ? Je ruminais encore cette question quand Jason a levé la main :

– Monsieur, j'ai besoin d'aller aux WC, moi aussi.

Thornhill n'a même pas pris la peine de le regarder.

– Je suis sûr que tu peux attendre, Jason.

– Non, monsieur, sérieux ! J'ai un problème de vessie. Je dois aller aux toilettes toutes les heures, sinon, je...

– Épargne-nous le détail de tes désordres physiologiques, l'a coupé Thornhill. Approche, s'il te plaît.

J'ai tendu l'oreille, curieuse d'entendre l'explication de Jason. Existe-t-il vraiment des troubles qui obligent à se rendre aux toilettes toutes les heures ? J'avais capté le mot « docteur », et la réponse de Thornhill : « j'en doute fort », quand Nia s'est cogné la hanche contre ma table. La seconde d'après, j'ai découvert la clé sur mon livre, ainsi qu'un minuscule morceau de papier plié en deux.

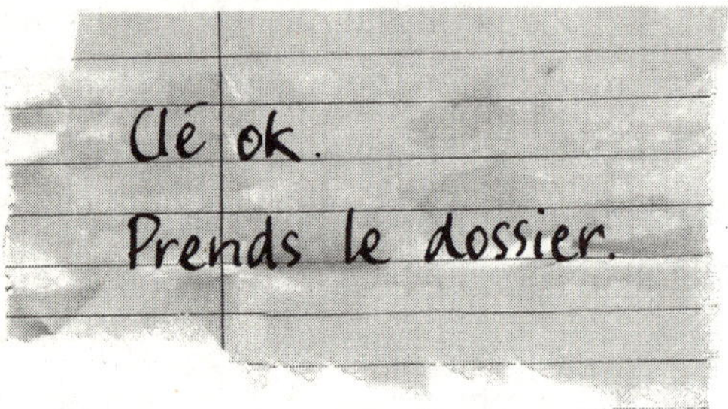

J'ai levé la tête, mais Nia était déjà de retour à sa table. Seule sa respiration un peu rapide m'indiquait que je n'avais pas rêvé. Était-elle vraiment entrée dans le bureau de Thornhill ? Avait-elle trouvé la vidéo ? Et pourquoi n'en avait-elle pas profité pour prendre le dossier d'Amanda ?

Thornhill a dit quelque chose à Jason, qui a quitté la bibliothèque. Il était temps que je réfléchisse à un moyen de sortir à mon tour.

Jason est resté presque aussi longtemps aux toilettes que Nia. Je l'ai soupçonné de s'être introduit chez Thornhill, lui aussi, mais c'était quand même peu probable. Le proviseur adjoint ne lui a pas demandé ce qui lui avait pris tant de temps. Il avait sûrement gobé l'histoire de Nia, au sujet des toilettes fermées.

Le tic tac de la pendule m'obsédait. À plusieurs reprises, j'ai cru sentir le regard de Nia sur moi, mais chaque fois que je lorgnais vers elle, elle était plongée dans son livre. « Vas-y, maintenant ! », me suis-je ordonné, incapable de me décider à agir. « Vas-y ! » Soudain, ma main s'est levée, comme mue par une volonté propre. Mon cœur battait à cent à l'heure et j'avais la nausée. J'ai respiré profondément, mais cela n'a pas suffi à me calmer.

– Cinq minutes, Callie, m'a lancé Thornhill sans cesser de lire.

– Monsieur, est-ce que je peux...

Il a levé la tête :

– Je t'ai donné cinq minutes. Ne m'oblige pas à venir te chercher...

Était-ce de la paranoïa, ou insinuait-il qu'il saurait où me trouver le cas échéant ? Avant de me dégonfler, j'ai pris mon sac et foncé vers la porte.

Le bureau du proviseur adjoint était situé à l'autre bout du bâtiment. Je me suis mise à courir aussitôt la porte refermée. Heureusement que j'avais pensé à mettre mes baskets : mes bottes auraient fait un raffut de tous les diables. Il m'a quand même fallu cinq minutes pour arriver à destination.

Ma main tremblait tellement que j'ai eu un mal fou à introduire la clé dans la serrure. J'ai même soupçonné Nia de ne pas m'avoir rendu la bonne clé. Au moment où j'allais vérifier qu'elle portait bien l'inscription « ne pas dupliquer », j'ai senti le métal glisser contre le métal, la clé s'est logée dans la serrure et la porte s'est ouverte avec un déclic.

Sans le vacarme des photocopieuses, les voix des secrétaires, les sonneries du téléphone et les allées et venues des élèves, l'ambiance du bureau était radicalement différente. Le silence y était angoissant. Un bruit m'a fait sursauter et j'ai compris que c'était ma respiration. J'en ai profité pour remplir mes poumons : « Concentre-toi, Callie. Tu n'as pas le droit à l'erreur. »

J'ai poussé la porte de l'antre de Thornhill, qui s'est ouverte en grinçant. Je suis entrée dans la pièce sur la pointe des pieds. La logique m'a commandé de commencer par le meuble de classement, contre le mur. Mes mains tremblaient toujours, et j'avais du mal à me rappeler l'ordre alphabétique. Valentino était-il avant ou après Valence ? Valentine ? J'ai fredonné la comptine de l'alphabet en songeant que si je me faisais pincer, on m'enverrait à l'école maternelle plutôt qu'en prison.

Valentine, Jane - Velat, Richard - Velez, Thomas.

Minute !

Je suis revenue au début des V et j'ai passé tous les dossiers en revue, plus lentement. Arrivée à Richard Velat, j'ai dû me rendre à l'évidence : le dossier d'Amanda n'était pas à sa place.

Malédiction ! Où pouvait-il bien être ? J'ai fait volte-face. Le bureau de Thornhill était encore plus dépouillé que l'avant-veille : les chemises en carton posées sur son sous-main vert avaient disparu.

Je me suis approchée du meuble et j'ai hésité un instant. Inspecter son contenu me semblait presque sacrilège !

« Callie, tu es entrée dans le bureau du proviseur adjoint avec une clé volée. Tu crois vraiment que c'est pire de fouiller dans ses tiroirs ? »

Soudain, une pensée m'a traversée. Thornhill avait peut-être apporté la lettre d'Amanda (si l'enveloppe violette que j'avais vue dans sa voiture était bien ce que je pensais) dans son bureau ce matin. Il l'aurait découverte en sortant de sa voiture, glissée entre les journaux, et lue en marchant jusqu'au bâtiment avant de la ranger...

Où ça ?

Lentement, avec mille précautions, comme si le moindre bruit risquait de me trahir, j'ai ouvert le premier, puis le second tiroir du bureau.

Le dossier d'Amanda ne s'y trouvait pas, mais c'était sans doute la seule chose qui manquait. Si la voiture de Thornhill m'avait paru en désordre, que dire des tiroirs de son bureau ? Ils étaient pleins d'une tonne de stylos et de crayons rongés, de vieux Post-it, de gommes, de timbres et de trombones... Dans le fond, enfoui sous ce bazar, j'ai aperçu une chemise en carton et mon cœur a fait un bond. Le dossier d'Amanda ? Quoi d'autre ? Les paumes moites, j'ai extrait la chemise du tiroir, mais aucun nom ne figurait sur l'étiquette, et elle était vide. En voulant la remettre en place, j'ai rencontré un obstacle. J'ai recommencé l'opération plusieurs fois sans succès et finalement, prise de sueurs froides, j'ai plongé la main dans le fond du tiroir. J'en ai extrait une enveloppe blanche ordinaire.

Je n'en revenais pas qu'une aussi petite enveloppe ait pu me causer une telle frayeur. La coupable évincée, j'ai enfin réussi à remettre le dossier à sa place. Hélas, mes mains tremblaient tant que j'ai fait tomber l'enveloppe quand j'ai voulu la glisser dessous. En la ramassant, j'ai froissé le rabat et paniqué à l'idée que Thornhill pourrait s'en apercevoir. Je l'ai posée sur le bureau pour la lisser. Lorsque je l'ai retournée, j'ai cru m'évanouir.

En haut à gauche de l'enveloppe figurait la galaxie rouge que je connaissais bien. Et au milieu, de son écriture inimitable, ma mère avait griffonné le prénom « Roger ».

J'ai d'abord cru que je me trompais. Peut-être que cette écriture ressemblait seulement à celle de ma mère. Franchement, je ne voyais pas comment une lettre d'elle aurait pu arriver dans le bureau de Thornhill.

Je luttais contre une violente nausée quand j'ai senti mon téléphone vibrer. Je l'ai récupéré à la hâte dans ma poche, j'ai appuyé sur le bouton du milieu et consulté l'écran.

CHAPITRE DIX-NEUF

Il m'a fallu une fraction de seconde pour réagir. Machinalement, j'ai fourré l'enveloppe dans ma poche, claqué le tiroir et couru vers la porte du bureau.

Je m'attendais à me retrouver nez à nez avec Thornhill, mais le couloir était vide, comme le bureau des secrétaires. J'ai foncé jusqu'à la porte, que j'ai soigneusement refermée avant de m'élancer dans le couloir. Dans ma précipitation, je me suis emmêlé les jambes. J'ai fait un vol plané et atterri un mètre plus loin, le contenu de mon sac éparpillé autour de moi. C'est là que je les ai entendus :

– C'est un plaisir, Jane...

– Je ne sais pas ce que je ferais sans toi, Roger. Si ces dossiers de subvention ne portent pas le cachet de la poste à la date d'aujourd'hui, c'est fichu.

– Je vais te les photocopier. Ça ne me dérange pas du tout.

Je me suis relevée précipitamment et j'ai ramassé d'un geste circulaire mon téléphone, mon rouge à lèvres, mon portefeuille et une dizaine de stylos pour les fourrer dans mon sac.

– C'est une chance que j'aie pensé à frapper à la porte de la bibliothèque. Quand j'ai vu ta voiture sur le parking, je me suis dit que tu devais être quelque part dans le bâtiment...

Au moment où je disparaissais dans l'alcôve qui avait un temps abrité la cabine téléphonique, j'ai vu le pied de Thornhill dépasser à l'angle du couloir. Je haletais. Certaine que mon souffle allait me trahir, je me suis retenue de respirer. J'étais au bord de l'asphyxie quand j'ai enfin entendu la porte du bureau s'ouvrir, puis se refermer. J'ai aspiré une énorme goulée d'air et vérifié que la voie était libre avant de détaler comme un lapin dans le couloir.

La peur me donne une envie terrible de faire pipi. À peine entrée dans la bibliothèque, j'ai senti que je devais impérativement aller aux toilettes avant le retour de Thornhill. J'ai juste eu le temps de voir Nia me regarder avec effroi et Hal, debout, le téléphone dans une main. Les deux autres semblaient dormir. J'ai pris le risque de lancer la clé à Nia :

– Tiens. Pas de dossier.

Puis j'ai fait demi-tour et je suis répartie ventre à terre en priant pour ne pas tomber sur Thornhill, et accessoirement pour que Nia lui ait menti en prétextant que les WC les plus proches étaient fermés.

Elle avait menti. Je suis restée assise sur les toilettes pendant une éternité, l'enveloppe posée sur les genoux, à fixer l'écriture de ma mère. Je mourais d'envie de l'ouvrir. J'avais même commencé à le faire plusieurs fois, mais je m'étais arrêtée. J'avais peur de ce que je risquais de découvrir. C'était peut-être une vieille dispense de gym, ou un mot d'excuse pour un retard, un truc insignifiant. Mais si c'était une lettre de suicide, ou un mot d'amour... (Note bien, ça expliquerait la haine que mon père voue à Thornhill.) Pourrais-je vraiment retourner à la bibliothèque après avoir découvert que ma mère était secrètement amoureuse du proviseur adjoint ? La réponse était non. J'ai donc plié l'enveloppe en deux avant de la glisser dans ma poche.

À mon retour à la bibliothèque, Hal n'était pas là. Je me suis assise, et j'allais demander à Nia où il était passé quand la porte s'est rouverte sur Thornhill.

– Où est Hal Bennett ? a-t-il tonné.

– Il a dit qu'il revenait tout de suite, a répondu Nia. Il est allé aux toilettes.

Une fois de plus, son sang-froid m'a impressionnée.

– C'est la journée des vessies hyperactives, a observé Thornhill, pince sans rire.

Il s'est assis et a étudié les papiers devant lui.

– Il n'y a pas que les vessies..., a chuchoté Nia.

J'ai coulé un regard dans sa direction. Elle avait toujours le nez dans son livre, mais elle souriait.

Quand Hal est revenu, Thornhill lui a aussitôt reproché d'être sorti sans sa permission. Il a repris place devant moi, a ouvert son carnet de croquis et s'est mis à dessiner paisiblement. J'ai regardé Nia du coin de l'œil. Elle était absorbée par sa lecture. Apparemment, j'étais la seule à me faire un sang d'encre.

Le reste de la retenue s'est déroulé sans incident. Quand Thornhill s'est enfin levé pour nous annoncer qu'il nous libérait, j'étais au bord de la crise de nerfs. Je n'avais qu'une envie : me retrouver seule dans ma chambre et ouvrir enfin la lettre de ma mère. J'ai couru remettre le livre de poésie sur l'étagère. Lorsque je suis passée près d'elle, Nia m'a chuchoté :

– Va voir ton casier.

J'ai voulu l'interroger, mais elle était déjà devant la table de Hal, sans doute en train de lui donner le même conseil.

– Hal, Nia et Callista, rendez-vous samedi prochain à la même heure, nous a lancé Thornhill. À moins que vous n'ayez des informations à me communiquer d'ici là.

Son regard soupçonneux, parfaitement justifié pour une fois, m'a donné la chair de poule. Je me suis composé un visage impassible pour lui demander :

– J'ai oublié un livre dans mon casier et j'en ai besoin pour faire un devoir ce week-end. Est-ce que je peux aller le récupérer avant de partir ?

Mentir m'a semblé d'une facilité déconcertante. C'est fou comme on s'habitue vite.

Le proviseur adjoint a consulté sa montre.

– Je vais chercher mon attaché-case dans mon bureau. Je veux que tout le monde soit devant le bâtiment dans deux minutes, quand je brancherai l'alarme. Si ce délai ne vous suffit pas pour prendre vos affaires ou pour aller aux toilettes, je vous suggère de remettre ces projets à plus tard.

Apprendre qu'il retournait dans son bureau avant de quitter le bâtiment m'a inquiétée. J'avais peut-être laissé des preuves de mon passage sans le vouloir. Avais-je bien tout remis en place ? Et si Thornhill voulait relire la lettre de ma mère ? Comment réagirait-il en ne la trouvant pas ? Avec un peu de chance, il penserait l'avoir égarée... Et si, dans l'affolement, j'avais oublié de refermer le tiroir de son bureau ? Dans ce cas, Hal s'en serait chargé en passant derrière moi... À moins qu'il ait cru que Thornhill l'avait laissé ouvert...

Distraite par ces pensées angoissantes, j'ai dirigé instinctivement mes pas vers la sortie. Puis je me suis rappelé le conseil de Nia et le totem qu'Amanda avait reproduit sur nos casiers, plus tôt dans la semaine. Nous avait-elle laissé un autre message depuis, qui aurait échappé à l'œil de lynx de Thornhill ? J'ai fait demi-tour et foncé vers mon casier.

Le papier jaune vif glissé dans la fente de la porte était visible à plusieurs mètres de distance. Je l'ai récupéré à la hâte et j'ai reconnu l'écriture d'Amanda au premier coup d'œil. Le texte était bref : deux lignes seulement. Sur la première figuraient les mots « qu'elle devait » et juste en dessous « pensez ».

« qu'elle devait... pensez. » C'était un message, ça ? Et ça voulait dire quoi, au juste ?

J'ai senti un mélange de colère et de déception m'envahir. Furieuse, j'ai balancé un violent coup de pied dans le casier situé sous le mien. Une douleur fulgurante a irradié dans mon pied et remonté dans ma jambe. De rage, j'ai failli chiffonner la carte et la jeter par terre. Je commençais à en avoir marre des petits jeux mystérieux d'Amanda. Si elle avait quelque chose à nous dire, pourquoi ne décrochait-elle pas son téléphone, comme tout le monde ? J'avais passé la matinée en retenue. J'étais entrée par effraction dans le bureau du proviseur adjoint au risque de me faire renvoyer. J'avais couru comme une dératée dans les couloirs pour trouver sur mon casier un message sans queue ni tête. Et tout cela, pourquoi ? À cause d'Amanda !

Sans parler de mes orteils en compote !

Je cherchais du regard une poubelle pour y jeter ce message insignifiant, quand je me suis rendu compte que j'étais là depuis beaucoup trop longtemps.

Super ! Pour couronner cette matinée géniale, j'allais me faire enfermer dans le lycée jusqu'à lundi. J'ai glissé la carte dans ma poche et foncé vers la porte d'entrée en grimaçant chaque fois que je posais le pied droit.

chapitre 20

Thornhill, Nia et Hal m'attendaient dehors. Hal était hors d'haleine, preuve qu'il avait dû courir jusqu'à son casier, lui aussi. Jason et Todd n'étaient pas là.

– Rappelle-moi, Callie, m'a lancé sèchement Thornhill. Tu allais *chercher* un livre, ou *écrire* un livre ?

La fureur que j'éprouvais encore contre Amanda a laissé la place à un vif soulagement. Si Thornhill n'avait que mon retard à me reprocher, c'était qu'il n'avait rien remarqué de spécial dans son bureau. J'ai joué l'humilité :

– Excusez-moi, je...

– Tes excuses ne m'intéressent pas, Callie ! m'a-t-il coupé.

Il a fait un geste incluant Hal et Nia avant d'ajouter :

– Ce qui m'intéresse, c'est les informations que vous possédez sur votre amie Amanda.

J'ai fixé mes pieds. Thornhill devenait lourd. Quand comprendrait-il que nous étions encore plus largués que lui, dans cette histoire ?

Il a fini par soupirer :

– Je ne sais pas contre qui vous espérez la protéger. Je ne suis pas son ennemi.

La douceur soudaine de sa voix m'a fait relever la tête. Je m'attendais à le voir me toiser comme d'habitude, mais il regardait sa voiture garée au fond du parking. Essayait-il de se la représenter telle qu'il l'avait découverte le jeudi matin ?

Il s'est baissé pour ramasser son attaché-case.

– Bien. Nous aurons donc le plaisir de nous retrouver la semaine prochaine. À moins, bien sûr, que des faits nouveaux ne rendent cette sanction inutile.

Il a patienté encore un instant, puis, voyant que personne ne lui répondait, il a pivoté sur ses talons et s'est éloigné. Nous avons gardé le silence jusqu'à ce que sa voiture ait quitté le parking.

– Montrez-moi ce qu'elle vous a laissé, a chuchoté Nia, fébrile.

Pendant que Hal fouillait dans la poche de sa veste, j'ai grommelé :

– Je ne sais pas quel genre de message vous avez reçu, mais le mien n'a aucun sens. C'est un bout de...

– ... de carte postale, a achevé Nia en tendant la main.

Surprise, j'ai continué :

– Exact. Avec...

– Un message tronqué, a poursuivi Nia, la main toujours tendue.

Je commençais à comprendre. Le reste du message figurait sûrement sur son morceau de carte à elle. La fureur que j'éprouvais contre Amanda est retombée, laissant place à une vive curiosité. J'ai sorti le morceau de carte de ma poche, tandis que Hal présentait le sien à Nia.

Elle les a assemblés et nous avons découvert une photo : un mur de brique jaune, qui serpentait vers le haut de la carte postale, manquant. Amanda avait-elle gardé cette partie pour elle ?

– Fais voir ce qui est écrit au dos..., ai-je demandé.

Nia a appliqué sa paume contre les trois fragments et retourné les mains pour nous permettre de découvrir le message d'Amanda.

– « Meg savait qu'elle devait chercher. Pensez à ÇA », a-t-elle lu tout haut.

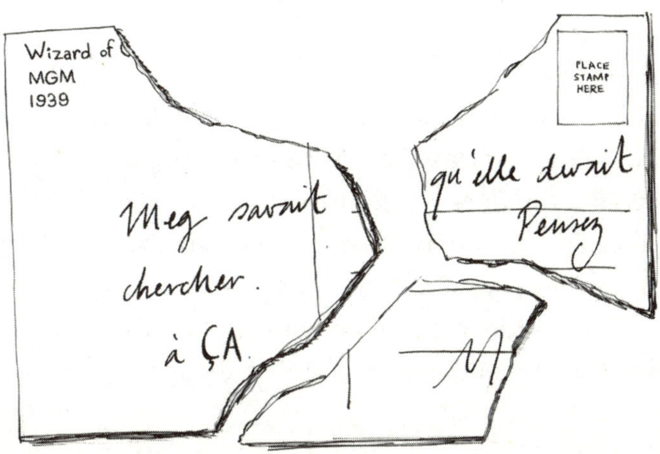

En guise de signature figurait une simple lettre, M. L'angle de la carte, où figurait peut-être la suite du nom, était déchiré.

– Super ! a ironisé Nia. Ça nous aide vachement.

J'ai relu le message plusieurs fois par-dessus son épaule. Meg. Qui donc était Meg ?

– Il n'y a pas une fille qui s'appelle Meg, en troisième ? a demandé Hal.

– Tu parles de Meg Horton ?

Meg Horton était une de mes amies avant que je devienne une iGirl.

Hal a haussé les épaules.

– Ouais, peut-être.

– Elle a déménagé à la fin de la quatrième. Amanda n'a pas pu la connaître.

Nia a posé une main sur son front.

– C'est à devenir dingue.

– On va finir par élucider ce mystère, a déclaré Hal. Cette carte est la preuve qu'Amanda est toujours dans les parages. Elle est ici, quelque part. C'est déjà ça.

J'ai acquiescé. C'était plutôt un point positif, en effet.

Nia a secoué la tête pour s'éclaircir les idées.

– J'ai besoin d'un peu de temps pour réfléchir. Vous êtes d'accord pour me laisser vos parties de la carte ?

Quelques minutes plus tôt, furieuse contre Amanda, j'avais failli jeter mon bout de carte postale dans la première poubelle venue. Je comprenais à présent qu'il faisait partie d'un tout, et l'idée de m'en séparer m'a causé un léger regret. Mais le confier à Nia avait aussi quelque chose de rassurant. J'étais sûre qu'il comptait pour elle autant que pour moi. Elle en prendrait soin.

Soudain, j'ai eu l'envie irrésistible de m'excuser auprès d'elle, principalement à cause de l'histoire avec Keith, Heidi et les iGirls, mais aussi... pour moi. Je voulais m'excuser d'être ce que j'étais, mais je n'allais quand même pas lui lâcher un truc du genre : « Nia, je suis désolée d'être moi ! » Je me suis donc contentée d'un geste pour lui signifier que je lui confiais volontiers mon trésor. Puis je me suis tournée vers Hal :

– Tu as trouvé le dossier ?

Il a secoué la tête.

– J'ai fouillé partout : dans les tiroirs du bureau de Thornhill, dans son attaché-case et dans le placard. Rien.

– Vous ne croyez pas qu'Amanda aurait pu le prendre, pour une raison X ? a demandé Nia en mordillant l'ongle de son index. Elle avait la clé de son bureau, après tout...

Je me suis rappelé le tas de dossiers dans la voiture du proviseur adjoint

– Ou alors, c'est Thornhill qui l'a emporté.

– Tout est possible, a convenu Hal. Ce qui me fait dire qu'on devrait se concentrer sur ce qu'on a, pour l'instant : les adresses qu'elle nous a données, par exemple. Il y en a forcément une bonne, sur les trois. Callie s'est cassé le nez dans la maison de l'avenue Princeton. Tentons notre chance dans l'appartement du centre-ville et à l'hôtel dont elle a parlé à Nia.

J'ai regardé cette dernière, bouche bée :

– Elle t'a dit qu'elle vivait dans un *hôtel*?

– Oui. Au Comfort Inn, sur la route 10.

Elle a hoché la tête à ce souvenir :

– Mais elle m'a dit ça au moment où on s'est rencontrées, en me précisant que c'était provisoire. Ses parents étaient en plein divorce. Ça se passait mal, et sa mère, originaire d'Orion, cherchait un appartement en ville pour elles deux.

Elle a haussé les épaules :

– Enfin, c'est ce qu'elle m'a dit.

Un divorce ? Un père mort ? L'Ouganda et l'Amérique latine. Les mensonges d'Amanda n'avaient même pas un thème commun.

– Est-ce qu'elle t'a parlé d'un déménagement, après ? s'est renseigné Hal. A-t-elle dit qu'elle quittait l'hôtel ?

Nia a haussé les sourcils :

– Euh, non... On n'avait pas ce genre de conversations.

J'ai compris ce qu'elle entendait par là. Amanda n'est pas le genre d'amie à qui l'on demande si elle a fait son devoir d'anglais, révisé la bio, ou si sa mère cherche toujours une maison à louer.

On peut avoir cette conversation avec n'importe qui, c'est vrai. Mais justement, Amanda n'est pas n'importe qui.

– Bon, je vais rentrer chez moi et voir si j'arrive à résoudre l'énigme de cette carte postale, a dit Nia. J'ai le sentiment que c'est important.

J'ai hoché la tête et Hal m'a imitée.

– Et les vidéos de surveillance ? a-t-il demandé. Tu as réussi à les piquer ?

Nia a hoché la tête.

– Si vous voulez, vous pouvez les regarder chez l'un de vous deux ce soir, a-t-elle proposé, soudain embarrassée. Mes parents vont faire la gueule si je sors ou si j'invite des gens aujourd'hui. Le samedi, on passe la soirée en famille.

Cette dernière phrase m'a laissée perplexe. Je n'arrivais pas à décider si j'étais jalouse de Nia ou si je la plaignais. Puis le mot « samedi » m'a rappelé que j'avais prévu d'aller à une fête avec les iGirls dans quelques heures. Cette perspective ne m'enchantait plus du tout. Aussi curieux que cela puisse paraître, j'aurais préféré que Hal nous invite, Nia et moi, à passer la soirée chez lui pour visionner les archives de vidéosurveillance du parking d'Endeavor. Mais il a ruiné mes espoirs avant même que j'aie pu réfléchir à un prétexte pour ne pas accompagner mes amies :

– Euh... ma mère n'est pas spécialement fan d'Amanda. Ce n'est pas une bonne idée de regarder ça chez moi.

Il avait les joues rouges et regardait derrière nous, comme fasciné par la façade de briques d'Endeavor.

J'ai gardé le silence et ravalé ma déception. Malgré mon envie de passer la soirée avec Hal et Nia pour tenter de résoudre le mystère Amanda, je n'étais pas prête à les inviter à la maison. Mon père est encore moins fréquentable après l'heure de l'apéro.

– Vous n'avez qu'à venir chez moi demain, a proposé Nia.

Elle avait dû déduire de mon silence que ma mère non plus n'appréciait guère Amanda.

Hal a accepté avec enthousiasme :

– Génial. À quelle heure ?

– Je vous appellerai dans la matinée, a dit Nia. Il faut que je demande l'autorisation à mes parents et que je me renseigne pour savoir à quelle heure on rentre de l'église. On déjeune parfois à l'extérieur, ou on invite des gens.

L'église ? Les soirées en famille ? On ne vivait décidément pas dans le même monde, Nia et moi.

– D'accord, ai-je acquiescé. Alors, à demain.

– À demain, a fait Nia avec sa raideur habituelle.

– À demain, a répété Hal.

CHAPITRE 21

En arrivant à la maison, je me suis précipitée à l'étage et je me suis enfermée à double tour dans ma chambre, comme si j'avais une horde de malfaiteurs aux trousses. Puis je me suis assise sur mon lit et j'ai fixé l'enveloppe. « Roger ». J'ai contemplé la boucle du R, la petite volute du g... Aucun doute n'était permis, c'était bien l'écriture de ma mère. Je n'avais jamais pensé qu'elle était à ce point identifiable. Elle m'était aussi familière que sa voix ou son visage. Elle était unique.

J'ai glissé le doigt sous le rabat. L'enveloppe avait déjà été ouverte, mais elle s'était partiellement recollée, et elle s'est déchirée lorsque j'ai tiré. Qu'importe : Thornhill ne risquait plus de s'en apercevoir, puisqu'il ne récupérerait jamais cette lettre.

À l'intérieur, j'ai trouvé une feuille, qui portait elle aussi le logo de l'entreprise de maman. Elle avait dû l'arracher à l'un des milliers de blocs qui traînent partout dans la maison, et qu'on utilise pour dresser les listes de courses, ou chaque fois qu'on veut griffonner un mot.

Roger, je dois quitter la ville et j'ai besoin que tu veilles sur Callie. Comme tu le sais, pour sa sécurité, je ne peux pas lui dire au revoir. Mais elle est ce que j'ai de plus cher ! Si tu pouvais garder un œil sur elle et lui dire combien je l'aime, je t'en serais infiniment reconnaissante.

En dessous, ma mère avait signé de son prénom, Ursula.

Lorsque j'ai relevé les yeux, ma chambre m'a fait l'effet d'une pièce étrangère, où je serais entrée pour la première fois.

Ma mère était vivante.

Elle était vivante et elle m'aimait.

Elle avait dû quitter la ville. « Pour sa sécurité, je ne peux pas lui dire au revoir. » J'avais envie de dévaler l'escalier et d'entrer dans l'atelier de mon père en chantant à tue-tête : « Elle est vivante, papa ! Elle est vivante ! »

J'avais traversé la moitié de la pièce quand je me suis arrêtée. Comment papa réagirait-il à cette lettre ? Je le voyais déjà foncer chez Thornhill, ou à son bureau, et tambouriner à sa porte en exigeant qu'il le laisse entrer. Ma mère avait peur pour ma sécurité, et peut-être aussi pour la sienne. Que se passerait-il si papa faisait un scandale devant des témoins. Devant des gens qui la recherchaient, par exemple ?

Pour une raison mystérieuse, elle n'avait pas prévenu mon père de son départ. Peut-être pour le protéger, lui aussi.

Je suis restée plantée au milieu de ma chambre, la lettre à la main, les yeux rivés sur la porte. Si elle avait choisi de ne rien lui dire, avais-je le droit de lui montrer cette lettre ? Et s'il arrivait quelque chose de grave par ma faute ? S'il était agressé ? Ou elle ? Je suis sortie dans le couloir et je me suis faufilée dans la chambre de mes parents. J'ai ouvert la penderie de ma mère et je me suis glissée à l'intérieur.

La première chose que j'ai remarquée, c'est l'odeur. Maman portait toujours le même parfum, Chanel N° 5, et tous ses chemisiers, tous ses pulls embaumaient encore. J'ai plongé le nez dans la rangée de tailleurs et inspiré profondément. On aurait dit qu'elle venait juste de partir.

Elle m'aimait. Ma mère m'aimait. Elle n'avait pas voulu partir... Elle l'avait fait par obligation. J'ai caressé un chemisier, puis un autre, avant de passer en revue ses pulls, ses vestes et ses chaussures. J'avais l'impression de regarder un diaporama. Clic, je la voyais me déposer devant le lycée. Clic, elle entrait dans le salon, de retour du travail. Clic, elle sortait dîner avec papa. Elle travaillait au jardin. Elle préparait le dîner. Elle dansait dans la cuisine sur un vieux tube ringard...

Je ne m'étais pas autorisée à penser à ma mère depuis très longtemps, et j'avais lutté avec une énergie folle pour repousser les souvenirs... Il m'a soudain semblé qu'une digue lâchait en moi et j'ai fondu en larmes, submergée par l'émotion. Pour la première fois depuis le mois d'octobre, j'étais heureuse. J'avais désormais une certitude : si ma mère n'avait pas voulu partir, elle essaierait de revenir, forcément.

Ma bonne humeur a été de courte durée. En fin d'après-midi, toutes sortes de pensées horribles tourbillonnaient dans ma tête. Pourquoi ma mère avait-elle été obligée de partir ? Était-elle poursuivie ? Et si elle était poursuivie, ceux qui la cherchaient ne l'avaient-ils pas déjà... attrapée ? Cette idée me rendait carrément malade.

Quand Kelli m'a téléphoné à cinq heures pour me demander comment j'avais prévu de m'habiller, et si elle pouvait m'emprunter un truc vert, j'ai résisté à une envie terrible de lui raccrocher au nez. Elle a dû se contenter de « mmm », de « ouais » et de « pas vraiment », pendant que je réfléchissais à un moyen de me défiler. Je ne voulais pas aller à la fête de Liz dans un tel état de confusion, le cerveau prêt à disjoncter. Pourtant, en panne d'inspiration et faute de pouvoir lui avouer la vérité, j'ai accepté de la retrouver chez elle à huit heures et demie, heure à laquelle la mère de Heidi passerait nous chercher.

Le T-shirt vert d'eau à manches longues que j'avais prévu de porter pour cacher mon tatouage était dans le panier à linge sale et je n'avais pas d'autres vêtements verts mettables. Le gros pull vert bouteille que je portais les jours de grand froid n'était pas vraiment une tenue de fête. Quant à mon top sans manches vert anis, il n'était pas assez chaud pour la mi-mars, et il ne couvrirait pas le petit ours.

Debout devant ma penderie, face aux tiroirs ouverts qui vomissaient leur contenu par-dessus bord, j'ai soudain mesuré le ridicule de la situation. Étais-je réellement obligée de m'habiller en vert ? Kelli, Traci, Heidi et moi ne formions pas une équipe de foot, que je sache ! Pourquoi, sous prétexte que Heidi trouvait l'idée amusante, devrais-je porter la même couleur que mes amies à cette fête ? Est-ce que ça changerait le monde si je me pointais chez Liz vêtue de rouge, de bleu, ou d'orange ?

J'ai tenté de m'imaginer, arrivant à la fête avec les iGirls fringuées en vert, et moi d'une autre couleur. Les gens penseraient aussitôt que j'étais exclue du groupe, et que Heidi m'avait volontairement caché leur projet. Quant à Heidi, elle pourrait parfaitement décider de m'ignorer pour me punir d'avoir ignoré sa consigne. Et si les autres suivaient son exemple ?

Il est parfois difficile de faire la différence entre la paranoïa et un sens aigu des réalités. Dans le doute, j'ai lavé mon T-shirt vert dans le lavabo et je l'ai séché au sèche-cheveux. Puis j'ai enfilé une minijupe écossaise verte et bleue et mes bottes Ugg. Basique.

Une cinquantaine de personnes allaient et venaient déjà entre le salon et la cuisine de Liz quand nous avons fait notre apparition, juste assez tard. Pourtant, la fête n'a clairement commencé qu'à notre arrivée. À peine avions-nous passé la porte qu'une foule s'est précipitée à notre rencontre. La véritable star était Heidi, bien sûr, mais comme elle ne pouvait pas parler à tout le monde en même temps, Traci, Kelli et moi étions très courtisées aussi. Le bruit a vite circulé que nous portions toutes les quatre du vert, et assez rapidement, les quelques filles qui s'étaient par hasard habillées en vert sont venues se pavaner devant nous.

Nous nous sommes dirigées vers le salon, où nous avons établi notre camp sur le sofa. Liz est venue nous saluer, et je me suis sentie un peu mal à l'aise. C'était sa fête, son anniversaire. La moindre des politesses aurait été d'aller à sa rencontre, au lieu de la laisser venir à nous. Mais apparemment, j'étais la seule à trouver cela déplacé. Heidi a entrepris de raconter une histoire drôle, dans laquelle un fan se ridiculisait en demandant un autographe à sa mère. Quelqu'un m'a apporté un verre de Coca light. Un bol de chips est apparu sur la table devant nous, et bientôt, toute la fête a paru se recentrer sur le sofa, et sur la personne de Heidi.

Entourée de mes amies, j'ai peu à peu cessé de m'inquiéter pour ma mère. Elle n'était pas du genre à fuir pour sauver sa vie. J'étais convaincue qu'elle était partie pour faire quelque chose, et non pour éviter qu'on lui fasse quelque chose. Elle avait une tâche à accomplir. Quand elle aurait terminé, elle reviendrait et tout serait de nouveau comme avant. J'en étais sûre. Je le sentais.

J'ai fini mon soda, j'ai prévenu Kelli que je m'absentais quelques minutes et je me suis éclipsée.

Lee était dans la cuisine, vêtu d'un jean noir et un T-shirt de rugby rouge à bande jaune. Je n'étais pas partie à sa recherche, mais quand je l'ai vu, assis sur le plan de travail, une douce chaleur a envahi ma poitrine. Tout en écoutant Keith lui parler, il a soudain lancé un bretzel en l'air et l'a rattrapé avec sa bouche. Puis il m'a aperçue et m'a souri, tout fier, le bretzel entre les dents. Je lui ai fait un grand sourire.

– Joli coup !

Il m'a invité à le rejoindre d'un signe de tête et m'a accueillie en posant ses mains sur mes épaules.

– Salut.

Lee a des yeux magnifiques, et il me regarde parfois comme si nous étions seuls au monde.

Keith a sifflé. J'ai remarqué qu'il portait un pull vert pâle et je me suis demandé si Heidi avait passé le mot aux garçons. Si oui, Lee lui avait désobéi.

– Hé, les amoureux, si on vous dérange, il faut le dire ! a ironisé Keith.

– Ta gueule, Harmon, a rétorqué Lee.

Je me suis sentie rougir et j'ai pivoté pour qu'il puisse m'enlacer, l'air de rien. Les yeux fermés, je me suis appuyée contre lui en songeant que j'avais bien fait de ne jamais lui confier mes angoisses sur la disparition de ma mère. Un mec aussi canon ne veut sûrement pas s'embarrasser d'une petite amie à problèmes. Bientôt, tout allait s'arranger, ma mère reviendrait et Lee ne saurait jamais quelle épreuve j'avais traversée.

Quand j'ai rouvert les yeux, Lexa Booker et Maddy Harper entraient dans la cuisine.

– Salut ! a fait Lexa.

Elle ne s'est pas adressée directement à moi ; elle a juste parlé en regardant dans ma direction. Ainsi, elle aurait moins la honte si je la snobais.

– Salut, ai-je répondu.

Lexa et Maddy sont parfois casse-pieds, mais j'ai du mal à ignorer quelqu'un, même quand il s'y attend.

– J'adore ton top, m'a lancé Maddy.

Je me suis abstenue de lui dire que c'était un banal T-shirt vert.

– Merci.

Elle portait un débardeur noir court et transparent que je trouvais assez vulgaire ; je ne lui ai donc pas retourné le compliment. Elle a rempli deux verres de Coca light avant de se planter au milieu de la cuisine. Visiblement, elle avait envie de s'incruster, mais n'osait pas.

Heidi l'aurait laissée poireauter sur place jusqu'à ce qu'elle parte, déconfite. Et honnêtement, j'avais plutôt envie qu'elle s'en aille. Mais j'étais trop bonne pour la laisser mariner dans son jus.

– Comment tu vas ? l'ai-je questionnée.

– Bien.

J'ai remarqué à quel point elle était crispée seulement en la voyant se décontracter. Elle s'est campée sur une jambe, une main sur la hanche.

– Je t'ai vue nettoyer la voiture de Thornhill, jeudi. C'était chiant, non ?

Et voilà, je regrettais déjà mon accès de bonté.

– Euh, ouais.

Qu'attendait-elle comme réponse ? « Non, pas du tout, on s'est éclatés ! »

– En tout cas, tu étais très mignonne avec ton éponge, a ajouté Lee en me massant doucement les épaules.

– Tu sais ce qu'on raconte sur elle ? m'a demandé Maddy. Sur Amanda, je veux dire.

Malgré la minuscule probabilité pour que cette cruche connaisse la vérité sur Amanda, elle avait piqué ma curiosité. Elle savait peut-être des trucs que Hal, Nia et moi ignorions. Je ne voulais pas lui faire le plaisir de paraître intéressée. Heureusement, Lee a sauté sur l'occasion :

– Quoi ? Qu'est-ce qu'on raconte ?

Maddy s'est tournée vers Lexa, comme si elle s'adressait à elle depuis le début.

– Il paraît qu'elle fait partie d'un programme de protection de témoins. Son père est un parrain de la Mafia, et il a dénoncé le chef d'une famille new-yorkaise. C'est pour cela qu'ils sont venus vivre à Orion. Sauf que leurs ennemis les ont retrouvés, et qu'ils ont dû quitter la ville du jour au lendemain...

– Pas possible ! a crié Lexa.

– Si ! a renchéri Maddy sur le même ton.

Elles ont attendu une seconde mon commentaire, qui n'est jamais venu, avant de quitter la cuisine en parlant toujours d'Amanda.

Pendant que Keith et Lee commentaient le match de foot de l'après-midi, je me suis interrogée sur la théorie de Maddy.

C'était si grotesque que c'en était risible. Cette fille regardait trop la télé. En même temps, ce n'était pas plus dingue que les histoires d'Amanda elle-même. Plus j'y pensais, plus j'avais honte d'avoir gobé tout ce qu'elle me racontait : sa mère en Ouganda, son père qui travaillait pour l'ONU... Pendant qu'elle y était, pourquoi ne m'avait-elle pas fait croire qu'ils voulaient gouverner leur minuscule principauté aux confins de l'Europe sans avoir à s'embarrasser de leurs enfants ? Ou que c'étaient des astronautes partis en mission sur Mars ? Mais surtout, pourquoi avait-elle inventé une histoire aussi compliquée ? Quand on est sûr que ses amis ne rencontreront jamais ses parents, pourquoi ne pas leur dire que ce sont des gens ordinaires : un médecin et une avocate, un professeur et une comptable, une cuisinière et un coach sportif ?

J'avais envie d'appeler Hal et Nia pour leur rapporter les paroles de Maddy. Finalement, sa version n'était pas plus absurde que les autres.

Au moment où j'allais lui fausser compagnie, Lee m'a serrée contre lui et m'a embrassé le dessus de la tête. Une seconde plus tard, Kelli et Traci sont arrivées en courant dans la cuisine. En me voyant avec Lee, Kelli a souri.

– Oh, les amoureux ! a-t-elle chantonné.

L'idée que Lee puisse être amoureux de moi me plaisait. Même si, au fond, j'en doutais.

– Vous venez ? nous a lancé Traci. Jake installe la machine à karaoké.

Keith s'est approché de Kelli et lui a passé un bras autour de la taille :

– Tu risques de tomber dans les pommes quand tu m'entendras chanter, l'a-t-il prévenue. Tellement je suis bon.

– Je demande à voir, a dit Kelli.

Traci l'a entraînée dans le salon.

– Allons-y ! a-t-elle lancé à la cantonade. Et je vous préviens, tout le monde chante !

Lee est descendu du plan de travail et m'a pris la main. Le moment était mal choisi pour appeler Hal et Nia sans me faire remarquer. Mais pourquoi voulais-je leur téléphoner, déjà ? Ce n'étaient même pas mes amis. Mes amis étaient là, avec moi.

CHAPITRE VINGT-DEUX

Je cours. Je cours dans la forêt, mais je ne suis pas moi-même. Pas complètement. Ma peau est couverte d'une étoffe très douce, duveteuse. Je porte un manteau de fourrure. Non : je suis un manteau de fourrure. Je suis puissante et je cours sans effort. Je cours très vite. Je file comme le vent sans me fatiguer. Je suis entière, forte et courageuse. Je suis une ourse. Une gigantesque ourse noire. Je suis immense et ma tête frôle les branches des arbres.

J'entends des hurlements. Des cris de terreur. Une créature souffre. On lui fait atrocement mal, mais je peux la sauver. L'ourse que je suis peut la sauver. « J'arrive », lui dis-je en pensée. « N'aie pas

peur, j'arrive. » Mais je ne la trouve pas. Je suis perdue dans la forêt. Les cris stridents de la créature m'obsèdent. « J'arrive. » Je débouche dans une clairière. Je vois des lumières. Une route. Une autoroute. Des gyrophares aveuglants, une sirène qui hurle. C'est celle d'une ambulance. Et soudain, je découvre sur le sol le corps ensanglanté d'un petit lapin blanc. Mon cœur d'ourse bat comme un fou. Je dois le sauver, mais je ne peux pas m'approcher de lui. La forêt est dense, et elle me retient. « Laisse-moi, s'il te plaît. Laisse-moi l'aider. » Les sirènes m'empêchent de penser et la forêt est plus forte que moi. « S'il te plaît. S'il te plaît, je... »

Drrring. Drrring. Drrring.

Je me suis assise brusquement et j'ai mis un certain temps à réaliser que j'étais dans mon lit, et que mon téléphone sonnait. Depuis quand ? Je me suis levée comme une automate pour aller ramasser mon portable qui gisait sur le tapis, au milieu de la chambre.

– Allô ? ai-je fait d'une voix rauque.

Je n'avais pas pris la peine de fermer les volets avant de me mettre au lit. J'ai remarqué qu'il faisait jour. C'était le matin.

– Callie ?

– Ouais, c'est moi.

Encore empêtrée dans mon rêve, qui collait à mon cerveau comme une couverture mouillée, je n'ai pas reconnu la voix de mon interlocutrice.

– C'est Nia.

– Ah, salut.

À son intonation, j'ai compris qu'elle n'était pas particulièrement ravie de m'appeler. Je ne sais pas comment j'aurais réagi dans d'autres circonstances, mais comme elle m'avait arrachée à mon cauchemar, j'étais plutôt contente de l'entendre.

– Je te réveille ? Tu as fait une grosse fiesta, hier soir ?

J'ai louché vers mon réveil. Huit heures vingt. Quelle personne saine d'esprit téléphone chez les gens à huit heures vingt, un dimanche matin ?

– Euh, non. Pas spécialement grosse.

– Désolée de te réveiller, a-t-elle poursuivi sur un ton qui démentait ses paroles.

– Ce n'est pas grave.

Je me suis efforcée de prendre une voix plus alerte pour lui demander :

– Qu'est-ce qu'il y a ?

– J'ai eu Hal au téléphone. On a parlé de se retrouver pour faire un truc ensemble. Il proposait qu'on aille vérifier les adresses d'Amanda...

– Ouais, pourquoi pas...

À mesure que je parlais, mon rêve me paraissait plus lointain et ma panique s'estompait. Tout allait bien. Il faisait jour. Je me suis assise sur ma chaise de bureau.

– Il voudrait qu'on fasse ça ce matin ?

– Je ne peux pas. Je vais à l'église.

– À l'église. Ah...

Je n'ai pu m'empêcher de penser que, pour une adepte de la religion, Nia ne mettait guère en application les préceptes de tolérance et de pardon.

– En fait, on a décidé de regarder les vidéos de surveillance chez moi. Si ça te dit...

Étonnamment, ça me tentait. La veille au soir, alors que je m'amusais avec Lee et les iGirls, Hal et Nia m'avaient de nouveau semblé appartenir à un monde différent, totalement déconnecté du mien. Et voilà que ce matin, après avoir discuté trente secondes au téléphone avec Nia, je ne me voyais plus passer la journée sans eux. Est-ce que je devenais schizophrène ?

– Tu n'as qu'à venir à la maison vers midi ? On regardera les vidéos, et...

Elle a baissé la voix pour terminer :

– Je voudrais vous parler de la carte postale.

Mon sang n'a fait qu'un tour :

– Tu as déchiffré le message d'Amanda ?

– Pas vraiment. Tout ce que je sais, c'est que...

On a crié derrière elle.

– J'arrive, maman ! a répondu Nia.

Puis, à mon intention :

– Il faut que je parte. J'habite au 12 avenue Pinecrest, près de Mapple Road. Tu sais où c'est ?

– Ouais. Enfin, à peu près... Ne t'inquiète pas, je trouverai.

Mapple Road est un quartier chic proche du centre-ville. Mais pas chic-moderne, comme le quartier de Heidi, où les maisons sont construites autour d'un golf et toutes équipées de piscines. Les demeures de Mapple Road, un quartier ancien agrémenté d'immenses pelouses ombragées par des chênes centenaires, datent à peu près de la même époque que la nôtre. Je ne sais pourquoi, j'avais le pressentiment que ce serait le seul point commun entre la maison de Nia et la mienne. Pour commencer, il était peu probable que ses parents y aient entassé des centaines de branches mortes...

– D'accord, a dit Nia. Rendez-vous à midi, alors.

– À midi, ça marche.

J'ai filé sous la douche, et en attendant que l'eau chaude se décide à couler, j'ai songé avec une pointe de jalousie que Nia avait trop de chance de pouvoir inviter des amis chez elle.

Nia est venue m'ouvrir la porte dans une tenue époustouflante : une robe bleu marine au corsage étroit, orné de deux rangées de boutons minuscules, des collants imprimés et des low-boots. Même sa coiffure était stylée : les cheveux attachés sur la nuque en queue de cheval basse. En comparaison, je me suis sentie mal fagotée avec mon jean et mon vieux sweat à capuche. Qui donc avait transformé Nia en gravure de mode des années 1940 ? Je vous le donne en mille...

– Salut, lui ai-je lancé.

J'aurais pu la complimenter sur sa tenue, mais je n'étais pas d'humeur à supporter son habituelle condescendance. J'ai donc choisi une autre option :

– Quelle est cette odeur délicieuse ?

Mes parents sont tous les deux de bons cuisiniers, et à une époque, ils faisaient des merveilles. Mais je n'avais jamais senti un fumet aussi dément flotter chez nous.

– Bah, ce n'est rien..., a commencé Nia.

Elle m'a entraînée dans la cuisine : une pièce moderne tout équipée d'inox. Mme Rivera était devant le fourneau, occupée à remuer le contenu d'une gigantesque casserole.

– ... c'est juste ma mère.

– « Juste ma mère, juste ma mère », a protesté Mme Rivera. Pourquoi pas : « c'est ma merveilleuse maman » ?

Elle a abandonné sa cuiller et s'est tournée vers nous.

– Bonjour. Callie, je suppose ?

– Oui. Bonjour, madame Rivera.

Quand on les appelle par leur nom, la plupart des parents s'empressent de répliquer : « S'il te plaît, appelle-moi Beth, Linda, ou Tartempion. » La mère de Nia s'est contentée de me serrer la main chaleureusement et m'a embrassée sur les deux joues avec un tel enthousiasme que je l'ai crue sur parole quand elle m'a affirmé : « Je suis ravie de faire ta connaissance. »

– Moi aussi.

Sachant que Mme Rivera était à cheval sur la fréquentation de l'église et les soirées en famille, je l'avais imaginée plus âgée. Je m'étais préparée à être accueillie par une dame d'un certain âge, en pantoufles et robe de chambre, parlant un anglais approximatif. Je me rendais compte à présent que j'étais pleine de préjugés. La mère de Nia était jeune et jolie avec ses cheveux noir corbeau et sa peau laiteuse. Elle avait un tablier, mais elle portait en dessous une élégante robe noire, et elle était perchée sur des talons si hauts que je me suis demandé comment elle pouvait marcher sans se tordre la cheville.

La sonnette de la porte d'entrée a retenti.

– C'est sûrement Hal ! s'est exclamée Nia.

– Ah, le fameux Hal, a fait Mme Rivera en m'adressant un clin d'œil complice.

– Maman, tu n'as pas vu mes clés de voiture ?

Cisco, le frère de Nia, a fait irruption dans la cuisine torse nu. Je me suis interdit de le fixer trop ostensiblement, mais c'était très tentant. On n'a pas tous les jours l'occasion de voir le mec le plus sexy du lycée à moitié nu.

– Dis donc, Francisco, lui a lancé Mme Rivera. Si tu t'habillais quand on a des invités !

Lorsqu'il m'a aperçue, Cisco a stoppé net.

– Ah, bonjour ! Et... euh... pardon ! Je ne savais pas que...

Nos regards se sont croisés une seconde et nous avons tous les deux détourné la tête en rougissant. Mme Rivera l'a chassé d'un geste.

– Va t'excuser là-haut et enfile un T-shirt !

– D'accord. À plus tard, Callie.

J'ai ouvert des yeux ronds. Cisco Rivera connaissait mon prénom ? Trop cool !

En sortant de la cuisine, il a failli rentrer dans un grand et bel homme qui devait être son père.

– Si tu mettais une chemise, garçon ? lui a lancé ce dernier.

Puis il m'a vue et m'a souri :

– Bonjour. Je suis le père de Nia.

– Tu n'as pas vu mes clés de voiture, papa ? s'est renseigné Cisco.

– Non. J'espère que tu ne les as pas encore enfermées à l'intérieur.

– C'est possible. Mais ce n'est pas ma faute. Si vous ne m'aviez pas filé une bagnole centenaire...

– Francisco ! a tonné M. Rivera d'une voix qui m'a donné envie de rentrer sous terre. Dis-moi que tu n'as pas le culot de te plaindre de la voiture que nous t'avons si généreusement offerte pour ton anniversaire.

– Non, papa, je dis juste que...

– Tu dis juste qu'à l'avenir, tu feras attention à tes clés ?

– C'est ça, a admis Cisco en baissant les yeux.

– L'outil que tu as acheté pour l'ouvrir est dans le garage, à côté du vélo de Nia, lui a rappelé Mme Rivera. Mais va t'habiller d'abord.

– C'est bon, c'est bon, j'y vais...

J'étais désolée de voir Cisco disparaître, mais c'était sans doute mieux ainsi. Je n'aurais jamais pu me comporter de façon naturelle avec les parents de Nia si ce dieu grec avait continué à se pavaner torse nu devant moi.

– Je m'appelle Callie, ai-je confié à M. Rivera, espérant qu'il ne m'avait pas surprise en train de dévorer son fils des yeux.

– Enchanté, Callie !

M. Rivera était l'archétype du grand brun séduisant. Je me suis demandé si c'était un acteur de cinéma, avant de me rappeler qu'il était PDG d'une grande entreprise. Avec sa femme, ils formaient le couple le plus glamour que j'avais jamais vu, à part peut-être dans les magazines.

Il s'est tourné vers sa femme :

– Ma chérie, tu as rangé le journal qui était sur la table de la salle à manger ?

– Le journal ?

Mme Rivera a recommencé à remuer le contenu de la casserole. Le fumet qui s'en échappait était encore plus divin de près.

– Miam, s'est-il exclamé en s'approchant du fourneau. Qu'est-ce que c'est ?

Sa femme lui a tendu la cuiller pour qu'il goûte. Il a fermé les yeux et embrassé les bouts de ses doigts avant de délivrer son verdict :

– *Delicioso !*

Il a tenté de reprendre la cuiller pour la replonger dans la casserole, mais sa femme l'a repoussé :

– Tss tss ! Va donc lire ton journal.

– Impossible ! Tu m'as ouvert l'appétit.

En riant, il a fait une nouvelle tentative pour saisir la cuiller. Mme Rivera a esquivé son geste et ils ont échangé quelques mots en espagnol, que je n'ai pas compris. Les voir plaisanter ensemble m'a fait penser à mes parents. La boule habituelle s'est formée dans ma gorge, mais cette fois, elle s'accompagnait d'un peu d'espoir.

Nia est revenue dans la cuisine avec Hal. Elle l'a présenté à ses parents et j'ai compris qu'il les rencontrait pour la première fois, lui aussi. Ça m'a fait plaisir. Je ne sais pas pourquoi, je m'étais figuré que Hal et Nia se voyaient depuis des mois tous les deux, et peut-être même en trio, avec Amanda.

– Si on allait dans le salon pour faire nos recherches, nous a proposé Nia.

– Tes amis restent déjeuner ? s'est renseignée sa mère.

À ma grande surprise, Nia n'a pas hésité.

– Oui, a-t-elle répondu en nous faisant signe de la suivre.

Le salon des Rivera était moins moderne que leur cuisine, mais c'était une pièce assez cosy aux murs vert pâle, meublée de deux gros sofas confortables et d'une immense télé à écran plat. Elle m'a d'autant plus impressionnée que mes parents ne sont absolument pas branchés télé, et que la nôtre a les dimensions d'une carte de crédit.

Nia a sorti une télécommande d'un placard. L'écran est devenu bleu et plusieurs lumières se sont allumées sur le lecteur de DVD.

– Je pense que ça devrait marcher, a-t-elle dit. J'ai piraté les archives de vidéosurveillance du lycée et gravé les séquences du parking qui nous intéressaient sur un DVD. J'espère qu'on pourra le lire sur cette machine.

– Tu as piraté les archives de vidéosurveillance et gravé un DVD, ai-je répété, impressionnée.

Heureusement que je n'avais pas été chargée de copier ces enregistrements. Moi qui sais à peine récupérer un fichier sur une clé USB... Je me suis rappelé mon agacement, la veille, quand Nia était revenue à la bibliothèque sans avoir pris la peine de chercher le dossier d'Amanda dans le bureau de Thornhill.

– Comment as-tu appris à faire ça ?

Elle a haussé les épaules :

– Ce n'est pas difficile. Les enregistrements des caméras sont copiés sur un disque dur. Il m'a suffi d'entrer la date et l'heure, puis de graver les séquences. L'ordinateur reste allumé en permanence dans le bureau de Thornhill. Je n'ai même pas eu besoin d'entrer un mot de passe.

Je suis restée dubitative. Ça pouvait paraître simple, dit comme ça, mais ça dépassait quand même mes compétences. J'arrive tout juste à faire fonctionner mon téléphone portable, et chaque fois que je veux télécharger une chanson sur mon iPod, il faut que je demande à Traci comment faire.

J'aurais volontiers posé d'autres questions à Nia, mais une image du parking d'Endeavor est soudain apparue à l'écran. Elle était légèrement déformée, comme prise à travers un cul de bouteille. En haut à droite de l'image, l'horloge numérique indiquait 5 : 00 : 00.

– Comme je ne savais pas à quelle heure elle est arrivée, j'ai décidé de démarrer à cinq heures du matin, nous a expliqué Nia.

Elle est venue s'asseoir sur le canapé près de nous, la télécommande à la main. Nous avons regardé l'écran en silence. Seuls les chiffres de l'horloge changeaient. À 5 : 07 : 15, Nia a bougonné : « Attendez, c'est stupide », avant d'appuyer sur la touche avance rapide.

L'image est devenue légèrement floue, mais encore assez distincte pour qu'on repère le moindre changement.

– Regardez ! a crié Hal.

L'horloge indiquait 6 : 25 : 19, et une voiture venait d'entrer dans le parking. Nia a coupé l'avance rapide et le film s'est remis à défiler à une vitesse normale. Nous avons vu le proviseur adjoint sortir de sa voiture en prenant soin de fermer les portières à clé. Ça m'a fait tout drôle. J'avais l'impression de l'espionner.

Pendant quelques minutes, il ne s'est rien passé de plus sur l'écran, mais personne n'a suggéré de repasser en accéléré. Soudain, une silhouette vêtue d'un jean et d'un sweat à capuche s'est matérialisée derrière la voiture.

– C'est Amanda ! me suis-je exclamée.

Nia s'est penchée en avant.

– Tu crois ? Ce n'est pas évident à dire.

En fait, j'avais simplement supposé que c'était Amanda. Mais peu après, alors que la silhouette se penchait sur le coffre de la voiture, sa capuche est tombée et nous avons aperçu son profil. C'était une image en basse définition et prise d'assez loin, mais j'ai reconnu Amanda sans l'ombre d'une hésitation. Elle a sorti une espèce d'étui de sa poche et s'est mise à dessiner sur le coffre.

– On dirait..., a commencé Hal.

– Regardez, il y a quelqu'un d'autre ! s'est étranglée Nia.

Une seconde silhouette, vêtue à l'identique, venait de rejoindre Amanda. J'ignorais qui ça pouvait être. Hal, Nia et moi étions penchés en avant sur le sofa, au point qu'une simple pichenette aurait pu nous faire basculer. Nia n'arrêtait pas de retirer ses lunettes et de les remettre, tandis que Hal et moi fixions l'écran, les yeux plissés. Mais aucun de nous trois n'est parvenu à identifier cet autre personnage.

Une demi-heure plus tard, la voiture était couverte des joyeux dessins que nous avions passé le jeudi après-midi à effacer. À 7:04:11, l'inconnu(e) a fait un signe à Amanda. Cette dernière est restée un bref instant immobile, avant de prendre quelque chose dans sa poche arrière et de le glisser dans la fente de la portière, côté passager. Puis elle a filé à pied avec son mystérieux coéquipier.

– Je le savais ! s'est écrié Hal.

– Chut ! a fait Nia.

Nous avons regardé une voiture s'arrêter dans le parking, non loin de celle de Thornhill. Le conducteur est sorti de l'habitacle et a longuement examiné le véhicule du proviseur adjoint, puis s'est dirigé vers le lycée. Pendant la demi-heure suivante, la même scène s'est répétée une cinquantaine de fois, mais les silhouettes encapuchonnées n'ont pas reparu. Quand l'horloge a indiqué 7:43:08, Nia a appuyé sur le bouton stop.

– C'était bien Amanda, a-t-elle conclu. Mais qu'est-ce qu'elle a glissé dans sa voiture ?

– Elle lui a laissé un mot.

Dans son excitation, Hal s'était levé. Il s'est mis à marcher de long en large entre la table basse et la télé. J'ai sauté sur mes pieds et confirmé :

– Je l'ai vu ! Dans la voiture. Il était coincé dans une pile de journaux.

– Vous croyez qu'elle lui a écrit?

L'expression de Nia était un mélange de dédain et de stupéfaction.

– Vous essayez de me dire qu'Amanda Valentino a laissé un mot au proviseur adjoint après avoir couvert sa voiture de graffitis? Et pour lui dire quoi? «Nettoyage à sec uniquement»?

Hal s'est arrêté devant Nia et lui a lancé un regard entendu.

– Je te dis juste que j'ai vu une lettre dans sa voiture.

– Je l'ai vue aussi, Nia.

Soudain, j'ai trouvé très étrange que deux de mes proches aient disparu après avoir laissé des messages à Thornhill. J'ai envisagé un instant de parler à Hal et Nia de ma mère, mais pouvais-je vraiment leur révéler un secret que je n'avais pas confié à mon père? D'ailleurs, ils n'étaient même pas au courant de la disparition de maman, et le moment était mal choisi pour me lancer dans de grandes explications.

– Je donnerais cher pour voir ce mot, a soupiré Hal en se laissant retomber sur le canapé.

Je me suis rappelée qu'il avait dit la même chose des vidéos de surveillance. S'il nous proposait de forcer la serrure de la voiture de Thornhill, aurais-je le cran d'accepter? Aurais-je le cran de refuser, plutôt?

– Bon..., a repris Nia. Ça explique au moins pourquoi Thornhill était certain de la culpabilité d'Amanda. Et en parlant de mots...

Elle est allée prendre un papier sur la bibliothèque, près de la fenêtre. J'ai reconnu la carte postale de nos casiers. Elle l'avait reconstituée avec du scotch.

– Je n'ai pas fait de grande découverte.

Assis sur le canapé, nous avons fixé la carte postale comme si elle allait finir par nous livrer son message. Comme si ce n'était qu'une question de temps.

J'ai tenté une interprétation :

– Euh... Meg est peut-être la personne qui a décoré la voiture avec Amanda...

Hal a haussé les épaules et a indiqué un des morceaux manquants.

– Pourquoi Amanda a-t-elle gardé des bouts de la carte ? D'après vous, qu'y avait-il après ce M ? Ça disait peut-être autre chose sur cette fameuse Meg ?

– Pensez à ça. Pensez à ÇA, ai-je répété. Ce ÇA doit avoir de l'importance, pour qu'elle l'ait écrit en majuscules.

– Regardons de l'autre côté, a suggéré Hal. C'est important aussi.

Il a pris la carte des mains de Nia et l'a retournée.

– La route de brique jaune, a dit Nia en haussant les épaules. Amanda adore *Le Magicien d'Oz*. Peut-être que cette carte traînait chez elle.

Hal a secoué la tête.

– Non. Pour elle, tout a un sens. Qu'est-ce qu'on fait avec la route de brique jaune ?

– « Follow, follow, follow, the yellow brick road[1] », ai-je chanté sans réfléchir.

– Merci, Judy Garland ! a gloussé Nia.

---

1. « Suivez, suivez, suivez, la route de brique jaune. »

Il m'est venu une envie irrésistible de lui tirer la langue. Heureusement, j'ai réussi à me retenir.

– Elle nous demande de la suivre, a proposé Hal.

– Ça c'est sûr ! a fait Nia en roulant les yeux.

– Mais où ? Où est-on censés la suivre ? ai-je gémi.

Toutes nos réponses débouchaient sur d'autres questions. Ça commençait à m'agacer.

– Je sais ! s'est écriée Nia.

Elle a claqué dans ses doigts avec un enthousiasme feint.

– À Oz !

– Très drôle...

– C'est quand même dingue, a soupiré Nia. « Suivez la route de brique jaune » « Pensez à ça » Tu parles d'un message !

– Pensez à ÇA, a rectifié Hal, en insistant sur le dernier mot d'une voix pensive. Et n'oubliez pas : « Meg savait qu'elle devait chercher. »

Il a réfléchi tout haut :

– Chercher quoi ? Chercher où ? Dans un livre ? Chercher dans le livre de Meg ?

– Attends une seconde ! a fait Nia. Le livre de Meg...

Elle s'est frappé le front :

– Mais oui ! Je sais ce que signifie ce message !

– Quoi ?

Comment avait-elle pu comprendre, alors que j'étais encore complètement dans les choux ?

– Attendez-moi, je reviens !

Nia a quitté la pièce comme une fusée. Elle a réapparu presque aussitôt avec un livre.

– Meg. Ça...

Elle nous a regardés à tour de rôle, Hal et moi :

– Vous comprenez ?

J'étais toujours aussi larguée, mais Hal souriait :

– Nia, tu es un génie.

– Je sais...

– Euh... c'est formidable. Et les génies que vous êtes daigneraient-ils m'expliquer ce qu'ils ont compris ?

Nia m'a montré la couverture du livre : *Un raccourci dans le temps*, de Madeleine L'Engle.

– Ça explique le M, a affirmé Nia. Si la carte postale était entière, on pourrait lire « Madeleine L'Engle ».

Comme ni elle, ni Hal n'ajoutait rien, j'ai demandé :

– Et...

Nia a feuilleté la fin du livre.

– Meg et son frère sont partis à la recherche de leur père disparu. Il est retenu en otage par une espèce d'énorme cerveau nommé « ÇA », sur une planète lointaine.

– Ah... et donc, d'après vous, Amanda est retenue en otage par un énorme cerveau sur une planète lointaine, et elle nous demande de partir à sa recherche ?

Étais-je la seule à trouver cette interprétation un brin ridicule ?

Nia m'a regardée avec consternation :

– Tu plaisantes, j'espère ? Tu ne crois pas que tu prends les choses un peu trop au pied de la lettre ?

– Amanda nous a envoyé ce message pour nous demander de la rechercher, a dit Hal. J'en suis sûr. « Suivez la route de brique jaune. Pensez à ÇA. Meg savait qu'elle devait chercher. » Tous ces indices nous disent qu'Amanda veut qu'on la cherche. Comment je n'y ai pas pensé plus tôt ?

Il a secoué la tête avant de soupirer :

– Quel guide je fais...

Mon sang s'est glacé dans mes veines.

– Quoi ? Qu'est-ce que tu viens de dire ?

Nia aussi dévisageait Hal avec stupéfaction.

– Euh...

Hal, d'ordinaire imperturbable, paraissait mal à l'aise. Il a repris sans nous regarder :

– Eh bien, en fait... Amanda m'a demandé de faire un truc pour elle. De la guider dans...

Nia l'a interrompu :

– Elle t'a demandé d'être son guide à Endeavor.

Hal s'est tourné vers elle :

– Comment tu le...

Puis il a compris :

– Non. Ne me dis pas qu'elle t'a demandé la même chose !

Je n'en croyais pas mes oreilles.

– Elle prétendait avoir un seul guide, ai-je murmuré. Elle m'a expliqué qu'elle avait choisi une personne pour la guider, et que c'était...

– Moi ! avons-nous terminé en chœur.

Le mot est resté comme suspendu en l'air.

– Bien, a fait Nia, sarcastique. Au moins, maintenant, on sait à quel point on était uniques pour elle...

J'étais assommée par cette révélation. Moi qui croyais qu'Amanda avait vu quelque chose de spécial en moi...

– Qu'est-ce qu'on fait maintenant ? a demandé Nia. Réfléchissons... Essayons de réfléchir comme Amanda.

J'ai éclaté de rire et Hal m'a imitée.

– Ça, c'est juste impossible, ai-je déclaré.

Nia a caressé la carte postale d'un doigt.

– Vraiment ?

– Callie a raison, a dit Hal. Amanda a une façon de penser trop particulière. Tu as toujours l'impression qu'elle saute du coq à l'âne et qu'elle te sort des trucs sans queue ni tête, mais en fait, tout ce qu'elle dit a un sens. Un sens profond. Vous n'avez jamais vu son journal ?

Nia et moi avons acquiescé. Le journal d'Amanda faisait partie du personnage au même titre que ses costumes, ses citations et ses coiffures délirantes. Elle en possédait plusieurs, et elle en avait toujours un sur elle, dans lequel elle écrivait à longueur de journée. C'est parce qu'elle m'avait montré son journal que je lui avais montré mon cahier de gribouillage.

– Bref, je ne vois pas comment quelqu'un d'autre qu'elle pourrait suivre ce genre de raisonnements... débridés, a conclu Hal.

– Je ne sais pas, a répondu Nia. Mais on ferait bien de trouver.

– C'est beau, non ?

Nous étions à la bibliothèque, en centre-ville, assises à une table près d'une fenêtre. Les cheveux d'Amanda, longs

et raides, étaient séparés par une raie au milieu. Son front était ceint d'un bandeau orné d'un signe peace & love, et elle portait un T-shirt à longues franges brodé de perles. Elle avait dans la main un minuscule morceau de verre jaune. J'ai tendu la mienne et elle l'a laissé tomber sur ma paume. Il était doux et tiède.

– J'adore cette couleur, ai-je murmuré.

– Je me demande d'où il vient, a fait Amanda, songeuse.

– Tu ne le sais pas ? Où tu l'as trouvé ?

– Non, je veux dire, dans le grand ordre de l'univers. Qu'était-il avant d'être un morceau de verre dépoli ?

– Un collier ? ai-je proposé.

– Mmm. J'aime bien l'idée. Peut-être un collier ancien qu'on s'est passé de génération en génération : de mère en fille, pendant des siècles.

– La mienne a un collier qu'elle tient de sa mère, ai-je dit en pensant au petit trèfle que maman portait toujours autour du cou. Elle l'a eu pour son seizième anniversaire.

Je ne lui ai pas précisé qu'elle devrait à son tour me l'offrir lorsque j'aurais seize ans. À supposer, bien entendu, que je la revoie un jour...

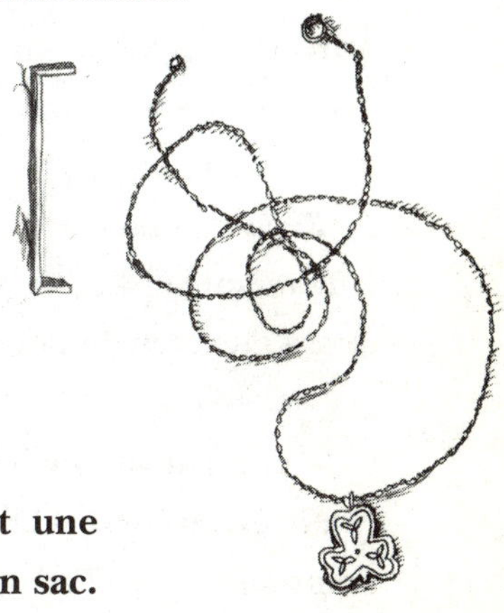

Comme si elle avait lu dans mes pensées, Amanda m'a effleuré le genou pour me réconforter.

– Je suis sûre qu'il t'ira à merveille.

Nous nous sommes tues pendant une minute, puis Amanda a fouillé dans son sac.

Elle en a sorti un fouillis de cartes oracle, de clés, de rouges à lèvres et d'eye liners, de stylos et de bijoux en toc avant de mettre la main sur ce qu'elle cherchait.

– Regarde ! J'ai réussi à reproduire exactement le même jaune.

Le journal d'Amanda, un cahier ordinaire décoré de rubans et de boutons, était si plein de bazar qu'il ne tenait pas fermé. Ses pages étaient couvertes de dessins, de photos découpées, et de notes manuscrites. Elles défilaient trop vite pour que je puisse saisir autre chose qu'un mot par ci, par là : « pluie ; après qu'on ; ne pourrai jamais ». Quand elle a enfin trouvé la bonne page, Amanda a posé le morceau de verre dessus :

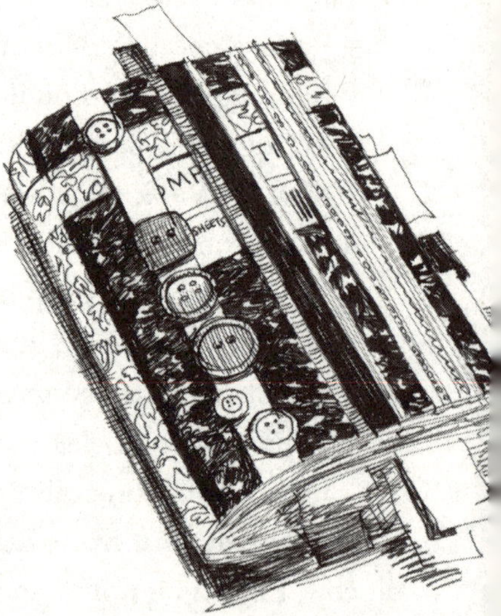

– Tiens, regarde !

Plusieurs taches de peinture jaune, de différentes nuances, couvraient la page. Et en effet, l'une d'elles avait exactement la teinte du verre dépoli.

– C'est joli.

– C'est plus difficile qu'on pense, m'a assuré Amanda. Mais ça en vaut la peine. J'aime relever les défis. Et regarde ça.

À la page suivante était collée une illustration qui semblait extraite d'un livre pour enfants. Elle représentait un hibou et un chat assis dans un bateau, tournant le dos au spectateur.

– C'est cool, non ? a murmuré Amanda en faisant courir son doigt sur le dessin.

– Euh, ouais.

J'ai attendu une seconde qu'elle m'explique, avant de l'interroger :

– Qu'est-ce que c'est ?

Amanda fixait toujours la page.

– C'est le hibou et la chatte.

Comme elle se taisait, j'ai insisté :

– Et...

Elle a récité de mémoire :

– « Le hibou et la chatte ont pris la mer, dans un joli bateau couleur petit pois vert[1]. »

Je connaissais ce poème, mais je ne voyais pas le rapport entre un bateau vert et un morceau de verre dépoli jaune. J'ai secoué la tête :

– Voilà, je suis perdue !

– Tu te rappelles comment ça se termine ?

J'ai avoué mon ignorance et Amanda a récité la fin :

– « Et main dans la main sur le sable, ils ont dansé à la lueur de la lune, la lune, la lune. Ils ont dansé à la lueur de la lune. »

Elle m'a regardée :

– J'ai toujours imaginé qu'à la lueur de la lune, le sable avait exactement cette teinte. Tu ne crois pas ?

---

1. « The owl and the pussycat », célèbre poème d'Edward Lear.

– Euh, je n'y ai jamais réfléchi... En tout cas, c'est une couleur magnifique.

J'ai promené plusieurs fois mon regard du morceau de verre aux taches de peinture. Amanda fixait toujours le dessin :

– En fait, tout est super beau, quand on sait regarder.

***

– Honnêtement, je me sens incapable de penser comme Amanda, ai-je prévenu mes camarades.

– Je comprends, a acquiescé Nia, le menton dans les mains.

Je me suis rappelé un épisode de la veille au soir.

– Euh, je peux vous poser une question très bizarre ?

– Eh bien, voilà : tu penses comme Amanda ! a plaisanté Hal en posant un index sur son nez. C'est la spécialiste des questions bizarres.

– En fait, ma question n'est pas vraiment bizarre. Elle serait plutôt débile. Ou à moitié, genre « New York, police judiciaire ». À votre avis, Amanda aurait-elle pu faire partie d'un programme de protection de témoins ?

– N'importe quoi ! s'est exclamée Nia.

Je me suis hérissée :

– Hé, je vous ai prévenus que c'était une question idiote.

– Pour moi, le personnage d'Amanda ne colle pas avec le programme de protection de témoins, a commenté Hal.

Il s'est interrompu une seconde avant de reprendre :

– Quand tu fais partie d'un plan de protection de témoins, tu es censé... passer inaperçu, non ? Te fondre dans le décor ?

– Bien vu, ai-je convenu. On ne peut pas dire qu'Amanda passait inaperçue.

– J'ai l'impression qu'on régresse, a soupiré Hal.

– On a compris qu'elle nous demandait de la rechercher, ai-je signalé. C'est quand même un gros progrès.

– Oui, mais pourquoi veut-elle qu'on la cherche ? a interrogé Nia.

– Et où ? a enchaîné Hal.

– Qui a les parties manquantes de la carte ? a renchéri Nia.

– Et comment a-t-elle trouvé vingt-cinq mille dollars ? ai-je ajouté.

– Pardon ?

Je me suis frappé le front. Bien sûr ! J'avais parlé de l'argent à Hal, mais pas à Nia.

– Il faut que je te raconte un autre truc...

Avant que j'aie pu ajouter un mot, Mme Rivera est apparue à la porte du salon :

– À table, tout le monde !

– Attends, maman, on..., a commencé Nia.

Apparemment, sa mère n'était pas du genre à se satisfaire d'une réponse négative.

– Venez, a-t-elle insisté.

En quittant le salon pour la salle à manger, j'ai tenté de me convaincre que Hal avait tort de se décourager. En comprenant qu'Amanda nous demandait de la rechercher, on avait fait un pas dans la bonne direction, j'en étais sûre. Restait à savoir combien de pas il nous faudrait encore faire pour arriver au bout de cette route de brique jaune.

chapitre 23

Je pensais qu'on aurait de nouveau l'occasion de parler d'Amanda après le déjeuner, mais la mère de Nia nous a fait savoir sans ambiguïté que le dimanche après-midi était réservé au travail scolaire. En somme, après nous avoir régalés, elle nous a gentiment invités à débarrasser le plancher. Nous nous sommes donc quittés sans avoir rien prévu concernant « l'affaire Amanda ».

Le lundi midi, en sortant de la cafétéria, j'ai aperçu Hal et Nia dans le couloir des sciences humaines. J'ai pressé le pas pour les rejoindre. Ils avaient mangé en tête à tête à une table, et j'avais envisagé un instant d'aller m'asseoir avec eux. Depuis quelque temps, je ne me sentais vraiment moi-même qu'en leur compagnie. En comparaison, mes relations avec les iGirls me paraissaient creuses, et surtout fausses. Comme si je jouais un rôle.

Lee, assis à côté de Kelli, m'a fait de grands signes, et j'ai finalement dépassé Nia et Hal sans m'arrêter pour rejoindre ma table habituelle. Son visage s'est éclairé quand je me suis assise près de lui. Ça m'a un peu consolée. Il s'est penché vers moi et m'a soufflé :

– C'était cool, samedi soir, non ?

– Génial, ai-je menti.

À la fin du déjeuner, nous sommes tous partis dans des directions différentes pour rejoindre nos salles de cours. Je me suis lancée à la poursuite de Hal et Nia. Chemin faisant, j'ai dépassé Béa Rossiter et ma gorge s'est serrée, comme chaque fois.

J'ai pressé le pas. Quand j'ai tapé sur l'épaule de Hal, sa réaction enthousiaste a chassé Béa de mes pensées :

– Salut ! J'allais t'envoyer un texto.

Il a baissé la voix pour ajouter :

– On a prévu de se retrouver après les cours pour aller tenter notre chance aux autres adresses d'Amanda. Tu veux venir ?

– Je suis sûre qu'elle a des tas de choses plus intéressantes à faire, a commenté Nia, évitant mon regard.

Ce sursaut d'hostilité m'a intriguée. M'en voulait-elle d'être passée près de leur table sans m'arrêter le midi, ou avait-elle autre chose à me reprocher ? En partant de chez elle, la veille, j'avais eu l'impression que l'atmosphère s'était détendue entre nous. J'avais sans doute pris mes désirs pour des réalités.

– Non, pas du tout, me suis-je défendue.

– Génial !

Soit Hal avait choisi d'ignorer la tension entre nous, soit il n'avait rien senti.

– Je propose de commencer par l'appartement en centre-ville. Vous voyez de quoi je parle ? La Riviera ?

J'étais passée des milliers de fois devant le panneau publicitaire qui proposait à la vente les luxueux appartements de cette résidence.

– « La Riviera, plus qu'un lieu de vie, un style de vie », ai-je récité par cœur.

Hal s'est esclaffé et Nia a esquissé un vague sourire.

– On se retrouve là-bas à quatre heures, ça vous va ? a proposé Hal.

J'avais un devoir d'histoire le lendemain, pour lequel j'avais prévu de réviser au moins trois heures, et plusieurs bouquins de retard pour mon cours d'anglais. Mais c'était trop tentant.

– C'est parfait, ai-je accepté. Rendez-vous à quatre heures.

La résidence Riviera contraste bizarrement avec les autres immeubles du centre-ville d'Orion. La rue principale (qu'on appelle la Grande Rue) est bordée de bâtiments en bois et en brique de trois ou quatre étages au maximum. Quand les habitants d'Orion ont eu vent de ce projet immobilier, qui devait être au départ une tour de verre et d'acier de dix étages, la bataille a fait rage entre ses défenseurs et ses détracteurs, aux côtés desquels ma mère s'est immédiatement rangée. Elle disait lutter contre « la newyorkisation d'Orion », mais honnêtement, l'idée que cette construction risquait de changer Orion en New York était à mourir de rire : ces deux villes ont à peu près autant de points communs que moi et un top model.

Pour finir, les promoteurs ont dû se contenter d'une tour de verre de cinq étages, qui paraît encore plus grotesque que ne l'aurait été le projet initial. Comme si quelqu'un avait commencé à construire un joli gratte-ciel à la Manhattan, mais qu'à la dernière seconde, il s'était ravisé et avait posé un toit sur un petit immeuble de verre trapu.

Nia était déjà là. Elle était appuyée contre l'horodateur auquel elle avait attaché son vélo. J'ai ressenti une vague appréhension à l'idée de me retrouver seule avec elle. Dommage que Hal ne soit pas arrivé le premier.

– Salut, lui ai-je lancé en freinant à sa hauteur.

– Salut.

Je suis descendue de vélo et j'ai laissé planer le silence une bonne minute avant de me décider à engager la conversation :

– Ma mère détestait cet immeuble.

J'avais parlé au passé sans réfléchir. Je me suis empressée de rectifier :

– Je veux dire *déteste*. Elle le déteste.

Nia n'a pas relevé.

– La mienne aussi, a-t-elle répondu simplement.

Devais-je en déduire que nous étions réconciliées ? Avec Nia, je n'étais jamais sûre de rien. J'ai préféré ne rien ajouter pour ne pas tenter le diable. L'arrivée de Hal m'a facilité la tâche. Il chevauchait un vélo rose vif beaucoup trop petit pour lui.

– Désolé pour le retard, a-t-il dit, essoufflé. J'avais un pneu à plat et je n'ai pas trouvé la pompe.

– C'est le vélo de ta sœur ? l'a interrogé Nia en haussant les sourcils.

Hal a acquiescé et reculé pour admirer le panier blanc et les pompons accrochés au guidon.

– Je me sens assez viril pour rouler avec un vélo de fille.

– Absolument, ai-je acquiescé. Si quelqu'un peut se permettre de monter sur un vélo de fille, c'est bien toi.

Hal m'a tapoté l'épaule :

– Merci, Callie ! J'apprécie le compliment.

– Elle a quand même dit « si quelqu'un peut se permettre... », lui a rappelé Nia.

Hal a souri en attachant son vélo :

– Touché !

Nous nous sommes tournés vers la Riviera et l'avons contemplée un instant en silence.

– Hal, tu as dit qu'Amanda vivait avec sa mère dans l'appartement témoin en attendant que le leur soit prêt, c'est ça ? a demandé Nia.

– Exact. Elles ont même commandé leur mobilier en Europe.

Nous nous sommes avancés jusqu'aux portes de verre de l'immeuble, qui ont coulissé sans un bruit. Le hall d'entrée était encore plus luxueux que prévu. Un gigantesque lustre orné de milliers de pendeloques en cristal était accroché au plafond et le sol était en marbre rose. Ma mère aurait trouvé cela vulgaire, mais personnellement, j'aurais adoré vivre dans un tel endroit. La résidence était équipée d'un gymnase, et même d'une piscine sur le toit !

Un homme était assis derrière un comptoir en bois, au fond du hall. Une petite plaque dorée posée devant lui indiquait « réception ». Quel prétexte allions-nous inventer pour qu'il nous laisse monter dans les étages ?

Le type nous a regardés comme si on était des taches de boue sur son sol de marbre.

– Euh, bonjour..., ai-je hasardé.

– Bonjour.

Il n'était clairement pas ravi de nous voir débarquer dans son hall immaculé, mais il s'est appliqué à nous sourire. On doit apprendre ça, dans les écoles de concierges.

– Nous sommes... euh...

– Nous venons voir l'appartement témoin, a déclaré Nia, très sûre d'elle.

– Je présume que vous êtes à la recherche d'un logement, a fait l'homme avec condescendance.

– Ce sont nos parents, a précisé Hal. Ils nous ont donné rendez-vous là-haut.

– Je vois... Dans ce cas, prenez l'ascenseur à droite. C'est au quatrième étage, appartement D.

L'ascenseur était aussi chic que le hall d'entrée, avec des parois en bois et un lustre miniature. Toutefois, quand les portes se sont ouvertes au quatrième, j'ai été déçue. Le couloir aux murs de stuc, tapissé de moquette industrielle, aurait pu être celui d'un hôtel. L'appartement D n'était qu'à quelques mètres de l'ascenseur et sa porte était entrouverte. Mon cœur s'est emballé à l'idée que nous étions tout près de découvrir l'endroit où vivait réellement Amanda. Allions-nous enfin élucider ce mystère ?

J'ai eu ma réponse aussitôt après avoir poussé la porte : aucune chance.

L'appartement témoin était à mi-chemin entre le bureau et la nature morte. Ses baies vitrées offraient une vue délirante sur Orion et les montagnes au sud de la ville, et il était entièrement équipé d'un mobilier contemporain dernier cri. Dans le salon trônait une télé à écran plat presque aussi grande que celle de Nia. La table de la salle à manger était dressée avec recherche. Des magazines éparpillés sur le sofa beige suggéraient que les occupants des lieux venaient juste de finir de les lire. Mais près de la porte d'entrée, se trouvait un bureau avec un fax et une pile de brochures titrées : « La Riviera, plus qu'un lieu de vie, un style de vie ». En couverture figurait une photo du bâtiment illuminé. Tout était nickel ; il n'y avait même pas un gobelet de café vide sur le bureau.

L'idée que des gens pouvaient vivre ici était grotesque.

– Bonjour ! a fait une voix.

Une seconde plus tard, une très belle femme blonde vêtue d'une jupe noire étroite et d'un pull crème a surgi d'une pièce voisine.

– Bonjour, a répondu Hal.

– Je peux vous aider, a-t-elle demandé d'une voix pleine d'entrain. Vous cherchez un appartement ?

– En fait, non, a avoué Hal. Nous sommes montés ici sous un faux prétexte.

– Vous m'intriguez, a roucoulé la femme. Un mystère ?

– Exactement, a enchaîné Nia. Nous cherchons une amie, et elle nous a plus ou moins laissé entendre qu'elle vivait ici.

– Dans la résidence Riviera ? Je devrais pouvoir vous aider à la trouver.

L'hôtesse nous a souri avec indulgence, comme si elle nous pardonnait d'être trop idiots pour avoir pensé à chercher l'adresse de notre copine dans l'annuaire. Elle m'agaçait déjà.

– Non, dans cet appartement, ai-je précisé.

– Pardon ? Je ne comprends pas.

Elle m'a regardé, puis elle a observé Hal et Nia. Après nous avoir trouvé amusants, elle devait désormais regretter que son collègue ne nous ait pas interceptés en bas.

– Elle vous a dit qu'elle vivait dans l'appartement 4D ? Mais personne n'habite ici. C'est l'appartement témoin.

Elle avait prononcé ces deux derniers mots très lentement, pour le cas où nous aurions mal maîtrisé la langue. Sa condescendance m'irritait, mais j'étais forcée d'admettre que notre demande était absurde. J'ai fait demi-tour pour partir.

– Venez, ai-je lancé aux autres. C'est ridicule.

– Attends une seconde.

Hal s'est avancé vers la femme et a tenté de lui décrire Amanda :

– C'est une fille de notre âge, très sympa. Elle s'habille parfois de façon un peu excentrique...

À ma vive surprise, le visage de la femme s'est éclairé.

– Vous devez parler de Chloé ! Oui, je crois que c'était son prénom... Une perruque bleue, une autre blond platine...

J'ai réfléchi à toute vitesse. Quelles étaient les probabilités pour qu'une autre fille se promène à Orion en changeant de perruque à volonté ? Il s'agissait d'Amanda, bien sûr.

– Mais elle ne s'appelle..., ai-je commencé.

– Vous connaissez Chloé ? m'a interrompue Nia en me faisant taire du regard.

Revenue dans de bonnes dispositions, l'hôtesse s'est assise sur son bureau. Elle nous a souri en balançant les jambes.

– Je ne peux pas dire que je la connais. Sa mère et elle envisageaient d'acheter un appartement dans cette résidence.

– Vous avez rencontré sa mère ? s'est étonné Hal.

– Oui, bien sûr, je...

Elle s'est interrompue et son regard s'est perdu dans le lointain.

– Attendez, maintenant que vous le dites... Les deux fois où Chloé est venue ici, sa mère lui a téléphoné pour s'excuser. Chloé a pris une brochure... pour le loft, je crois. C'est une gentille fille. La deuxième fois, elle m'a apporté un petit gâteau. Adorable, non ?

– Adorable, a répété Nia, sarcastique. Et elle n'a jamais parlé de revenir avec sa mère ? Savez-vous pourquoi sa mère n'a pas pu la rejoindre ?

La femme a secoué la tête :

– Désolée. Je ne m'en souviens pas. Peut-être à cause de son travail... Pourquoi ? Il y a un problème ?

– Non, pas du tout, s'est empressée de la rassurer Nia.

– Vous l'avez certainement mal comprise, a suggéré la femme. Elle a dû vous dire qu'elle visitait l'appartement témoin parce qu'elle et sa mère avaient prévu de vivre ici. Mais elle parlait du bâtiment, pas de cet appartement en particulier.

Elle a gloussé :

– Vous comprenez ce que je veux dire, bien sûr ?

– Bien sûr, c'est tout à fait clair, a dit Nia d'une voix sirupeuse. Nous vous remercions.

– J'ai été ravie de vous rencontrer, a dit la femme en nous serrant la main. Nous nous reverrons peut-être si votre amie et sa mère s'installent ici.

– Peut-être..., ai-je répondu.

Nous lui avons fait des geste d'adieu, mais Hal était trop assommé pour être poli. Arrivé dans l'ascenseur, il a appuyé avec rage sur la flèche du bas. Il a traversé le hall et quitté l'immeuble sans prononcer un mot. Une fois dans la rue, il a enfourché son petit vélo rose et nous a crié : « au Comfort Inn ! » avant de démarrer en trombe.

Le trajet était relativement plat, mais Hal nous a obligées à pédaler à fond pour le suivre. En arrivant sur le parking de l'hôtel, je haletais. J'étais passée devant cet établissement des dizaines de fois, mais je ne m'en étais jamais approchée d'aussi près. Il était encore plus miteux que je ne le pensais. Sa façade était délabrée et des herbes folles poussaient sur le bitume du parking. Si Amanda vivait ici, je préférais ne pas le savoir.

– Je n'ai pas très envie d'entrer, a dit Nia. C'est trop déprimant.

Hal s'est dévoué. Il nous a proposé de l'attendre dehors pendant qu'il allait parler au gérant. Quand il est ressorti du bâtiment en secouant la tête, cinq minutes plus tard, je n'aurais su dire si j'étais soulagée ou déçue. La seule certitude, c'était que nous étions arrivés dans une nouvelle impasse.

– Le type a cru que je plaisantais, nous a confié Hal. Si vous voulez mon avis, ce n'est pas vraiment un hôtel « familial ».

– Tu lui as décrit Amanda ? s'est renseignée Nia.

– Non, je n'y ai même pas pensé.

Si Hal était énervé en sortant de la Riviera, il était carrément furieux à présent.

– Je lui ai juste parlé d'une fille nommée Amanda Valentino, sans lui donner de détails.

– Je me disais que peut-être...

– Laisse tomber ! l'a coupée Hal. Tout ça, c'est fait exprès ! Amanda s'est fichue de nous. On est des imbéciles d'avoir cru un seul mot de ce qu'elle nous a raconté, depuis le début.

– Hal, ne...

J'allais lui demander de ne pas s'en prendre à Nia, mais il ne m'a pas laissé finir ma phrase.

– Laissez tomber, les filles ! Oubliez ce que j'ai dit et oubliez Amanda. En tout cas, moi, c'est ce que j'ai l'intention de faire.

Une seconde après, il fonçait sur la route à une vitesse stupéfiante pour son petit vélo rose.

– Eh bien..., a fait Nia en le regardant disparaître à l'horizon.

– Ouais. Il est remonté.

– Tu m'étonnes.

– Tu crois que... Je veux dire...

J'ai repensé à tous les dessins d'Amanda que j'avais aperçus dans le carnet de croquis de Hal.

– Tu penses qu'il y avait quelque chose de plus entre eux...

– Non. Je ne vois pas Amanda dans ce genre de relation... Mais je crois que je sais...

Nia s'est tue et je l'ai observée. Elle frottait d'un doigt le guidon de sa bicyclette, et l'étudiait comme si elle n'avait jamais rien vu d'aussi fascinant.

– Quoi ?

– Je crois que je sais ce qu'il ressent.

Après avoir prononcé cette phrase, Nia s'est légèrement détendue et elle a enfin accepté de croiser mon regard.

– Je ne veux pas retrouver ma vie d'avant. D'avant Amanda.

J'ai compris qu'elle ne parlait pas seulement de sa nouvelle garde-robe. Sa sincérité était telle que j'ai hésité à lui répondre. Si je lui avais dit : « Moi aussi, je sais ce que tu ressens », elle m'aurait sans doute envoyée balader avec une réplique cinglante, du genre : « Comment pourrais-tu le savoir ? » Je ne voulais pas prendre le risque ; j'ai donc opté pour un simple « ouais. »

Nia a enfourché son vélo.

– Tu ne connais aucune Chloé, au fait ? m'a-t-elle lancé.

J'ai réfléchi.

– Non. Je ne crois pas qu'il y ait de Chloé au lycée.

– Bon… Il faut que je rentre, a-t-elle déclaré. Il se fait tard.

J'ai vu en pensée la maison de Nia. Ses parents en train de rire, son frère si craquant, et le délicieux dîner qui l'attendait.

– Ouais. Moi aussi, je dois rentrer.

Je me suis demandé si le chauffage était allumé chez moi.

– Bon, alors… salut ! a fait Nia.

– Salut.

Elle s'est éloignée. En pédalant derrière elle, j'ai réalisé que nous n'avions fait aucun projet pour continuer à chercher Amanda ensemble.

Il faisait froid chez moi, mais l'odeur du chauffage m'a indiqué que la chaudière fonctionnait. Un rai de lumière filtrait sous la porte de la cave. Comme je n'étais pas d'humeur à discuter avec mon père, je suis montée directement dans ma chambre. Je paniquais un peu à l'idée de toutes les révisions que j'avais à faire, après avoir perdu l'après-midi en recherches inutiles. Amanda avait raconté tellement de mensonges que, sans Hal et Nia, j'aurais fini par douter de son existence.

Au sommet de l'escalier, je me suis aperçue que ma chambre était éclairée et j'ai pesté contre moi. J'avais dû oublier d'éteindre ma lampe de chevet. Mon père n'avait pas besoin d'une facture monstrueuse en plus du reste. Il ne manquerait plus qu'on se fasse couper l'électricité…

J’ai ouvert la porte de ma chambre et je me suis figée sur le seuil. La lumière ne provenait pas de ma lampe, mais d’un petit sapin de Noël illuminé, installé sur mon lit. Sous l’arbre était posée une enveloppe violette, avec un petit dessin de coyote en haut à gauche.

CHAPITRE 24

J'ai ouvert l'enveloppe avec des mains tremblantes. Elle contenait une feuille de papier pliée en trois. Lorsque je l'ai sortie, des feuilles sèches et des pétales de fleurs sont tombés sur le lit. Sur le papier, un collage de plantes et de végétaux entrelacés encadrait une citation, en grandes lettres superbement calligraphiées :

Au-dessous, de son écriture habituelle, Amanda avait ajouté :

La citation est d'Edward Burke, mais les dessins sont tous de Beatrix Potter. Comme Beatrix (Béatrice, Bellatrix), nous, les guerriers nous tombons parfois, mais toujours nous nous relevons.

Pour la première fois depuis que Thornhill m'avait convoquée dans son bureau, j'ai eu vraiment peur. Mon pouls s'est affolé et mon cerveau s'est bloqué sur une pensée, que j'ai commencé à ressasser en boucle :

« Comment le sait-elle ? Comment le sait-elle ? Comment le sait-elle ? »

C'était la nuit du 21 décembre, la plus longue de l'année. Dehors, une pluie glaciale tombait à verse, et dans le jardin, les branches des pommiers malmenées par le vent venaient gratter contre les fenêtres de ma chambre, comme pour me supplier de les laisser entrer. Autrefois, j'adorais ces nuits de décembre froides et pluvieuses. Mon père allumait un feu dans la cheminée du salon. Il nous faisait du cidre chaud et on s'installait tous les trois en bas, en attendant que les plombs sautent (si vous habitez à la campagne, vous avez l'habitude des coupures d'électricité pendant les intempéries). On allumait alors les bougies pour lire, ou on regardait un DVD sur l'ordinateur portable de ma mère. Quand il se faisait tard, on

montait à l'étage avec nos bougies, comme des personnages de *La Petite maison dans la prairie*.

Mais ce soir-là, la coupure de courant avait fini de me démoraliser. La maison était déjà bien assez sinistre, depuis deux mois, sans qu'on ait besoin d'en rajouter. Réfugiée dans ma chambre avec une bougie, je me demandais ce qu'on deviendrait si mon père perdait son job. Il avait encore un boulot, à l'époque, mais il n'allait pas travailler régulièrement et en rentrant du lycée, je l'entendais souvent se disputer au téléphone avec son patron. C'est pourquoi, quand on a frappé à la porte d'entrée, j'ai d'abord cru que c'était un fantôme. (Je sais, c'est ridicule, mais je vous assure qu'à ma place, dans cette maison lugubre, vous auriez pensé la même chose.)

Puis le visiteur a dû s'apercevoir que la porte n'était pas fermée à clé, car moins d'une minute plus tard, j'ai entendu une voix m'appeler : « Callie ! Callie ! Callie ! » J'ai pris ma bougie et couru en bas en pensant « maman ! ». Mais ce n'était que Heidi, trempée et en pleurs. Elle s'est jetée à mon cou sans cesser de répéter mon prénom.

Je n'avais jamais vu Heidi dans un tel état d'hystérie. Le jour où elle s'était profondément entaillé le doigt avec une lame de cutter, en cours d'arts plastiques, elle était allée calmement trouver Mme Rose en tenant son doigt ruisselant de sang pour lui demander l'autorisation de filer à l'infirmerie. Ses sanglots et son air égaré m'ont donc fait craindre un drame. Je l'ai enlacée et bercée contre moi, comme le faisait ma mère, et je lui ai assuré que tout allait s'arranger, sans savoir de quoi je parlais.

Au bout d'un moment, elle s'est dégagée de mon étreinte et s'est dirigée en titubant vers le séjour, plongé dans l'obscurité. Toujours en larmes, tordant son mouchoir, elle a hoqueté : « C-Callie, s'il te plaît, il faut que tu m'aides. »

– Que s'est-il passé ? lui ai-je demandé en frissonnant.

Mes bras étaient devenus glacés au contact de son manteau trempé.

Heidi s'est assise sur le bord du canapé. Avant de me répondre, elle a promené un regard circulaire autour d'elle. Je l'ai imitée. J'avais beau connaître la pièce, je l'ai vue différemment, à travers ses yeux.

Mon père avait laissé des bougies brûler sur la table de la salle à manger. Leur lumière, en plus de celle que j'avais apportée, éclairait assez la pièce pour permettre de distinguer le désordre ambiant.

Peu après le départ de ma mère, dans un accès de colère, mon père avait renvoyé la femme qui faisait le ménage chez nous et cuisinait quand maman rentrait tard du travail. Depuis qu'elle ne venait plus, personne n'avait nettoyé, ni même aéré la pièce, qui commençait à sentir le renfermé. Plus récemment, papa avait arrêté d'ouvrir le courrier, si bien qu'un tas de factures, de catalogues et de publicités pour des crédits gratuits encombraient la table basse, devant le canapé. Je m'étais efforcée de débarrasser régulièrement la vaisselle, mais deux verres à pied traînaient par terre et un autre sur la table de la salle à manger, à côté d'une bouteille vide. Quelques branches d'arbres biscornues étaient appuyées contre les murs, et des planches étaient empilées près de la cheminée éteinte.

– Heidi, que s'est-il passé ? lui ai-je demandé une nouvelle fois, espérant la détourner de ce spectacle affligeant.

Les yeux enfin secs, Heidi a répondu sans me regarder :

– Il y a eu un accident.

J'ai pensé à ses parents, à son petit frère.

– Mon Dieu ! Est-ce que tout le monde va bien ?

– Je ne sais pas...

Elle s'est enfin tournée vers moi :

– Je ne me suis pas arrêtée pour vérifier.

– Quoi ?

J'avais d'abord cru qu'elle parlait d'un accident de voiture, mais c'était impossible : Heidi ne conduisait pas. Ce n'était donc pas elle qui aurait dû « s'arrêter pour vérifier ». Était-il arrivé quelque chose chez elle ? Mais dans ce cas, pourquoi ne m'avait-elle pas téléphoné au lieu de venir jusqu'ici ?

– Je suis désolée, je ne comprends pas. Quel genre d'accident ?

Heidi m'a dévisagée calmement avant d'avouer :

– J'ai pris la voiture de mon père pour aller faire un tour.

– Tu as pris sa voiture ? me suis-je étranglée, imaginant Heidi au volant du coupé BMW de M. Bragg.

– Ne fais pas ta sainte nitouche, Callie ! s'est-elle emportée. Ce n'est pas comme si je n'avais jamais conduit. Je suis une bonne conductrice. D'ailleurs, j'aurai mon permis l'an prochain.

Ses yeux étincelaient de colère. Je me suis ratatinée sur le canapé.

– Oui, bien sûr, ai-je dit précipitamment. Je te crois.

– Ce n'était pas de ma faute. Il faisait sombre et la route était verglacée. La voiture a dérapé. J'ai voulu braquer le volant de l'autre côté, et c'est là que... c'est là que c'est arrivé.

Heidi s'est remise à sangloter. Sa colère disparue, j'ai commencé à la plaindre. Combien de fois mes parents avaient-ils fait une embardée pour éviter de justesse un chien ou une biche ? Combien d'animaux morts avions-nous vu, gisant sur la route ? J'avais souvent pensé à ce moment terrible où l'on entend le choc indiquant que l'on vient de percuter une petite créature sans défense. Mes yeux se sont emplis de larmes.

– Ma pauvre, je suis désolée.

Je m'en voulais de ma réaction quand elle m'avait avoué avoir pris la voiture. Heidi était mon amie. Je devais lui témoigner de la compassion, et non la juger. Je lui ai passé un bras autour des épaules.

– Tu as dû avoir tellement peur.

Heidi sanglotait toujours. Je n'étais pas sûre qu'elle m'avait entendue. J'allais répéter, quand j'ai compris qu'elle essayait de parler entre ses sanglots.

– Je... Je... Je..., hoquetait-elle.

– Quoi ?

Je lui ai tapoté le dos.

– Je crois qu'elle a vu la voiture, a lâché Heidi.

Un rictus horrifié a déformé sa bouche.

– Je crois qu'elle l'a reconnue.

– Mais comment...

La fin de ma phrase est restée coincée dans ma gorge. Généralement, les animaux ne reconnaissent pas les voitures qui les renversent.

– Heidi, qu'est-ce que tu as renversé ?

J'avais parlé lentement, d'une voix posée. J'ai de nouveau frissonné et croisé les bras.

Heidi avait dû percevoir mon changement d'intonation. Elle s'est redressée.

– J'ai renversé Béatrice Rossiter. Elle était à vélo, je suppose qu'elle rentrait d'un de ses clubs débiles. Je l'ai renversée et j'ai peur qu'elle m'ait reconnue.

Ce n'était pas possible. Heidi ne me disait pas qu'elle avait renversé une camarade en voiture et passé son chemin. Les gens ne font pas ces choses-là dans la réalité...

À moins que...

– Heidi, il faut prévenir quelqu'un. On va appeler le 911[1] et tu vas leur dire où la trouver. Inutile de donner ton nom.

Mon calme et mon sens pratique m'étonnaient moi-même.

Je me suis levée. Heidi m'a imitée :

– Ça ne va pas, la tête ? Tu es complètement folle ? Tu t'imagines qu'ils ne vont pas tracer l'appel ? Je risque d'aller en prison, Callie. C'est ce que tu veux ? Tu veux que je passe ma vie en prison, juste parce que...

Abasourdie, je me suis mise à crier aussi :

– Ils vont le découvrir, de toute manière ! Ils n'ont pas besoin d'un coup de fil pour retrouver ce genre de choses.

1. En Amérique du Nord, on compose le 911 pour appeler les secours.

Ils peuvent vérifier... la carrosserie et... et la peinture. Et les marques.

– La voiture n'a rien, j'ai vérifié, a répliqué Heidi d'une voix glacée. Je l'ai remise dans le garage. On ne voit rien. Personne n'en saura rien.

– Mais, et si Béa...

Je me suis interrompue. Heidi a terminé à ma place.

– Elle n'a rien.

– Comment...

– Elle n'a rien, alors laisse tomber. Je suis sûre qu'elle va bien. Elle a une bosse sur le front, elle est rentrée chez elle à vélo et elle a mis de la glace dessus. Je ne vais pas risquer de ne jamais pouvoir passer mon permis, ou pire, à cause d'un petit accident ridicule et sans conséquences !

Heidi avait prononcé la fin de la phrase d'une voix rageuse, et son expression m'a terrifiée. J'ai reculé.

– Pourquoi tu es venue ici ?

– J'ai besoin d'un alibi. Si on te pose la question, je voudrais que tu dises que j'ai passé l'après-midi et la soirée chez toi.

Traci et Kelli vivaient tout près de chez Heidi. Elle aurait pu facilement aller chez l'une d'elles pour lui demander de la couvrir. Pourquoi avait-elle fait cinq kilomètres à vélo pour venir jusque chez moi ?

J'étais obligée de lui poser la question :

– Pourquoi moi ?

Je distinguais à peine son visage dans la pénombre, mais j'ai tout compris. Elle savait. Elle avait deviné qu'un truc

étrange s'était produit dans ma famille. Que ma mère n'était pas seulement trop débordée pour venir me chercher chez mes amies, que j'avais une bonne raison pour ne plus jamais les inviter chez moi. Les rares fois où Mme Bragg était passée me prendre ou m'avait ramenée à la maison, Heidi avait vu l'état de la pelouse. Elle n'avait fait aucune allusion, ne m'avait pas demandé si j'allais bien, mais elle avait classé l'information pour plus tard. Et aujourd'hui, elle l'utilisait. Jamais elle n'aurait pu débarquer dans le salon de Kelli ou de Traci dans un tel état d'hystérie, trempée jusqu'aux os, sans éveiller l'inquiétude de leurs parents.

Nous nous sommes tues. Heidi a jeté un dernier coup d'œil dans la pièce avant de me fixer :

– On est amies. Les amies doivent s'entraider.

Elle est venue jusqu'à moi et m'a serrée dans ses bras :

– Je t'adore ! Merci, Callie.

Puis elle est partie.

Sans m'en rendre compte, j'avais réduit le collage d'Amanda en pièces. J'ai lancé les morceaux dans la poubelle comme si les dessins de Beatrix Potter me brûlaient les doigts.

Comment Amanda avait-elle pu deviner qui avait renversé Béatrice Rossiter ? À part Heidi et moi, personne ne le savait. Et parfois, quand j'entendais Heidi parler de Béa, je me demandais si elle s'en souvenait réellement.

Je me suis rappelé la citation : « Pour triompher, le mal n'a besoin... »

Heidi avait mal agi, c'est sûr. Mais moi aussi. Si Amanda cherchait une « personne de bien », il faudrait qu'elle se tourne ailleurs.

Et pourquoi parlait-elle de Bellatrix ? La Bellatrix que je connaissais n'avait rien à voir avec Béatrice Rossiter, ni avec Beatrix Potter. C'était la troisième étoile la plus brillante dans la constellation d'Orion, et son nom signifiait « guerrière ».

Soudain, une idée m'a traversée. Le cœur battant, je me suis levée et j'ai couru à mon bureau. J'ai fouillé frénétiquement dans le tiroir pour chercher ma carte du ciel. En tournant le disque, j'ai réglé le planisphère sur la date du jour, mais je n'ai rien remarqué concernant Orion ou Bellatrix.

– Qu'est-ce que tu essaies de me dire ? ai-je crié dans la chambre vide.

Dépitée, je suis retournée m'asseoir sur mon lit en faisant tourner la carte du ciel dans un sens et dans l'autre, regardant les étoiles apparaître et disparaître. La troisième fois, je suis allée un peu trop loin et je suis tombée sur la nuit suivante. Le lendemain soir, entre onze heures et minuit, Bellatrix allait disparaître derrière l'horizon, à l'ouest.

Et je savais exactement où se trouverait Amanda.

CHAPITRE VINGT-CINQ

Un vendredi de novembre, nous avions étudié la tirade de Juliette en cours d'anglais : « Retournez au galop, coursiers aux pieds de flamme, vers le logis de Phébus. » L'idée, c'est que Juliette est impatiente de voir la nuit tomber parce qu'elle a hâte de retrouver Roméo. Lee m'avait piqué mon cahier et inscrit dans un cœur, dans la marge « LF + CL = R et J ». Ce jour-là, pressée d'être au soir pour sortir au cinéma avec lui, j'avais cru éprouver les mêmes sentiments que l'héroïne de Shakespeare.

Mais en fait, j'étais loin du compte.

Ce jeudi, au lycée, chaque seconde m'a paru durer une heure. Chaque heure, un mois. En temps ordinaire, je n'écris pas assez vite pour terminer les quiz de bio. Mais là, j'ai eu largement le temps de le finir, de le relire et de tout vérifier.

Les heures continuaient à s'étirer, interminables. Plus que douze. Neuf. Huit. Quand j'ai croisé Hal et Nia dans le couloir, je me suis félicitée qu'on ne se parle pas au bahut. Je n'aurais jamais pu faire semblant de chercher Amanda alors que je savais exactement où elle se trouverait dans quelques heures. Quant à leur confier mes projets pour le soir, c'était exclu. Ce qui les rendait si excitants, en plus de la perspective de voir Amanda, c'était justement que je la verrais seule. C'était à moi qu'elle avait laissé un message. Et même si au fond, je trouvais cela puéril et un peu mesquin, j'étais fière qu'elle m'ait distinguée. OK, elle était également amie avec Hal et Nia. Nous étions tous les trois ses prétendus guides. Peut-être avait-elle séché les cours pour passer une journée à Baltimore avec Hal et écumé les boutiques vintage avec Nia. Mais au final, nous avions tout de même une relation spéciale, elle et moi.

Le soleil avait joué à cache-cache avec les nuages toute la journée. Au crépuscule, le ciel s'est plombé et je me suis préparée à passer ma soirée sur la colline du Pommier sauvage sous une pluie battante. J'ai résolu de ne pas m'embarrasser de mon télescope s'il tombait des cordes. De toute manière, je n'avais pas vraiment prévu de regarder les étoiles. Vers sept heures, il a commencé à bruiner, puis il s'est mis à pleuvoir pour de bon et je suis allée récupérer le ciré jaune de ma mère dans sa penderie. Une demi-heure plus tard, le ciel s'est de nouveau dégagé. J'ai sorti la tête par la porte de derrière et vu les étoiles scintiller dans le ciel, comme pour me transmettre un message.

J'ai entendu mon père aller et venir dans son atelier, mais je ne suis pas descendue. Avant notre dispute de la semaine précédente, nous nous croisions assez souvent dans la maison. Je ne sais pas s'il me fuyait depuis, ou si je cherchais inconsciemment à l'éviter, mais le résultat était le même : j'avais l'impression de vivre avec un fantôme. Pourtant, ce soir, quelque chose avait changé. En descendant à la cuisine autour de neuf heures pour me faire un sandwich gelée de groseille et beurre de cacahuète, j'ai vu une casserole sur la cuisinière. J'ai d'abord cru que c'était une casserole sale, mais elle était pleine de pâtes au fromage. Depuis quand n'avions-nous pas mangé de macaroni au fromage dans cette maison ? Il y avait belle lurette que nous n'avions pas cuisiné un plat comportant des ingrédients périssables comme du beurre, ou du gruyère râpé.

Pendant quelque temps après le départ de ma mère, des amis et des voisins passaient nous ravitailler : ils nous apportaient des plats tout prêts, des sacs de provisions, des gâteaux et des biscuits secs. On aurait dit qu'après délibération, ils s'étaient entendus pour se comporter comme si maman était morte... Jusqu'au jour où une voisine, Cara Marks, venue déposer une salade de lentilles, avait posé une question de trop à mon père. Il l'avait fichue dehors sans prévenir, avec son plat en pyrex.

Inutile de dire que les offrandes s'étaient considérablement raréfiées après cet épisode.

Apparemment, elles avaient repris. Trop fatiguée pour chercher à comprendre pourquoi, j'ai englouti une assiette de pâtes et mis la bouilloire sur le feu, puis je suis remontée chercher mes affaires à l'étage. Il me restait plusieurs heures avant d'aller retrouver Amanda, mais je préférais arriver en avance pour ne pas risquer de la manquer. Après tout, elle n'avait consulté qu'une seule fois une carte du ciel, le soir de janvier où nous étions allées regarder les étoiles ensemble. Elle avait peut-être mal lu l'heure, et ne savait pas à quelle vitesse une étoile disparaît derrière l'horizon.

J'ai vérifié le contenu de mon sac à dos : lampe torche, carte du ciel, téléphone, pull et ciré, clé, tout en réfléchissant par avance aux questions que j'allais poser à Amanda.

Lorsque je suis redescendue, la bouilloire sifflait. J'ai rempli le thermos d'eau bouillante et j'y ai versé un sachet de mélange pour chocolat chaud avant de revisser le couvercle. Puis j'ai rangé la bouteille dans le sac, que j'ai balancé sur mon épaule.

Je trépignais d'impatience. En prenant le télescope, je me suis demandé si je devais laisser un mot à mon père. Depuis quelques mois, il se souciait comme d'une guigne de mes allées et venues, mais il suffisait que je parte sans le prévenir pour qu'il lui prenne l'envie de passer me voir dans ma chambre.

Je ne pouvais pas vraiment lui dire où j'allais : « Cher papa, je vais attendre une copine, toute seule sur la colline, en pleine nuit. Je rentrerai tard. Bisous. Callie », et je n'avais pas envie de lui mentir. Alors, que mettre dans mon mot ?

Le télescope était lourd et sa sangle m'entamait l'épaule. Il était temps que je prenne une décision. J'ai imaginé mon père, s'apercevant soudain de ma disparition et appelant les flics en pleine nuit. OK, mieux valait prévenir que guérir. J'ai rédigé un message à toute vitesse et je l'ai laissé en évidence sur la table de la cuisine. Il était assez vague pour être sincère.

Papa, je suis avec une amie. Je rentrerai tard.

C.

En me relisant, je me suis demandé ce qu'un étranger penserait de ce mot. Serait-il capable de deviner, à cette simple phrase, combien mon père et moi nous étions éloignés depuis quelques mois. J'avais bien pensé à ajouter un truc affectueux, du genre « bisous », mais au point où on en était, ça n'aurait pas changé grand-chose.

Une odeur puissante montait du sol détrempé. J'étais presque en communion avec la terre, comme si je sentais germer toutes les graines qui jailliraient bientôt du sol. Mes tempes bourdonnaient et malgré mon chargement, j'ai grimpé la colline à toute allure.

Il était presque neuf heures.

Plus que deux heures.

J'ai installé le télescope au sommet de la colline et il m'a fallu plus de temps que je ne le pensais pour localiser Bellatrix. Je manquais d'entraînement. Quand j'ai enfin trouvé dans le ciel nocturne sa magnifique lueur blanc

bleuté, une bouffée de joie m'a envahie. Je n'avais rien ressenti de comparable depuis des mois. Bellatrix me parlait et sa lumière était une promesse : « Elle vient, elle vient. »

À deux reprises pendant l'heure qui a suivi, j'ai cru sentir le parfum d'Amanda flotter dans l'air. Une fois, je me suis même levée et j'ai crié son prénom sans recevoir de réponse. Vers dix heures et quart, je commençais à être un peu anxieuse. Je n'ai pas peur du noir, mais il était tard et j'étais seule dehors, au milieu de nulle part.

Soudain, j'ai entendu quelqu'un monter la colline à pas rapides. Mon cœur s'est mis à galoper dans ma poitrine et ma gorge s'est serrée. Je me suis tournée dans la direction du bruit.

– Amanda ?

Une tête est apparue derrière la crête, mais ce n'était pas celle d'Amanda. C'était celle de Hal.

– Callie ?

Il portait un gros pull, comme s'il avait prévu de rester un moment dehors, lui aussi.

– Hal ?

La déception rendait ma voix rauque.

– Qu'est-ce que tu fais là ?

– Je...

Il a regardé frénétiquement autour de lui.

– J'ai rendez-vous avec...

Avant qu'il ait pu finir sa phrase, nous avons entendu quelqu'un haleter sur l'autre versant. J'ai de nouveau fait volte-face, éperdue de soulagement. Ce ne serait peut-être pas le tête-à-tête dont je rêvais, mais au moins, Amanda arrivait.

– Amanda ? a appelé une voix.

Une seconde plus tard, Hal, Nia, et moi, plantés au sommet de la colline du Pommier sauvage, échangions des regards ahuris.

– Elle m'a dit de..., a commencé Nia, qui peinait encore à reprendre son souffle.

– Elle t'a téléphoné ? l'a coupée Hal.

Nia a secoué la tête et pris une goulée d'air. Hal s'est tourné vers moi.

– Qu'est-ce qu'elle t'a dit ?

Il paraissait encore plus déçu que moi – en admettant que ce soit possible. Je me suis de nouveau interrogée sur leurs relations.

– Elle m'a donné rendez-vous ici..., ai-je commencé.

J'étais si furieuse que j'en aurais pleuré.

– ... à l'heure où Bellatrix doit disparaître derrière l'horizon...

– C'est qui, cette Bellatrix ? a demandé Nia. Le mot d'Amanda parlait du « mystère de Bellatrix ». Je ne sais même pas de quoi il s'agit.

Elle aussi était en colère. Elle a balancé un coup de pied dans un buisson voisin.

– Elle..., ai-je lâché, d'une voix de plus en plus enrouée.

J'ai dû me racler la gorge pour pouvoir finir :

– Elle vous a dit de venir ici pour élucider le mystère de Bellatrix ?

– Qu'est-ce qui se passe ? a demandé Hal.

Comme personne ne lui répondait, il a répété :

– Qu'est-ce qui se passe ici, merde ! Où est-elle ?

En regardant tour à tour Hal et Nia, j'ai brusquement compris qu'Amanda ne viendrait pas. Cette certitude luisait au centre de mon cerveau de la même lueur blanc bleuté que Bellatrix, un instant plus tôt.

Amanda ne nous avait pas fait venir ici pour la voir. Elle nous avait réunis pour que Hal et Nia me voient.

Je me suis laissée tomber sur le sol trempé.

– Elle ne viendra pas, ai-je lâché.

– Quoi ? a rugi Nia.

– Amanda ne viendra pas.

Nia a fait un pas vers moi et m'a agité un bout de papier sous le nez.

– C'est toi qui m'as laissé ce mot ?

– Calme-toi ! est intervenu Hal. Tu sais très bien que c'est Amanda qui te l'a laissé.

– Mais pour quoi faire ?

J'ai cru qu'elle allait se mettre à pleurer.

– À quoi ça rime de nous laisser des mots parlant d'un mystère qu'on est censés résoudre, et de ne pas se montrer ? a-t-elle crié.

– Ce mystère n'est pas celui d'Amanda, ai-je dit d'une voix triste et fatiguée.

– Quoi ? a fait Nia. Qu'est-ce que tu racontes ?

– Ce n'est pas le mystère d'Amanda que nous devons élucider ce soir. C'est le mien. J'ai un secret, et Amanda l'a découvert. Maintenant, elle veut que j'agisse, et elle veut que vous soyez mes témoins.

Ces mots pouvaient paraître dingues ; pourtant, j'ai compris en les prononçant qu'ils étaient vrais.

– Alors, quoi ? Tu vas résoudre le mystère de Bellatrix, m'a lancé Nia d'un ton venimeux.

Je l'ai regardée et j'ai repris, d'une voix plus ferme :

– Non. Pas celui de Bellatrix. Celui de Béatrice. Je vais résoudre le mystère de Béa Rossiter.

Après avoir entendu toute l'histoire, Hal et Nia sont restés silencieux pendant une éternité. Puis Hal a laissé échapper un long sifflement.

– Comment Amanda l'a-t-elle appris ? a voulu savoir Nia.

J'ai sorti la tête de mes mains :

– Aucune idée.

– Tu sais que tu dois aller trouver la police ? a dit Nia. Il s'agit d'un crime grave. Et tu es... tu es pratiquement complice. Mais enfin, Callie, à quoi tu pensais ?

– Merci pour ton soutien.

J'ai de nouveau baissé la tête.

Nia avait parlé avec son agressivité habituelle et remué le couteau dans la plaie comme prévu. La voix de Hal, en revanche, était douce et tranquille.

– Qu'est-ce que tu veux faire, maintenant ?

– Je ne sais pas... Je ne sais pas si je dois aller trouver la police. Peut-être qu'Amanda attend autre chose.

– C'est complètement tordu ! a dit Nia.

– Arrête ! a fait Hal.

Pendant tout mon récit, il était resté immobile à fixer le ciel étoilé. Il est venu s'asseoir près de moi.

– Je suis vraiment désolé pour ce qui t'est arrivé.

Nia a pouffé.

– Ça ne lui est pas arrivé à elle. C'est arrivé à Béa.

– Nia, tais-toi, s'il te plaît, a-t-il répliqué.

À ma grande surprise, Nia a obéi.

Hal était assis tout près de moi et nos genoux se touchaient. Je ne m'étais pas aperçue que je pleurais avant qu'il effleure ma joue mouillée de larmes.

– Écoute, a-t-il dit calmement. Je sais que tu vas faire ce qui est juste.

J'ai grogné :

– Ouais. Sauf que je n'ai aucune idée de ce que ça peut être...

– Tu trouveras, m'a assuré Hal.

Puis, d'une voix plus ferme :

– N'est-ce pas, Nia ?

– Pourquoi tu me poses cette question ? a-t-elle protesté. Je n'en sais rien, moi !

Comme on se taisait, elle a ajouté :

– Oui, Callie. Tu vas trouver.

Elle a marqué une pause avant de poursuivre tout bas :

– Ça a dû être dur quand elle s'est pointée chez toi. Vachement dur.

J'ai hoché la tête :

– C'est vrai.

À ma grande surprise, j'ai senti la main de Nia presser mon épaule. Nous sommes restés sans rien dire un long moment.

– Je suis content que tu nous en aies parlé, a finalement murmuré Hal.

– Je n'avais pas vraiment le choix...

– Je comprends, a fait Nia. Amanda voulait te prouver que tu pouvais nous faire confiance. Donc, elle t'a plus ou moins obligée à nous faire confiance.

– Et je ne suis pas sûr qu'on t'ait facilité la tâche, a dit Hal, un sourire dans la voix.

– Peut-être que certains te l'ont facilitée plus que d'autres, a complété Nia, ironique.

– Peut-être...

Le silence est retombé, mais il n'était plus aussi pesant. Au bout d'un moment, Hal s'est levé et a frotté son jean :

– Si on redescendait ? Elle ne viendra pas ce soir.

J'ai compris qu'il venait seulement de se rendre à l'évidence.

– Ouais, cet endroit commence à me filer la chair de poule, a dit Nia.

Elle m'a offert sa main pour m'aider à me relever. Décidément, c'était son jour de bonté.

J'ai fait quelques pas avec eux avant de m'arrêter :

– Vous savez quoi ? Je crois que je vais rester là.

– Ça va ? s'est inquiété Hal.

– Oui. Je voudrais juste passer un peu de temps seule ici.

Nia s'est plantée devant moi et m'a regardée avec méfiance.

– Tu ne vas pas faire de bêtises ?

– Quel genre de bêtises ? Sauter de la colline ?

Elle a haussé les épaules :

– Va savoir...

J'ai fait non de la tête.

– J'ai seulement besoin de réfléchir une minute. Ne vous inquiétez pas.

– D'accord.

Nia m'a lâché la main aussi brusquement qu'elle l'avait prise. Chassez le naturel...

– D'accord, a répété Hal. Mais si tu as besoin, tu peux compter sur nous. N'importe quand.

– Merci.

Quelques minutes plus tard, ils avaient disparu derrière la crête de la colline.

***

– Je n'ai jamais veillé toute une nuit, ai-je avoué. Et encore moins dehors.

– C'est vrai ? Je le fais tout le temps.

Le soleil venait d'apparaître à l'horizon. Dans la pâle clarté de l'aube, j'ai commencé à distinguer le paysage dans

le lointain et le visage d'Amanda. Elle avait des miettes sur la bouche. Un reste de chips.

– Tes parents ne t'obligent jamais à aller te coucher ? lui ai-je demandé.

J'ai frissonné et remonté mon sac de couchage sur mes épaules. Même s'il faisait incroyablement doux pour un mois de janvier, l'air était quand même vif. De la buée s'échappait de ma bouche quand je parlais.

– Ce sont des noctambules, eux aussi, m'a confié Amanda. Il arrive qu'on se croise dans la maison vers quatre heures du matin. Personne n'a réussi à s'endormir.

Quelquefois, la vie d'Amanda me paraissait aussi différente de la mienne que si elle avait vécu sur une autre planète. J'ai essayé de me représenter les Valentino, entrant en collision les uns avec les autres en pleine nuit, comme des auto-tamponneuses. Puis je me suis rappelé qu'Amanda ne vivait pas avec ses parents en ce moment. À quand remontaient les nuits qu'elle venait d'évoquer ? J'allais l'interroger, quand elle m'a montré le télescope :

– Heureusement que je suis venue chez toi et que j'ai repéré ce truc. Sinon, tu ne l'aurais jamais sorti du placard. C'est dingue que tu aies arrêté de l'utiliser pendant si longtemps.

– Ouais, mais tu sais...

J'ai bâillé à m'en décrocher la mâchoire avant de continuer :

– ... Je crois que je n'avais pas très envie de me rappeler tous les bons moments que j'ai passés avec ma mère, maintenant qu'elle est partie. Tu comprends ?

Amanda était allongée. Elle s'est redressée comme un ressort, si vite que son sac de couchage a découvert son buste. J'ai songé qu'elle devait se geler, avec sa chemise toute fine.

– Non ! Il ne faut pas réfléchir comme ça.

Elle a enchaîné avec ferveur :

– C'est à toi qu'il appartient de la garder en vie ! De la garder proche. Ainsi, quand elle reviendra, ce sera comme si elle n'était jamais partie.

J'ai ri.

– Ouais, c'est ça.

Je ne savais pas ce qui était le plus absurde : penser que je puisse un jour avoir l'impression que ma mère n'était jamais partie, ou penser qu'elle reviendrait.

Amanda s'est penchée vers moi, le visage grave.

– Je suis sérieuse, Callie. Toutes les choses que tu m'as apprises ce soir : comment trouver des étoiles avec la carte du ciel, calculer la longitude... C'est ta mère. C'est ta mère en toi. Tu es la petite ourse, elle est la grande. Tu es unique.

Elle a serré un poing et l'a enveloppé de son autre main.

– Elle n'est partie que si tu la laisses partir.

Le geste d'Amanda semblait vouloir exprimer quelque chose au-delà des mots. Avant que j'aie pu l'interroger sur ce sujet, elle a tendu un doigt vers l'ouest :

– Regarde !

J'ai suivi la direction de son doigt et aperçu Hal Bennett, qui passait en courant sur le flanc de la colline, en contrebas. Il avançait à un rythme soutenu ; pourtant, il ne semblait pas se fatiguer, comme s'il flottait sans effort au-dessus du sol.

Soit c'était un excellent coureur, soit la distance, qui m'empêchait de l'entendre haleter, me donnait cette impression.

– Quoi ? a fait Amanda.

Je ne m'étais pas aperçue que je souriais. Elle m'a donné un petit coup de coude dans les côtes.

– Quoi, quoi ? ai-je demandé, souriant de plus belle.

– C'est quoi, ce sourire ?

– Quel sourire ?

Comme j'avais la bouche fendue d'une oreille à l'autre, ma réponse m'a vite paru ridicule.

– Non, rien ! Je suis juste...

J'ai haussé les épaules, faute de trouver le mot qui convenait.

– Intriguée ? m'a proposé Amanda.

J'ai admiré la subtilité de ce choix. Elle n'avait pas dit « Tu craques », comme l'auraient fait Heidi ou Traci. Pas « Tu l'aimes bien ». Seulement « Tu es intriguée ».

J'ai hoché la tête sans cesser de sourire :

– Oui, je suis intriguée.

– Pourquoi ? a voulu savoir Amanda. Qu'est-ce qui t'intrigue chez lui ?

– Je ne sais pas. Il est...

J'ai fermé les yeux et revu Hal passer en courant.

– Il est totalement lui-même. Tu ne l'as pas connu quand il était au collège, mais il était plutôt... tarte. Et le voilà qui revient cette année, hyper sexy. Tout le monde parle de lui, et lui, il s'en fiche complètement. À croire qu'il ne s'en rend même pas compte !

J'ai rouvert les yeux et regardé l'endroit où Hal était passé un instant plus tôt.

– J'aimerais être comme lui.

– Être hyper sexy, pour que tout le monde parle de toi ? a interprété Amanda en riant.

J'ai compris qu'elle savait de quoi je parlais.

– Moi-même, ai-je répondu tranquillement. J'aimerais être moi-même.

Je n'ai rien ajouté. Amanda m'a pris la main et a serré mes doigts.

– Tu sais ce que je pense, Callie ? *Your time has come to shine, and all your dreams are on their way*[1].

– C'est joli, ai-je commenté. Tu viens de l'inventer ?

Elle a sorti deux chips du sac en secouant la tête. Elle m'en a tendu une et lancé l'autre dans sa bouche.

– C'est de Paul Simon. Tiens, ton petit déjeuner. C'est le repas le plus important de la journée.

J'ai croqué dans ma chips sans répondre. Puis j'en ai pris une deuxième et j'ai demandé :

– Tu le connais ?

Amanda ne m'a pas répondu. Je l'ai regardée. Son sac de couchage remonté sur son visage, elle dormait profondément.

J'avais manqué la disparition de Bellatrix derrière l'horizon, mais ça n'avait aucune importance. J'entendais presque

1. « Le moment est venu pour toi de briller, et tes rêves vont bientôt se réaliser », extrait de la chanson de Simon et Garfunkel, *Bridge over troubled water*.

Amanda me glisser à l'oreille : « C'est encore mieux de la voir apparaître. »

Je me suis levée, j'ai frotté mon jean, puis j'ai rangé le télescope avec plus d'adresse que je ne l'avais déployé quelques heures plus tôt. Le déclic des pieds m'a semblé un écho de celui qui s'était produit dans ma tête. J'avais pris une décision. En redescendant la colline avec mon chargement, je savais déjà ce que je devais faire et comment j'allais m'y prendre.

chapitre 26

La maison de Heidi est l'une des cinquante demeures imposantes, toutes construites sur le même modèle, qui composent le lotissement des Acres. Cet ensemble immobilier existait déjà quand j'étais petite, et je crois qu'il était numéro un sur la liste des trucs que maman détestait le plus, juste avant le racisme, l'homophobie, la pollution lumineuse et la Riviera. Quand j'étais chez Heidi, je m'arrangeais toujours pour que mon père passe me chercher, ou je demandais aux Bragg de me ramener chez moi, car maman se métamorphosait à la seconde où elle entrait dans le quartier. Elle devenait comme possédée, et pendant tout le trajet du retour, j'étais obligée de l'écouter pester contre les dégâts que les maisons de neuf cents mètres carrés causent à l'environnement, se demander comment des gens peuvent vivre dans ces quartiers sans âme, prétendre qu'ils n'ont pas d'âme eux-mêmes... Elle concluait généralement avec ironie, en disant que si l'un des habitants du quartier entrait par inadvertance dans la maison de ses voisins (pourquoi pas, vu qu'elles se ressemblent toutes ?), il ne s'en apercevrait même pas, tellement les familles sont interchangeables.

En pédalant dans les rues impeccables des Acres, j'ai enfin compris ce que voulait dire ma mère. Comme si les arrosages automatiques des pelouses vert tendre vaporisaient du sang à la place de l'eau. Heidi avait payé cher le privilège de vivre dans cet endroit si luxueux, si protégé. Elle l'avait payé de son âme.

Je suis passée devant chez les Bragg et j'ai tourné dans la rue suivante, l'allée des Magnolias. Je me suis arrêtée devant une maison au hasard, qui ressemblait effectivement comme deux gouttes d'eau à celle de Heidi. J'ai consulté ma montre. Pile à l'heure. D'ici quelques minutes, M. Bragg s'en irait avec Heidi et Evan. Son épouse ne partirait pour le studio qu'une heure plus tard, au moins. Par précaution, j'ai patienté dix minutes en faisant plusieurs fois le tour du pâté de maisons, et en prenant soin d'éviter l'allée des Lauriers. Puis j'ai rebroussé chemin jusque chez Heidi, remonté l'allée et laissé mon vélo contre la porte du garage.

La sonnette des Bragg carillonne les premières mesures d'un morceau intitulé « le canon de Pachelbel », que j'ai toujours trouvé assez joli, mais qui faisait rouler les yeux à ma mère. J'ai écouté la musique résonner dans le vaste intérieur pendant une éternité, et j'ai commencé à stresser. Mon plan était parfait en théorie, mais si j'avais mal calculé mon coup? Je n'étais pas beaucoup venue chez Heidi, ces derniers temps. L'emploi du temps de sa mère avait pu changer.

Soudain, mon projet m'a paru complètement fou. Qu'est-ce que je fabriquais là? La veille au soir, tout m'avait semblé tellement évident: M. Bragg est commissaire de police. Je ne pouvais pas me présenter devant lui sans témoins et sans preuves. Ma parole contre celle de Heidi ne suffirait pas. Et s'il me croyait, c'était presque pire: comme l'avait dit Nia, il risquait de m'accuser de complicité.

C'était une des raisons qui m'avait décidée à m'adresser à Brittney Bragg plutôt qu'à son mari. Mais ce n'était pas la seule. Brittney connaissait bien sa fille, et plus j'y pensais, plus j'étais convaincue qu'une personne connaissant vraiment Heidi ne douterait pas de mon histoire. Elle mettrait peut-être un moment à accepter la vérité, mais si j'arrivais à lui parler en tête à tête, à tout lui expliquer calmement, j'étais sûre que Brittney me croirait. D'où cette embuscade matinale.

Seulement, mon plan me paraissait désormais beaucoup trop périlleux. Une épouse de policier pouvait parfaitement comprendre que j'étais complice. Il devait y avoir un meilleur moyen. Une lettre anonyme? Ou mieux: un mot d'Amanda! C'était son idée, après tout.

Si la porte ne s'était pas ouverte à ce moment précis, je ne sais pas ce que j'aurais fait. Mais elle s'est ouverte et je me suis retrouvée nez à nez avec Brittney Bragg.

Elle avait l'air irrité. Cependant, sa physionomie s'est adoucie quand elle m'a vue.

– Callie. Quelle bonne surprise ! Tu cherches Heidi ? Tu viens juste de la louper !

Brittney Bragg a le chic pour délivrer l'information la plus banale comme si c'était le scoop du siècle. C'est tout juste si elle ne termine pas ses phrases par un « à vous l'antenne ».

– En fait, je suis venue pour vous parler, ai-je lâché d'un bloc.

Elle a porté une main à sa gorge, comme si je lui faisais un tel honneur qu'elle ne trouvait pas les mots pour répondre. Brittney n'est pas le genre de femme à montrer sa surprise. Elle est encore plus imperturbable que Heidi.

– Dans ce cas, entre, a-t-elle suggéré.

J'ai franchi le seuil. Elle a refermé la porte derrière moi et m'a escortée jusqu'à la cuisine.

Je m'étais composé un look « sérieux », mais avec ma jupe en laine et mon cardigan blanc cassé, je me suis sentie un peu trop guindée devant Brittney, vêtue d'un pantalon de jogging tout simple et d'un pull sans manches. En plus, malgré son âge, la mère de Heidi a un corps de rêve, une peau et des cheveux splendides. Chaque fois qu'elle croisait Mme Bragg, maman y allait de son commentaire narquois sur les vertus de la silicone. Je croyais qu'elle était mauvaise langue, mais elle n'avait peut-être pas tort, tout compte fait. Je ne suis pas sûre que le yoga, même à haute dose, puisse sculpter un authentique corps de poupée Barbie.

Quelques plats traînaient sur le plan de travail et une poêle à frire était posée sur la cuisinière. J'en ai déduit que la femme de ménage n'était pas arrivée. Brittney s'est assise à la table et m'a invitée à l'imiter.

– Alors, Callie, dis-moi ce que je peux faire pour toi...

Elle a jeté un rapide coup d'œil sur l'horloge et j'ai perçu un soupçon d'impatience dans sa voix. J'avais répété des dizaines de fois mon texte depuis que j'avais pris la décision de venir lui parler. Je me suis jetée à l'eau :

– Je dois vous dire quelque chose que vous aurez peut-être du mal à croire...

Je me suis appliquée à garder les mains sur la table. M. Bragg nous avait raconté un jour que lors d'un interrogatoire, un policier s'intéresse toujours aux mains du suspect. S'il les dissimule, c'est qu'il cache autre chose.

– En travaillant dans l'information pendant dix ans, on apprend que la vérité est souvent plus étrange que la fiction, m'a assuré Brittney.

Elle s'est penchée vers moi. Il n'y avait plus aucune trace d'impatience dans sa voix.

– Maintenant, dis-moi. C'est en rapport avec ta mère ?

En repassant mon discours, je croyais avoir envisagé toutes les possibilités. Pourtant, cette question m'a complètement désarçonnée.

– Quoi ? N-non ! ai-je bredouillé.

Toujours penchée vers moi, Brittney m'a posé une main sur le genou.

– Quoi que ce soit, tu peux compter sur ma totale discrétion.

Était-ce mon imagination, ou y avait-il une étincelle dans son œil ?

– Non, ça n'a rien à voir avec elle, ai-je persisté.

J'ai réalisé trop tard que j'avais les mains sur les cuisses. Je me suis obligée à les remettre sur les accoudoirs.

Déçue, Brittney s'est renversée sur le dossier de sa chaise.

– D'accord. Alors, qu'est-ce que je peux faire pour toi ?

– Je dois vous parler de Heidi.

– De Heidi ? a répété Brittney, perplexe. A-t-elle des ennuis ?

Si seulement... Je crois que j'aurais préféré de loin révéler à Brittney que sa fille était enceinte, anorexique ou toxicomane. Le film *Un appel au secours*, qu'on nous projette tous les ans en cours d'éducation civique, a soudain défilé devant mes yeux. « Si votre ami a des problèmes, vous devez le dire à un adulte. » Dommage qu'il n'ait pas traité des accidents de voiture.

J'ai inspiré profondément et agrippé les accoudoirs.

– Brittney, le 21 décembre, Heidi a emprunté une de vos voitures pour aller faire un tour en ville. En conduisant, elle a renversé par accident Béatrice Rossiter. C'est comme ça que Béa a été blessée. Heidi ne s'est pas arrêtée. Elle a ramené la voiture chez vous et n'en a parlé à personne, sauf à moi.

J'avais débité toute ma tirade sans respirer. Arrivée au bout, j'étais un peu étourdie. J'ai cru que c'était à cause du manque d'oxygène, mais la sensation a persisté.

Je pensais que Brittney s'écrierait « Non ! », qu'elle me poserait des milliers de questions. Quand elle a compris que j'avais terminé, elle a simplement secoué la tête, comme si elle s'était laissé distraire une seconde et se reprenait.

– Excuse-moi, Callie, mais de quoi tu parles?

Sa voix était d'un calme incroyable. Elle m'a dévisagée, immobile, l'air de rien. J'avais beau la connaître et la savoir solide comme un roc, ça m'a impressionnée.

– Euh...

Voulait-elle que je lui répète toute l'histoire? J'ai pris une grande bouffée d'air et recommencé au début:

– Le 21 décembre...

Brittney a agité la main pour dissiper de la fumée imaginaire.

– Oui, je t'ai entendue la première fois.

– Alors, que...

– Callie, est-ce que tu es... Est-ce que tu espères vraiment me faire croire que ma fille a...

Elle est allée se servir un verre d'eau, l'a porté à ses lèvres et l'a reposé sans en avoir bu une goutte.

– Je suis désolée, ai-je dit. Je sais que ça doit vous causer un choc terrible.

J'ai hésité à m'approcher d'elle. Brittney a enchaîné:

– Callie, c'est le mensonge le plus infâme que j'ai entendu de toute ma vie! Comment oses-tu venir chez moi pour répandre des calomnies aussi odieuses sur ma fille!

Elle a virevolté pour me faire face et porté à son visage une main qui tremblait violemment. Visiblement, elle se retenait de traverser la cuisine pour se jeter sur moi et m'écorcher vive.

Je me suis redressée.

– Comment pouvez-vous croire que je mens sur un sujet pareil ? Pourquoi je ferais ça ?

Je m'attendais à ce que Brittney soit choquée, mais je n'avais jamais envisagé qu'elle me soupçonnerait d'avoir tout inventé.

– Pourquoi ? Je n'en sais rien ! Parce que tu es une jeune fille très perturbée, voilà pourquoi. D'abord, ta mère abandonne sa famille, puis ton père devient fou...

– Mon père n'est pas fou ! ai-je crié.

Brittney a continué comme si je n'avais rien dit :

– Avec des parents pareils, ce n'est pas étonnant...

Je n'avais jamais vu quelqu'un se mettre dans une telle colère. Des gouttes de salive perlaient à la commissure de ses lèvres et ses yeux n'étaient plus que des fentes.

– Laissez mes parents en dehors de ça ! ai-je grondé. Il s'agit de votre fille, qui, après avoir volé votre voiture, a renversé une de nos camarades et a failli la tuer !

– Va-t'en !

Haletante, Brittney m'a montré la porte du doigt :

– Sors d'ici ! Sors d'ici, espèce de monstre !

– Je ne suis pas un monstre ! ai-je répliqué. C'est votre fille, le monstre !

Sur ces mots, j'ai foncé dehors, enfourché mon vélo et démarré si vite que j'ai failli rentrer dans une camionnette Fedex qui s'arrêtait dans la rue. Le coup de klaxon du conducteur était aussi violent que les accusations de Brittney Bragg, et il m'a fallu tout le trajet jusqu'au lycée pour me calmer.

CHAPITRE 27

Ainsi, tout cela n'avait servi à rien. Le mot d'Amanda, la discussion avec Nia et Hal, ma plaidoirie auprès de Mme Bragg. Ça n'avait absolument rien changé. Brittney était convaincue que j'étais dérangée et que j'avais inventé toute cette histoire. Qu'est-ce que j'étais censée faire, maintenant ? Aller trouver la police ? Mme Bragg m'avait chassée de chez elle. Que ferait son mari, le commissaire ? Allait-il me chasser de la ville ? M'arrêter pour avoir calomnié sa fille ?

Et Heidi ? Pour punir Nia de l'avoir dénoncée quand elle avait triché, elle avait fait d'elle une paria. Que ferait-elle à la fille qui avait voulu révéler ses actes criminels ? Pendant toute la matinée, je me suis attendue à recevoir un texto incendiaire de sa part, du genre « prépare-toi à mourir ».

Étonnamment, mon téléphone n'a pas vibré une seule fois entre le moment où je suis entrée dans le labo de biologie et celui où la cloche a sonné l'heure du déjeuner.

J'ai pris la direction de la cafétéria par habitude, et c'est seulement arrivée devant les portes que j'ai réalisé mon erreur. Est-ce que j'avais perdu la tête ? S'il y avait un endroit à éviter à tout prix aujourd'hui, c'était bien celui-là ! La seule chose à faire, c'était quitter le lycée, quitter la ville. Déménager, prendre une fausse identité... Aller rejoindre Amanda... ou ma mère.

Prise de nausée, j'ai fait demi-tour et j'ai failli rentrer dans Heidi.

– Salut ! m'a-t-elle lancé.

– Où tu étais passée ? a voulu savoir Traci, qui la suivait. Ça fait une éternité qu'on ne t'a pas vue.

– Ouais, a confirmé Heidi. Tu nous évites, ou quoi ?

– J-je...

Soudain, j'ai compris que Heidi ignorait ce que j'avais fait. Pour une raison mystérieuse, sa mère ne lui avait pas raconté notre conversation. Pas encore.

– Il faut qu'on te parle de la vente privée où on va après les cours, m'a dit Kelli.

Elle a passé son bras sous le mien et m'a entraînée vers la cafétéria.

– Tu m'étonnes, a enchaîné Traci. Ma mère nous emmène. On va s'acheter toute la collection de printemps.

Kelli a sorti un magazine de son sac et déclamé :

– Le turquoise est le nouveau noir !

Est-ce que je rêvais ? Est-ce que j'étais vraiment là, en train de discuter avec Traci, Kelli et Heidi comme si de rien n'était ?

– Ne dis pas que tu ne viens pas, a ajouté Kelli en se laissant tomber à notre table.

Traci s'est installée en face d'elle.

– Ouais, ta présence n'est pas facultative.

Heidi s'est assise aussi. J'étais la seule à être encore debout.

– Tu prends racine ? m'a demandé Traci.

Heidi m'a jeté un regard mauvais :

– On peut savoir ce que tu as, en ce moment ?

J'ai avalé péniblement ma salive. Pouvais-je leur avouer que je n'avais pas d'argent pour faire du shopping parce que ma mère nous avait abandonnés et que mon père avait perdu son job ? Pouvais-je leur dire que je passais mes journées à tenter de résoudre le mystère de la disparition d'Amanda, une fille qu'elles prenaient pour une parfaite allumée ? Pouvais-je leur confier que je me sentais perdue quand je n'étais pas avec Hal Bennett et Nia Rivera ?

Pouvais-je être honnête et continuer à être une iGirl ?

Je connaissais la réponse, et je savais aussi que j'étais incapable de faire semblant une minute de plus d'être Callie Leary : une iGirl gaie et optimiste.

– Il faut que je file. Je vous rejoins plus tard.

Sur ces mots, j'ai fait demi-tour et quitté la cafétéria comme si j'avais le diable aux trousses.

Si ma journée avait démarré bizarrement, ce n'était rien comparé au choc que j'ai reçu en rentrant chez moi après les cours. Pendant une fraction de seconde, je me suis demandé si je ne m'étais pas trompée de maison. La pelouse était tondue, les brindilles et la boue qui jonchaient le perron depuis des mois avaient été balayées. J'ai appuyé mon vélo contre la façade et poussé la porte d'entrée.

– Il y a quelqu'un ?

– Salut !

La voix de papa venait de la salle à manger.

– C'est toi, Callie ?

– Euh... ouais, ai-je répondu avec une hésitation qui trahissait ma surprise.

Tout le bois empilé dans l'entrée et dans le séjour avait disparu. Les planches, les branches, tout. Un agréable parfum de citron et de pin flottait dans l'air, au lieu de l'odeur de moisi habituelle. On aurait dit que quelqu'un avait passé la journée à faire le ménage. Dans le salon, à la place de l'amas informe de courrier et de catalogues qui jonchait la table basse, j'ai découvert de petites piles de lettres, portant chacune un Post-it.

J'ai aperçu mon père dans la salle à manger, séparée du salon par une simple porte vitrée. Il était assis près de l'endroit où, ce matin encore, trônait la table de maman. Il ne restait que dix chaises, disposées en cercle autour d'un espace vide. Que se passait-il ?

– Tu refais la déco ?

J'ai jeté un coup d'œil dans la cuisine et reconnu de dos Joanna, la femme de ménage que papa avait renvoyée à l'automne. Elle s'est retournée et nous nous sommes saluées d'un geste. Mon père a tapoté la chaise près de lui.

– Viens t'asseoir, Callie.

De près, j'ai remarqué qu'il s'était rasé. Sa chemise de flanelle et son jean fleuraient bon la lessive. Il avait toujours le teint pâle, mais ses yeux étaient plus vifs, et son haleine sentait le café, pas le vin.

Soudain, j'ai compris ce qui se passait et une vague de bonheur m'a submergée. Il avait eu des nouvelles de maman ! Elle revenait !

Je me suis levée d'un bond, mais papa m'a arrêtée en me posant une main sur le bras. Je ne sais pas s'il avait deviné juste, ou si mes pensées étaient inscrites sur mon visage.

– Elle ne revient pas, Callie.

La joie que j'avais éprouvée une seconde plus tôt a été balayée par une bouffée de panique. Était-elle... Avait-il appris...

Papa a secoué la tête, lisant de nouveau dans mes pensées.

– Je n'en sais pas plus qu'hier, la semaine dernière ou le mois dernier. Je n'ai pas reçu de nouvelles de ta mère, et j'ignore si on en recevra un jour.

Je me suis affaissée sur ma chaise, épuisée par la violence de mes émotions. J'aurais aimé pouvoir mettre ma vie sur pause.

Mon père a pris une grande inspiration et expiré lentement. Je me suis aperçue que ses mains tremblaient.

– Callie, les choses vont changer. Nous n'allons plus vivre de la même manière, toi et moi. Je vais essayer de mieux m'occuper de toi.

Trop sonnée pour prendre la mesure de ce qu'il venait de dire, j'ai indiqué l'espace vide devant moi :

– Où est passée la table ?

J'avais entendu parler des huissiers qui saisissent les meubles des gens endettés, mais papa n'avait pas acheté cette table, il l'avait fabriquée. Et ça ne tenait pas debout : pourquoi auraient-ils saisi la table, si papa avait assez d'argent pour recommencer à employer Joanna ?

– Je l'ai vendue. Tu te rappelles la femme du patron d'Ursula ?

Il a imité la voix haut perchée de Mme Montgomery :

– Je vous en donne deux mille dollars... Cinq mille dollars. Votre prix sera le mien...

De sa voix normale, il a conclu :

– Eh bien, voilà, je lui ai donné mon prix.

– Tu as vendu la table ? Ta table ? La table de maman ?

Toute la joie que j'avais éprouvée à voir la maison retrouver un aspect normal s'est envolée. Je ne pouvais m'empêcher de penser à la réaction de ma mère quand elle reviendrait et s'apercevrait que sa table avait disparu.

Mon père m'a pris la main.

– Ce n'était qu'un meuble. J'en ferai une autre.

J'ai secoué la tête.

– Tu aurais pu utiliser l'argent d'Amanda et garder la table...

Papa m'a lâché la main pour aller dans la cuisine. Il est revenu avec une enveloppe au logo de la banque d'Orion.

– Voici le formulaire dont ton amie aura besoin quand elle voudra récupérer son argent. J'ai ouvert un compte bancaire à ton nom, versé l'argent dessus, et je lui ai fait une procuration. C'est la seule solution que j'ai trouvée, comme je n'avais pas d'informations officielles sur elle.

Il m'a tendu l'enveloppe. Pensive, j'ai fait courir mes doigts sur le papier.

– Elle voulait juste nous aider, tu sais...

Mon père a croisé les bras et froncé les sourcils.

– Je l'ai compris, ma chérie, et je lui en suis reconnaissant. Mais je suis un adulte, et je ne peux pas accepter d'argent d'un enfant.

– D'accord.

Je me suis mordu les lèvres. J'avais envie de lui dire qu'il avait raison de se reprendre en main, parce que maman allait revenir. Parce qu'elle n'était pas partie de son plein gré. Mais la peur de sa réaction m'a incitée une fois de plus à garder le silence.

– Bon, j'ai du travail, a-t-il dit en se levant. J'ai du retard à rattraper...

J'ai inspiré à fond et hoché la tête.

– D'accord, ai-je répété.

J'ai cru qu'il allait ajouter quelque chose, mais il s'est contenté de repousser une mèche de cheveux qui me tombait sur le front avant de descendre au sous-sol, dans son atelier.

CHAPITRE VINGT-HUIT

– Oh, Callie ! Tu connais la nouvelle ?

Traci, qui semblait m'avoir pardonné mon comportement de la veille, sautillait sur place. J'ai fait mine d'être intéressée, mais même au mieux de ma forme, je ne suis pas du genre à sauter de joie avant neuf heures du matin. Et justement, je n'étais pas au top.

– Non, c'est quoi ?

Autour de nous, les élèves d'Endeavor commençaient tranquillement leur journée et les ragots allaient bon train. J'ai songé qu'avec un peu de chance, il y avait du nouveau sur Amanda... même si c'était peu probable que Traci en soit informée avant moi.

– Tu connais Béa Rossiter ? m'a-t-elle demandé à voix basse.

Prise d'un soudain vertige, j'ai tendu la main pour me retenir aux casiers. Par chance, Traci était trop excitée pour rien remarquer.

– Eh bien, figure-toi que les chirurgiens esthétiques de la clinique John-Hopkins – rien que ça ! – ont offert de s'occuper d'elle gratuitement. C'est fou, non ?

Elle a passé une main dans ses cheveux avant de poursuivre :

– Ils vont lui reconstruire le visage. Comme la fille dans... C'était quoi, déjà, le soap avec le docteur hyper sexy ?

Elle a réfléchi une seconde en plissant le nez, puis secoué la tête :

– Enfin, bref : elle va être transformée. Super monstre va devenir super canon !

– Waow, c'est incroyable !

Mon cerveau moulinait à toute vitesse. Était-ce une simple coïncidence, ou Brittney Bragg et son mari avaient-ils financé ces opérations de chirurgie esthétique ?

Une pensée m'est venue : l'imperturbable Brittney Bragg avait peut-être eu une réaction aussi hystérique parce qu'elle me croyait sur parole, et non le contraire.

J'ai pris Traci par le bras.

– Qui t'a raconté ça ?

J'étais tellement certaine de connaître la réponse que je l'ai à peine entendue :

– Euh, Kevin, je crois. Ou... Attends, non, c'est Kelli qui m'a envoyé un texto ce matin. Ou Kevin me l'a dit d'abord ? Je ne sais plus...

Elle a haussé les épaules.

– Ce n'est pas Heidi? me suis-je renseignée.

Traci a fait non de la tête:

– Je ne l'ai pas encore vue aujourd'hui. Écoute, il faut que je file en cours. On en discute à midi, d'accord? Je te raconterai la robe que je me suis achetée chez Lollipop hier. Tu ne vas pas le croire!

Sur ces mots, elle a tourné les talons et disparu dans la foule.

J'ai passé la matinée dans le brouillard complet. J'ai vaguement entendu d'autres détails sur les opérations qui attendaient Béa. Apparemment, elle était déjà partie pour Baltimore, où elle devait subir des examens. Quand elle avait reçu le coup de fil de la clinique, sa mère était tombée dans les pommes, de surprise. Personne ne savait si les chirurgiens reconstruiraient le visage de Béa comme avant l'accident, ou si elle changerait de tête. Et personne n'a pu m'éclairer sur le seul détail qui m'intéressait vraiment: qui finançait tout ça? Était-ce une bonne œuvre de la clinique John-Hopkins, ou une donation d'un particulier?

On avait une remplaçante en histoire: une vraie sorcière avec des yeux derrière la tête. Du coup, Heidi et moi n'avons pas trouvé le moyen d'échanger un mot, encore moins par écrit. Comme elle m'a saluée aimablement, j'ai toutefois deviné que sa mère ne lui avait pas parlé de notre conversation de la veille. Au départ, ça m'a un peu troublée, mais à la fin de l'heure, j'étais furieuse. L'histoire de Béa avait peut-être une fin acceptable, mais le début et le milieu étaient assez moches. Elle avait passé des mois à arpenter les couloirs d'Endeavor comme un zombie, et devrait endurer des opérations douloureuses pour retrouver une apparence à peu près normale. J'avais gardé un terrible secret, et tout ce que j'avais gagné en révélant la vérité, c'était de me faire traiter de menteuse et de cinglée. Quant à Heidi, cet accident n'avait même pas dû l'empêcher de dormir une nuit entière.

La remplaçante s'est tournée pour parler à Lexa et Heidi en a profité pour sortir un tube de gloss de son sac. « Regarde. Il est nouveau ! » a-t-elle articulé en silence.

J'ai senti mon sang bouillir.

À la cafétéria, Heidi, Traci et Kelli étaient assises à notre table habituelle en compagnie de Lee et Jake. Par habitude, je me suis dirigée vers elles, mais plus j'approchais, plus je ralentissais. J'ai fini par m'arrêter tout à fait et je suis restée plantée au milieu de l'allée, comme déboussolée.

En fait, je n'étais pas perdue ; je savais parfaitement où j'étais, et je savais aussi ce qui se passerait si je continuais mon chemin comme prévu. Les filles évoqueraient la mystérieuse affaire de l'opération chirurgicale de Béa, Heidi commenterait l'événement comme si ça ne la concernait pas plus que les élections en Bosnie, et elles enchaîneraient avec le récit détaillé de leur après-midi shopping de la veille. On ferait des projets pour le week-end, on déciderait peut-être de retourner dans les magasins, ou d'aller au cinéma.

Je sourirais, je hocherais la tête, je plaisanterais et je flirterais avec Lee. Ce serait exactement comme d'habitude, parce que c'était ça, être une iGirl. Ça et rien d'autre.

Seulement, j'aurais envie de hurler pendant tout le repas.

Du coin de l'œil, j'ai vu Hal et Nia, assis à la même table que le jour où Thornhill nous avait convoqués dans son bureau, la semaine dernière. Hal parlait à grand renfort de gestes et Nia l'écoutait en hochant la tête. À l'autre bout de la cafétéria, Heidi soulevait ses cheveux au-dessus de sa nuque et tournait la tête pour montrer à Kelli et Traci à quoi elle ressemblerait avec une coupe au carré. Kelli a approuvé et remonté ses cheveux à l'identique, puis Traci les a imitées.

Et soudain, j'ai compris. J'ai compris pourquoi Amanda m'avait poussée à parler de l'accident à Hal et Nia. C'était pour rendre justice à Béa, bien sûr. Mais c'était aussi, et surtout, pour me libérer. Elle voulait que je me lève pour prendre la défense des opprimés, pour protéger mon entourage. Peut-être aussi pour la protéger elle-même.

Amanda ne m'avait pas choisie comme seule guide, mais elle m'avait tout de même choisie. Elle avait besoin de moi et elle voulait que je sois forte, courageuse. Une personne qui se laisse manipuler fait un piètre guide.

Toujours immobile au milieu de la cafétéria, je me suis rappelé la dernière chose qu'Amanda m'avait apprise au sujet des ours : ils hibernent. Autrement dit, ils dorment très, très longtemps. Mais pas éternellement.

Et le petit ours en moi venait de se réveiller.

Comme si j'acceptais enfin un choix que j'avais fait depuis longtemps, j'ai traversé la salle pour aller me planter devant la table de Hal et Nia.

Hal s'est tu, plutôt content de me voir. Nia m'a jeté un regard soupçonneux.

– Salut.

– Salut, a répondu Hal.

– Tu as loupé le virage ? m'a lancé Nia en indiquant du menton la table des iGirls. Ta place est là-bas, je crois...

J'ai soutenu son regard :

– Tu ne vas quand même pas m'empêcher de m'asseoir ici...

Elle a paru mal à l'aise. Elle devait s'attendre à une répartie cinglante, faute de quoi elle ne savait comment réagir.

– J'ai... euh. Tu es là pour de bon ou tu viens juste en touriste ? Parce que tu donnes parfois l'impression de vouloir te dédoubler.

Elle n'avait pas tort. Pour lui prouver ma résolution, j'ai tiré une chaise et je me suis assise.

– Je suis là pour de bon.

Nia m'a regardée longuement, puis elle a acquiescé :

– Bon. Alors, d'accord.

– Bon. Alors, d'accord, ai-je répété.

– Bon. Alors, d'accord, a fait Hal.

Il avait si bien imité notre ton solennel que nous avons éclaté de rire.

On riait encore une minute plus tard quand Heidi, Traci et Kelli se sont plantées devant notre table.

– Tu t'es perdue ? m'a demandé Heidi avec une grimace de pur dégoût. Ou ces demeurés t'ont fait un lavage de cerveau ?

J'avais beau être résolue à lui tenir tête, son expression m'a saisie. J'ai ouvert la bouche pour lui répondre, mais Nia ne m'en a pas laissé le temps :

– Pour pouvoir parler de lavage de cerveau, il faudrait que tu en aies un...

– Ha, ha ! a pouffé Heidi. Quelle intelligence ! On ne croirait pas, à te voir...

– C'est vrai que moi, je ne choisis pas mes amies en fonction de leur prénom, a rétorqué Nia. C'est forcément moins « cool ».

– Comme si tu avais des amis...

– On dirait que j'ai récupéré une des tiennes, a ironisé Nia.

J'ai levé la main pour m'interposer :

– C'est bon, ça suffit !

Toujours assise, je me suis tournée vers Heidi :

– Écoute... Je veux seulement déjeuner avec Hal et Nia aujourd'hui. Je sais que tu ne les apprécies pas, mais ce sont mes amis.

– Tes amis ? a répété Traci, stupéfaite. Depuis quand ?

J'ai hésité à l'envoyer balader. Après tout, Traci et Kelli ne m'avaient jamais rien fait.

– Les gens peuvent avoir des tas d'amis différents, ai-je suggéré.

Traci a laissé échapper un petit rire méchant.

– Euh... Non Callie, je ne crois pas. On n'est pas amies avec des gens qui fréquentent des tarés et des losers.

Ma culpabilité s'est envolée comme par enchantement.

– Ah... Alors dans ce cas...

J'ai pris une grande inspiration.

– Dans ce cas, j'imagine que vous n'êtes plus amies avec moi.

– Tu es sérieuse? s'est étranglée Heidi. Tu choisis vraiment de rester avec ces deux cinglés?

J'ai regardé Hal et Nia. Hal me souriait d'un air encourageant, mais Nia était sans expression, comme si elle se fichait éperdument de ma réponse. Seulement, je commençais à la connaître. Je savais ce que cachait cette prétendue indifférence.

– Oui, Heidi, tu as bien compris. Je préfère passer mon temps avec Hal et Nia, plutôt qu'avec vous.

– N'importe quoi! a commenté Kelli. C'est trop nul.

– J'espère que tu réalises que Lee va te larguer, m'a lancé Heidi. Tu n'existes plus pour nous. Il ne voudra pas s'embarrasser d'une copine que personne n'invite aux fêtes.

C'est à cet instant seulement que j'ai pris toute la mesure de ma décision. Je n'avais pas prévu de renoncer à Lee en plus du reste. Mais en voyant la moue hargneuse de Heidi, j'ai réalisé que la seule chose plus triste que de rompre avec Lee serait de ne pas rompre avec les iGirls.

– Au revoir, Heidi.

Heidi, Traci et Kelli m'ont fixée quelques secondes en silence. Puis Heidi a craché un dernier « tu vas le regretter! » avant de pivoter sur ses talons et de s'éloigner. Kelli et Traci lui ont emboîté le pas presque aussitôt. Je leur ai trouvé l'air malheureux, mais c'était peut-être seulement dans mes rêves.

Après leur départ, Hal a attendu un instant avant de lâcher un premier commentaire :

– Eh bien... On peut dire que tes amies ont des opinio très arrêtées.

– Ouais. Mais tu remarqueras qu'elles ont tendance avoir les mêmes.

– Tu m'étonnes ! Elles ont un cerveau pour trois, a renchéri Nia.

Elle a fouillé dans son sac, dont elle a sorti un énorme sandwich.

– Quelqu'un en veut la moitié ? Ma mère m'oblige toujours à emporter de quoi nourrir dix personnes.

Ses paroles ont détendu l'atmosphère. J'ai souri en imaginant Mme Rivera gaver sa fille avant de la laisser partir le matin.

– J'ai ce qui me faut, a répondu Hal en sortant un sandwich de son sac.

– Et toi, Callie ?

J'avais vingt dollars que mon père m'avait donnés le matin en marmonnant qu'on ne doit pas sortir sans argent. Mais le sandwich de la mère de Nia était plus appétissant que tout ce que j'aurais pu acheter à la cafétéria. Et sa façon de me le présenter suggérait qu'elle m'offrait davantage qu'un simple casse-croûte.

– Avec plaisir, ai-je acquiescé.

Comme prévu, le sandwich était délicieux.

Nia a remonté les manches de son pull gris pâle pour poser les coudes sur la table.

– Bon..., a-t-elle commencé. Juste pour que tu le saches : on parlait avec Hal de récupérer l'enveloppe que vous avez vue dans la voiture de Thornhill.

J'ai failli m'étrangler.

– Vous voulez entrer dans sa voiture ?

– Il faut absolument qu'on lise ce message.

Nia avait parlé avec calme, mais sa voix avait quelque chose de menaçant.

– Ce mot peut être n'importe où, ai-je fait remarquer. Peut-être même chez lui.

Fouiller la maison de Thornhill ne faisait pas partie de mes projets.

Comme s'il avait lu dans mes pensées, Hal est intervenu :

– Essayons de positiver. Le rasoir d'Ockham dit que s'il était dans sa voiture, il est dans sa voiture. On commencera par là.

– Tu étais vraiment obligé de parler du rasoir d'Ockham ?

– C'est génial, le rasoir d'Ockham ! Hyper pratique pour..., a commencé Hal.

– J'ai pensé a un truc, l'a interrompu Nia. Vous croyez que les autres amis d'Amanda ont eu plus de succès que nous dans leurs recherches ?

À son regard perdu dans le lointain, j'ai deviné qu'elle n'avait pas entendu notre dernier échange.

– Ses autres amis ? ai-je répété. De quoi tu parles ? Amanda n'a pas d'autres amis.

Nia a souri et m'a tapoté la main.

– Bien sûr. C'est ce qu'on pensait tous les trois, il n'y a pas si longtemps...

– OK, je me rends.

Alors que je me demandais comment identifier les amis d'Amanda, Cornelia, la petite sœur de Hal, nous a rejoints à notre table. Je ne l'avais pas vue depuis des années, pourtant, je l'ai reconnue instantanément. Elle avait beaucoup grandi, mais elle avait toujours ses cheveux roux raides comme des baguettes et son air sérieux.

– Salut Cornelia, a dit Hal. Qu'est-ce que tu fais là ?

– Maman a mis mon déjeuner dans ton sac, a-t-elle annoncé d'un air sombre.

C'était bizarre de la voir ici. Les élèves du collège ont leur propre cafétéria et ils n'entrent quasiment jamais dans la nôtre.

– Sans blague ? s'est étonné Hal en ramassant son sac à dos. Pourquoi je ne l'ai pas vu ?

– Je n'en sais rien, moi...

La tête dans son sac, il a fait les présentations :

– Callie, tu te souviens de ma sœur ? Nia, je te présente Cornelia. Cornelia, c'est Nia.

– Salut, a fait Cornelia, pas intimidée du tout.

– Salut, Cornelia.

– Salut, a dit Nia.

Puis elle s'est tournée vers moi :

– Et si on distribuait des flyers ?

– Tu veux déverser une tonne de tracts sur le lycée ? Pour dire quoi, exactement ?

– Je ne vois rien, a dit Hal en émergeant de son sac.

– Je ne sais pas, un truc du genre : « Si vous savez quelque chose sur Amanda Valentino, merci de nous contacter... » On mettrait nos noms et nos numéros de téléphone en bas.

– Tu es en train de le manger, a remarqué Cornelia en indiquant le casse-croûte de son frère.

Hal a regardé le sandwich entamé posé devant lui :

– C'est le mien, a-t-il protesté.

– Imagine combien de temps il faudrait à Thornhill pour remonter jusqu'à nous et nous faire avouer tout ce qu'on sait sur Amanda, ai-je objecté.

– Ce n'est pas ton sandwich, a insisté Cornelia. Il est au beurre de cacahuètes et à la confiture. C'est le mien. Maman t'a donné de l'argent pour ton déjeuner ce matin. Elle ne t'a pas fait de sandwich.

– Si, elle...

Hal a réfléchi une seconde :

– Ah.

– OK. Pas de flyers, a résumé Nia.

– Et Facebook ? ai-je proposé. On pourrait faire une page au nom d'Amanda et voir si des gens la visitent. Elle a peut-être des amis dans tout le pays...

J'avais découvert avec surprise qu'Amanda n'était pas sur Facebook. Sachant qu'elle avait beaucoup voyagé, j'aurais cru qu'elle voudrait rester en contact avec ses amis. Quand je l'avais questionnée sur le sujet, elle m'avait répondu : « Je préfère que ma réalité soit réelle, et non virtuelle. » Cette phrase me semblait beaucoup plus mystérieuse aujourd'hui que sur le moment.

– Elle doit avoir des amis dans le monde entier, a réfléchi Nia.

– Exact. Et tu ne peux pas distribuer de flyers à Hong Kong.

– J'ai une idée : je termine le sandwich et je te donne l'argent que maman m'a filé pour t'acheter à déjeuner, a proposé Hal à sa sœur.

Cornelia a haussé les épaules :

– D'accord. Ça me va.

– Et si on construisait un site web ? ai-je repris.

– Bonne idée ! s'est écriée Nia sur un ton faussement enjoué.

Puis, reprenant sa voix habituelle :

– Dommage qu'aucun de nous ne sache faire un truc pareil...

– Je croyais que tu étais un crack en informatique ? Ce n'est pas toi qui as piraté l'ordinateur du lycée pour récupérer les enregistrements de vidéosurveillance ?

– Deux dollars, a dit Cornelia.

– Deux dollars, ça marche, a accepté Hal.

– Entrer dans le réseau informatique du lycée et créer un site web, ce n'est pas vraiment la même chose, s'est défendue Nia. Pour construire un site, il faut connaître le langage informatique. Un truc qui s'appelle... euh...

– Le HTML.

Cornelia avait parlé sans nous regarder, la main tendue sous le nez de son frère.

– Pardon ? a fait Nia.

– Le HTML, a répété Cornelia sans changer de position. Ce sont les initiales de *HyperText Markup Language* : un des langages informatiques qu'on utilise pour construire les sites web.

– J'ai seulement un dollar soixante-quinze, a râlé Hal.

J'ai fouillé dans ma poche :

– Tiens, j'ai vingt-cinq cents.

Cornelia a pris l'argent de son frère et accepté mes pièces.

– Comment tu sais tout ça ? l'ai-je questionnée.

– Cornelia est une vraie bête en informatique, a répondu Hal. Les gamins d'aujourd'hui sont incroyables.

– C'est vrai ? ai-je insisté. Cornelia, tu saurais, euh... créer un site web, par exemple ?

Elle a haussé les épaules :

– Ce n'est pas difficile.

– Attendez, est intervenue Nia. Il y a quand même de grandes chances pour qu'Amanda ait réapparu avant même qu'on ait commencé.

– Il suffit d'une journée pour le faire, a affirmé Cornelia.

On l'a regardée avec des yeux ronds.

– Tu es sérieuse ? a demandé Nia.

Cornelia a de nouveau haussé les épaules.

– Puisque je vous dis que c'est super facile.

– Ouais, pour toi..., a soupiré Hal.

– Serait-il possible de... de préparer un site web, mais de ne pas... euh...

Je commençais à avoir honte de mon ignorance.

– De ne pas le mettre en ligne ? a proposé Cornelia.

– Oui, c'est ça.

– Bien sûr. Il faut commencer par enregistrer un nom de domaine et choisir un serveur.

– Je suis déjà largué, a gémi Hal. Mais si c'est aussi facile que tu le dis, j'aimerais bien que tu le fasses. Je veux dire, enregistrer ce nom de serveur.

– Ce nom de domaine. Et le serveur. Ça coûte dans les trente dollars...

– Je te les rembourserai, a promis Hal.

– On partagera, ai-je proposé, en pensant avec satisfaction aux vingt dollars que j'avais en poche.

– Comment vous voulez l'appeler ? nous a demandé Cornelia. Il faut que le nom soit disponible.

– Amanda.com ? ai-je suggéré.

– Ça risque d'être déjà pris. La plupart des prénoms le sont.

– Pourquoi pas Amandavalentino.com ? a dit Hal.

– On pourrait mettre des photos d'elle en ligne... Et tes dessins, ai-je complété à l'intention de Hal.

Il a rougi, mais n'a pas refusé.

– On devrait mentionner le nom qu'elle a donné à la dame de la résidence Riviera, et même le tien. Ce n'était peut-être pas la première fois qu'elle les utilisait...

Son enthousiasme enflait à mesure que d'autres idées lui venaient.

– Sans vouloir casser votre jouet, ce projet me paraît totalement inutile, a déclaré Nia en froissant le papier de son sandwich.

– C'est possible qu'il ne serve à rien, a admis Hal. Mais j'aimerais mieux être prêt...

Son ton sérieux m'a alertée.

– Tu... tu crois qu'on va en avoir besoin ?

Nos regards se sont croisés. Sans sourire, il a enchaîné avec la même gravité :

– Comme je viens de le dire, j'aimerais mieux être prêt.

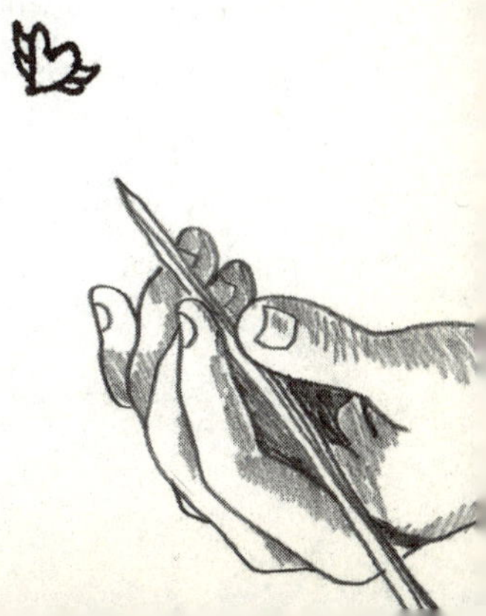

chapitre 29

Quand je suis arrivée en cours d'histoire le vendredi matin, Heidi m'a ostensiblement tourné le dos pour s'adresser à Lexa Booker. Je me suis demandé si elles parlaient de moi, et si Lexa serait bientôt rebaptisée Lexi.

Entre les cours de physique et d'anglais, j'ai aperçu Lee avec Keith et Jake dans le couloir. Nos regards se sont croisés. Je me suis rappelé comme Lee m'avait embrassée sur la tête samedi soir, chez Liz, et ses encouragements quand je nettoyais la voiture de Thornhill... Un mec aussi gentil pouvait-il vraiment se soucier de l'opinion de Heidi ?

– Salut !

J'ai réalisé après avoir parlé qu'il n'avait même pas ralenti.

Il a hésité une seconde, s'est passé une main dans les cheveux et m'a rendu mon salut sans me regarder.

– À plus..., lui ont lancé Keith et Jake en s'éloignant comme si j'étais une parfaite inconnue.

Nous sommes restés face à face dans le couloir, au milieu d'une foule bruyante. C'est curieux comme un lieu peut parfois paraître complètement silencieux, malgré le brouhaha ambiant.

– Je ne suis plus une iGirl, ai-je commencé.

– Ouais, je sais. Elles m'ont raconté...

J'ai attendu, dans l'espoir qu'il ajoute quelque chose : « Ça m'est égal. Je tiens à toi », par exemple.

– J'ai fait connaissance avec Nia Rivera, ai-je ajouté.

– Son frère est cool, a dit Lee, toujours sans me regarder.

– C'est vrai.

Les yeux me brûlaient.

Lee a changé son sac à dos d'épaule. Je me suis jetée à l'eau :

– Alors, est-ce qu'on est toujours...

La cloche m'a interrompue.

– Il faut que j'y aille, a déclaré Lee. J'ai cours avec Masterson-le-monstre.

– Ouais. Excuse-moi. Je ne voulais pas te mettre en retard.

– Ce n'est pas grave...

Avant qu'il se tourne pour partir, j'ai eu le temps de voir son expression soulagée.

– À plus, m'a-t-il lancé par-dessus son épaule.

– Ouais.

J'ai essuyé une larme traîtresse qui coulait sur ma joue.

– À plus...

J'étais tellement heureuse de retrouver Hal et Nia au déjeuner que j'en aurais hurlé de joie.

À la seconde où je les ai rejoints, Hal m'a informée :

– J'ai un plan. Amanda veut qu'on la recherche, recherchons-la. Je propose qu'on dresse une liste des endroits où elle pourrait se trouver un vendredi soir. On choisit chacun trois lieux et ce soir, on y va pour essayer de la retrouver.

– Tu crois qu'elle est toujours à Orion ? a objecté Nia en me proposant une bouchée d'un délicieux sandwich de sa mère : salami et provolone, cette fois.

– Elle continue à nous laisser des messages, a remarqué Hal.

– Ouais, mais à l'heure qu'il est, elle pourrait être à Paris, ou à Rome. Ou en Amérique latine avec son père...

– Sauf que son père est mort, m'a rappelé Hal.

– Ça, c'est ce que tu crois.

– OK, est intervenue Nia. On va dire que cette question est réglée. Hal, pour revenir à ton plan : neuf lieux, ça fait beaucoup. On ne pourra jamais les visiter tous en une soirée.

Hal a secoué la tête :

– On n'en trouvera jamais neuf. Si on pense chacun à trois endroits, il y aura probablement des doublons. On ne devrait pas avoir plus de trois ou quatre destinations ce soir.

J'ai réfléchi. Où Amanda irait-elle un vendredi soir ? Avait-elle un autre groupe d'amis à Orion, des gens avec qui elle passait son temps désormais ? Cette idée m'a fait mal au ventre.

– Et si elle avait une autre identité ? ai-je proposé.

– Tu crois que c'est une espionne ? a interprété Nia. Ouais, ça collerait avec le personnage...

– Ce n'est pas vraiment ce que je voulais dire. Imaginez qu'à l'heure où on parle, elle soit dans un autre lycée, avec d'autres amis ? Dans un univers parallèle.

Nia a entortillé une mèche de cheveux autour de son index.

– Je me demande si j'ai des lunettes dans cet univers-là, a-t-elle plaisanté.

– Ha, ha ! Non, je suis sérieuse...

Hal a appuyé le bout de ses doigts sur son front et grogné :

– Si c'est le cas, on ne la trouvera jamais.

– C'est aussi mon avis.

– Je ne crois pas, a fait Nia. Elle avait une vie, ici. C'est vrai, elle séchait pas mal les cours, mais quoi... au maximum une ou deux fois par semaine ? Ce qui voudrait dire qu'elle était absente de son autre lycée le reste du temps.

Je me suis rappelé le jour où, après avoir passé la nuit à contempler les étoiles, Amanda et moi avions décidé de sacrifier le lycée pour dormir un peu. À notre réveil, on était allées déguster des cafés liégeois à Just Desserts, puis voir le film *2001 Odyssée de l'espace* au cinéma.

Les croquis que Hal avait faits d'Amanda sur les quais de Baltimore prouvaient qu'ils avaient séché les cours ensemble, eux aussi. J'imaginais mal Nia faire l'école buissonnière, mais si quelqu'un avait pu la convaincre d'enfreindre les règles, c'était bien Amanda. Ces jours-là, elle n'était donc pas dans un autre établissement.

– Ça me paraît compliqué d'être inscrit dans deux lycées en même temps, a convenu Hal. Tu ne peux pas être partout à la fois, et si tu manques un jour sur deux, tu te fais forcément épingler par l'administration.

La cloche a sonné. Nous avons rassemblé nos affaires.

– Alors, bilan des courses ? ai-je demandé en quittant la cafétéria.

– Rendez-vous à quatre heures dans le quartier de Town Green ? a proposé Nia. C'est assez central.

– Ouais, ça me paraît bien.

Alors qu'on passait devant le secrétariat, la porte s'est ouverte. Thornhill est sorti dans le couloir, accompagné d'un élève inconnu et de sa mère. Il a serré la main du garçon et glissé quelques mots à la femme. Avant de rentrer, il nous a aperçus et nous a fait une petite révérence :

– Tiens, tiens... Monsieur Bennett, mademoiselle Rivera et mademoiselle Leary. Je remarque que vous passez beaucoup de temps ensemble, pour des personnes qui disaient ne pas se connaître...

– Bonjour monsieur, a répondu Nia, glaciale.

J'ai lorgné vers le proviseur adjoint avant de me détourner. Je n'avais pas posé les yeux sur lui depuis que j'avais lu le mot de ma mère. Je ne le voyais plus pareil, forcément. Mais pourquoi maman l'avait-elle chargé de veiller sur moi, lui, plutôt qu'un autre ? Que savait-il sur ma mère, sur ma famille et sur moi, que j'ignorais ?

Il a répondu au salut de Nia d'une voix doucereuse :

– Je présume que vous vous réjouissez de passer une nouvelle matinée en ma compagnie, demain...

Malédiction ! J'avais oublié la colle du samedi matin. En même temps, je me suis étonnée qu'une semaine seulement se soit écoulée depuis notre dernière retenue. Il s'était passé tant de choses.

Nia a répliqué avec sa morgue habituelle :

– Je ne manquerais ça pour rien au monde, monsieur.

– J'adore venir à la bibliothèque le samedi matin, a enchaîné Hal, ironique.

– J'ai attendu ça toute la semaine, ai-je ajouté, faussement guillerette.

Un petit sourire a flotté aux commissures des lèvres de Thornhill, mais il s'est vite repris.

– Je n'ai pas eu de nouvelles de votre amie disparue, a-t-il annoncé. J'espère que l'un de vous pourra bientôt m'éclairer sur l'endroit où elle se trouve.

– Ce serait avec plaisir, a dit Nia en le fixant avec effronterie. Si seulement c'était notre amie...

– Plus tôt vous vous déciderez, plus vous aurez de chances de faire la grasse matinée demain, a rappelé Thornhill, ignorant sa réponse.

– Tout peut arriver, a dit Hal.

– Hmm, a grogné le proviseur adjoint. Eh bien, bonne journée à vous trois.

Il a fait demi-tour pour regagner son bureau ; Nia a haussé les épaules :

– Bon... Ça ne coûtait rien d'essayer.

Après cela, nous sommes partis chacun de notre côté. J'ai passé l'après-midi à ressasser les questions que je gardais dans un coin de ma tête depuis le début de cette histoire. Si Amanda était toujours à Orion, où pouvait-elle bien se cacher ? Que disait son dossier ? Pourquoi Thornhill ne l'avait-il jamais exclue du lycée, même temporairement, alors qu'elle avait passé son temps à enfreindre les règles ? Pourquoi n'appelait-il pas ses parents, s'il voulait à ce point savoir où elle était ? Pourquoi infligeait-il une retenue à trois élèves innocents tous les samedis pendant un mois ? Était-ce ainsi qu'il veillait sur moi ?

Pour finir, je me suis interrogée une énième fois sur le message que nous avions vu dans sa voiture. Si seulement on pouvait découvrir ce qu'Amanda lui disait...

CHAPITRE 30

À quatre heures tapantes, je suis arrivée à vélo dans le quartier de Town Green, ma liste de lieux en tête. En première position venait le salon de thé «Just Desserts». Amanda m'avait confié qu'elle adorait leurs cafés frappés. Ce n'était pas rien. Un jour, alors qu'on traversait Peak Park à vélo, elle m'avait montré le petit gazebo près du lac en me disant qu'elle y venait souvent au crépuscule. J'avais donc inscrit cet endroit en second sur ma liste. Je n'avais pas de troisième idée. J'avais bien pensé à la boutique de tatouages au henné, mais Amanda ne m'avait pas semblé être une habituée des lieux.

Il faisait un temps magnifique et l'air sentait le printemps. C'était le soir idéal pour siroter un café dehors, en admirant un superbe coucher de soleil.

J'ai failli ne pas reconnaître Nia quand elle a freiné à ma hauteur. Elle portait une courte robe noire, des talons hauts et des lunettes papillon. Pour parfaire son look, elle serrait entre ses lèvres écarlates un long fume-cigarette (sans cigarette). Comment avait-elle fait pour pédaler dans cet accoutrement ?

– Salut.

Elle est descendue de bicyclette avec une élégance surprenante.

– Salut, ai-je répondu. Pourquoi ces fringues ?

– Il y a un festival Audrey Hepburn à La Villa.

La Villa était le cinéma d'art et essai où j'avais vu *2001* avec Amanda.

– Si Amanda est toujours en ville, je suis sûre qu'elle ira.

Nia était savamment maquillée et ses yeux soulignés de Khol pétillaient derrière ses lunettes. Elle était métamorphosée. Incroyablement jolie.

Quant à moi, prévoyant de me cacher dans les buissons pour attendre Amanda près du gazebo, j'avais enfilé un vieux jean, un sweat « Bill's Tavern » orné d'un gros trèfle et des chaussures de randonnée. Histoire de faire encore plus classe, j'avais rentré le bas de mon pantalon dans mes chaussettes, vélo oblige. Nia ressemblait à Audrey Hepburn, et moi à un farfadet.

Hal est arrivé un instant plus tard, vêtu presque aussi bizarrement que Nia. Il portait un pull à col roulé noir, un jean noir et un béret, qu'il a ôté pour nous saluer :

– Bonsoir !

– Bonsoir, a fait Nia.

À son tour, elle a demandé :

– C'est quoi, ces fringues ?

– Il y a une soirée Slam à l'Aqua. C'est le café préféré d'Amanda.

J'ai écarquillé les yeux :

– L'Aqua ? Elle ne m'en a jamais parlé. Son café préféré, c'est Just Desserts.

– Amanda ne boit pas de café, a protesté Nia en ôtant son fume-cigarette. Elle prétend que la caféine est un poison.

– Tu plaisantes ?

Hal a remis son béret :

– Cette fille se descend un double-crème avant même que tu aies fini de dissoudre ton sucre.

– Écoutez, suis-je intervenue, quoi qu'on fasse d'autre, il faut absolument qu'on aille à Peak Park au crépuscule. Je sais où elle s'installe pour regarder le coucher de soleil, chaque fois que c'est possible.

Mes camarades n'avaient rien d'autre à proposer pour la tombée du jour.

– Le soleil se couche vers six heures, a dit Hal. On a le temps d'aller ailleurs avant.

– *Play it again, Sam* ! a lâché Nia, de son habituel ton péremptoire.

– Pardon ? a fait Hal.

– *Play it again, Sam.* C'est un magasin de fringues vintage qu'elle adore.

– Quelqu'un a un autre magasin de fringues ? a-t-il demandé.

J'ai secoué la tête. Sur un signe de Hal, nous avons donc enfourché nos vélos et suivi Nia dans les rues d'Orion. Une fois sortis du quartier de Town Green, elle nous a fait remonter la Grande Rue et tourner dans une ruelle, puis dans une autre, et une autre encore. J'avais beau connaître la ville comme ma poche, au bout du dixième virage, j'étais complètement perdue. Comment Amanda avait-elle déniché cette boutique ?

Play it again, Sam était au rez-de-chaussée d'une vieille maison victorienne, assez semblable à celle où Amanda m'avait dit vivre, mais beaucoup moins bien entretenue et peinte de couleurs vives, dans des tons de rose et de violet. Nia a freiné et nous avons laissé nos vélos contre le perron.

Nous avions à peine poussé la porte de la boutique, qu'une voix tonitruante a couvert le tintement des clochettes :

– Désolée, c'est fermé !

– Bonjour, a crié Nia.

Soit elle n'avait pas entendu, soit elle avait décidé de faire la sourde oreille.

– C'est fermé, a répété la voix.

Une grande femme noire se tenait au fond de la pièce. Je n'avais encore jamais vu de boutique aussi encombrée : il y avait des vêtements partout, par terre, contre les murs...

Des robes et des chaussures étaient même accrochées au plafond.

En essayant de me frayer un chemin dans l'échoppe, j'ai failli me faire assommer par une paire de bottes à plateformes vernies blanches.

– Bonjour, a insisté Nia. On a pensé que vous pourriez nous aider...

La femme s'est avancée en frottant son crâne rasé, comme pour le dépoussiérer. Elle portait une veste rouge à galons ajustée, un jodhpur en soie bleu saphir, et elle était chaussée de babouches dorées.

– Ce serait avec plaisir, mais pas aujourd'hui. Je suis en plein inventaire. Revenez demain.

En inventaire ? Comment pouvait-on faire l'inventaire d'un tel fouillis ? En une journée, en plus ? Il aurait fallu un mois entier à dix personnes travaillant vingt-quatre heures sur vingt-quatre pour inventorier un stock pareil !

– En fait, on ne cherche pas de vêtements, on cherche une amie, a précisé Nia.

La femme l'a regardée de bas en haut, remarquant ses vêtements et son fume-cigarette. Elle a tendu la main pour effleurer la manche de son pull noir.

– J'ai vendu le même il n'y a pas longtemps, a-t-elle remarqué. Un Chanel.

– C'est celui-là ! s'est écriée Nia. Mon amie me l'a offert. C'est elle que nous cherchons.

– Eh bien, elle n'est pas ici, a dit la femme en embrassant la boutique d'un geste large.

– Vous souvenez-vous de la dernière fois que vous l'avez vue ? l'a interrogée Hal. Est-elle venue récemment ?

De nouveau, la femme a étudié sa tenue vestimentaire avant de lui répondre. Avec mon jean et mon sweat très XXIe siècle, j'avais intérêt à me taire.

– Elle vient souvent, a-t-elle soupiré.

– Vous ne vous rappelez pas la dernière fois ? a insisté Hal. Cette semaine ? La semaine dernière ?

Elle a réfléchi quelques secondes avant de secouer la tête :

– Non, désolée, je ne sais plus. Maintenant, si vous voulez bien m'excuser, je dois me remettre au travail…

– Vous a-t-elle donné son adresse ? ai-je lâché, sortant soudain de ma réserve. A-t-elle payé quelque chose par carte de crédit ?

Comme prévu, ma tenue n'a pas fait grande impression à mon interlocutrice. Elle m'a jeté un bref coup d'œil avant de secouer de nouveau la tête.

– Je ne me rappelle vraiment pas. Et je ne suis pas sûre que je vous le dirais si je…

– Bon, merci beaucoup ! l'a coupée Nia en se dirigeant vers la porte. Vous nous avez été d'une aide remarquable.

– Ouais, merci, a ajouté Hal.

Il a remis son béret, qu'il avait ôté en entrant dans la boutique. Même un mec aussi mignon que Hal a l'air abruti avec un béret. J'ai espéré qu'il n'allait pas se prendre d'affection pour ce nouvel accessoire.

– Et d'un, a fait Nia quand la porte s'est refermée derrière nous. Coucher de soleil, maintenant ?

– Coucher de soleil, a approuvé Hal.

Le gazebo était désert. Nous avons passé l'heure suivante assis sur un banc à surveiller les environs. Quelques personnes âgées, ainsi que des parents accompagnés de leurs enfants sont venus flâner quelques instants au bord du lac, avant de repartir. En regardant les gamins donner à manger aux canards, Nia, Hal et moi avons tenté de planifier notre soirée.

– Séparons-nous, a suggéré Hal. J'irai à la soirée slam. Callie, tu peux aller faire un tour à Just Desserts, et toi, Nia, au festival Audrey Hepburn ?

– Trois films sont projetés ce soir, a expliqué Nia. Au lieu d'en choisir un, je vais plutôt attendre dans le hall, en espérant y croiser Amanda.

Elle a consulté sa montre.

– Il est temps que je file. La première séance a dû commencer. On peut vérifier qu'on a la même heure, avant mon départ ?

Après avoir contrôlé nos montres, on a décidé que je resterais ici jusqu'à ce que le soleil soit couché, avant d'aller à Just Desserts. Comme Nia devait être de retour chez elle à dix heures, nous avons convenu de nous retrouver au cinéma à neuf heures et demie.

Une demi-heure plus tard, j'ai quitté le parc à mon tour sans avoir vu Amanda. La salle de Just Desserts était pleine à craquer d'étudiants, mais toujours pas de trace de mon amie. J'ai pris un cappuccino, que je me suis appliquée à boire le plus lentement possible. Je l'avais tout de même fini bien avant sept heures. Comme mon estomac gargouillait, j'en ai commandé un autre en me demandant si j'allais survivre pendant les deux heures et demie à venir avec du café pour toute nourriture.

Je ne sais pas si c'était l'effet de la caféine, mais vers huit heures, je trépignais d'impatience, comme si j'avais donné rendez-vous à Amanda et qu'elle était en retard. À partir de huit heures et demie, j'ai commencé à me lever d'un bond chaque fois que la porte s'ouvrait. Évidemment, mes espoirs étaient toujours déçus.

J'ai attendu neuf heures pour partir, complètement imbibée de café et prise de tremblements. Il m'a fallu moins de dix minutes pour rejoindre La Villa. Un record.

J'ai repéré Nia devant le cinéma au premier coup d'œil. Elle faisait les cent pas sous l'auvent en surveillant les portes d'un air anxieux. Quand je l'ai appelée, elle a couru vers moi et m'est tombée dans les bras.

– C'est de la folie ! a-t-elle gémi.

– Quoi ?

Je tremblais de plus en plus. Si je ne mangeais pas bientôt, j'allais entrer en lévitation.

– Même si elle est là, je l'ai loupée ! a ajouté Nia, dépitée.

– Quoi ? Qu'est-ce que tu racontes ?

Elle m'a tendu un ticket et m'a prise par le bras :

– Viens voir !

Je l'ai suivie dans le cinéma et j'ai compris aussitôt. Le hall de La Villa était plein à craquer de dizaines de sosies d'Audrey Hepburn. Les hommes étaient habillés à peu près normalement, mais toutes les femmes portaient une perruque, une robe vintage ou un fume-cigarette. La salle était bruyante, enfumée, et un bar était installé à une extrémité. J'avais l'impression de débarquer dans une scène de *Diamants sur canapé*[1].

Emportée par le mouvement de la foule, je me suis légèrement éloignée de Nia. Quand je me suis retournée, elle avait disparu. J'ai fini par la retrouver, debout près d'une affiche de *Charade*. Elle me tournait le dos.

– Ouf, ai-je soupiré en effleurant la manche de son pull noir. J'ai cru que je t'avais perdue.

Une inconnue s'est tournée vers moi.

– Pardon ?

Elle était beaucoup plus âgée que Nia et son fume-cigarette portait une cigarette allumée. Elle m'a soufflé un nuage de fumée dans la figure.

– Euh, rien, désolée ! ai-je dit en toussant.

J'ai battu en retraite et une seconde plus tard, j'ai senti qu'on me tirait par la manche. C'était la véritable Nia.

– C'est bien toi, rassure-moi ?

– Tu vois ce que je voulais dire ? a-t-elle soupiré. C'est ridicule ! Et maintenant, il faut que je rentre chez moi.

– Ouais, bon...

J'ai essayé de garder mon calme, malgré la caféine :

---

1. *Diamants sur Canapé (Breakfast at Tiffany's)* est un film de Blake Edwards (1961) avec Audrey Hepburn.

– Tu n'as qu'à aller attendre Hal dehors. Je fais un tour dans le hall et je vous rejoins.

– N'oublie pas qu'il y a encore des spectateurs dans la salle. Il n'y a qu'un tiers du public, ici. Les gens que tu vois attendent pour le film de neuf heures et quart.

– Vas-y, sors ! lui ai-je ordonné, craignant qu'elle me communique son stress.

J'ai attendu que Nia franchisse les portes vitrées pour me frayer un chemin dans la foule. J'avais l'impression d'être dans un mauvais rêve. Partout où je regardais, je voyais une femme, une fille ou un travesti qui auraient pu être Amanda déguisée en Audrey Hepburn. Le hall était si bondé que j'ai eu à peine le temps de le traverser avant qu'un flot de spectateurs ne surgisse de la salle située au premier étage. Jamais tout ce monde ne pourrait tenir en bas ! J'ai regardé l'heure et constaté avec soulagement qu'il était temps de sortir si je ne voulais pas louper Nia.

Hal et elle m'attendaient sur le trottoir, l'air abasourdi. En marchant vers eux, je me suis retournée et j'ai compris. De leur point de vue, la foule paraissait encore plus compacte qu'à l'intérieur.

– Salut, Hal !

– Salut.

Il m'a laissé arriver jusqu'à lui avant de m'informer :

– La soirée Slam n'a rien donné.

– Je dois vous laisser, a rappelé Nia. Je suis désolée.

– Ne t'en fais pas, l'a rassurée Hal. On prend le relais.

Quand le dernier film s'est terminé à onze heures moins le quart, Hal et moi n'étions pas plus avancés. Après avoir regardé partir les derniers spectateurs, nous avons échangé un regard las.

– Loupé, ai-je annoncé sombrement.

Hal a hoché la tête sans mot dire.

– J'ai prévenu mon père que je rentrerais vers minuit, ai-je signalé.

Papa ne m'avait rien demandé lorsque j'avais quitté la maison. Cependant, comme il était sobre et me donnait de l'argent de poche, j'avais trouvé sympa de le tenir informé de mes projets. Il m'avait juste crié « amuse-toi bien ! » depuis son atelier, mais j'espérais qu'il avait apprécié mon geste.

– Un jour, Amanda m'a parlé d'un groupe qu'elle avait vu à l'Arcadia, a dit Hal. Tu sais, la boîte, en ville...

– Tu veux aller y faire un tour ?

Hal a haussé les épaules :

– Pourquoi pas ? On n'a rien à perdre.

J'ai détaché mon vélo et je l'ai suivi dans la rue.

– Ah, au fait, je voulais te dire...

Hal a posé un pied à terre et s'est tourné vers moi.

– Quoi ?

– Tu devrais laisser tomber le béret.

– Message reçu !

Il m'a souri et s'est éloigné d'un coup de pédale. Alors qu'il prenait de la vitesse, il a retiré son couvre-chef et l'a fourré dans sa poche.

Je n'avais jamais mis les pieds à l'Arcadia, contrairement à Hal. Je l'ai suivi dans les rues désertes jusqu'à une ancienne zone industrielle, dans un quartier excentré d'Orion. Il faisait sombre et la route était pleine de nids de poule. Au moment où j'allais lui suggérer de rebrousser chemin, Hal a tendu la main devant lui et annoncé :

– Voilà, on y est !

Un petit groupe discutait dehors, devant un entrepôt en brique à la façade éclairée par une enseigne au néon. Sur le mur, une affiche en noir et blanc proclamait « le punk rock, c'est pour les nases ! », avec la date du jour. Je me suis demandé une seconde pourquoi le punk rock était pour les nases seulement aujourd'hui, avant de comprendre que c'était le nom du groupe.

Nous avons acheté un ticket à un type patibulaire au crâne rasé, un lézard tatoué sur le cou, avant de nous engouffrer dans un escalier sombre et branlant. Si l'entrepôt était immense, la cave à laquelle il menait était à peine plus grande que le rez-de-chaussée de ma maison. Ce qui n'empêchait pas le groupe de jouer à plein volume, comme s'il se produisait dans une immense salle de concert. J'ai senti la musique pulser dans tous mes organes. Hal m'a crié quelque chose et j'ai secoué la tête. Il a hurlé encore, en vain, puis m'a montré ses yeux avant d'indiquer les environs d'un geste. Comprenant qu'il proposait de partir en reconnaissance, j'ai hoché la tête et levé les pouces, décidée à l'imiter.

Le club était aussi bondé que La Villa et mes recherches dans la foule ont donné le même résultat. Un moment, j'ai cru reconnaître une fille : une élève de troisième d'Endeavor, une musicienne au look inquiétant. Mais ce n'était peut-être pas elle. À vrai dire, tout le monde lui ressemblait à l'Arcadia ce soir, et ça n'avait aucune importance.

J'ai retrouvé Hal à l'endroit où nous nous étions séparés. Il a collé sa bouche contre mon oreille :

– On y va ?

J'ai acquiescé. Je le suivais dans l'escalier quand soudain, tous les cafés que j'avais ingurgités en début de soirée m'ont rappelée à l'ordre. J'ai tiré sur le T-shirt de Hal :

– Je te retrouve dehors.

Il a mis une main en cornet devant son oreille et écarquillé les yeux. Je n'allais quand même pas brailler « j'ai envie de faire pipi ! » à tue-tête. Je lui ai montré la sortie et articulé « une seconde ». Il a compris.

Il m'a fallu cinq minutes rien que pour trouver les toilettes. Si je n'avais pas eu une envie aussi pressante, j'aurais sûrement laissé tomber. Le sol était poisseux, il n'y avait pas de papier et le siège des toilettes était répugnant. Mais bon, je n'avais pas vraiment le choix.

Après avoir remonté ma fermeture éclair, je me suis retournée pour tirer la chasse d'eau et c'est seulement là que je les ai vus. Cinq mots étaient écrits en lettres capitales au feutre argenté sur les carreaux noirs, et semblaient irradier dans la pénombre :

AMANDA
VALENTINO,
OÙ ES-TU ?

CHAPITRE TRENTE ET UN

Après une bonne nuit de sommeil, ça ne m'aurait pas dérangée de me lever un samedi matin, malgré le temps. Mais dans mon état d'épuisement, la pluie glaciale et le vent qui soufflait en violentes rafales ont rendu cette épreuve presque insurmontable. Un simple coup d'œil dans le miroir m'a donné envie de retourner sous ma couette pour ne plus jamais en sortir. J'avais le teint grisâtre et des cernes inquiétants autour des yeux. Comme si je me changeais progressivement en vampire, à force de chercher Amanda.

La veille au soir, après avoir découvert les graffiti sur le mur, j'étais sortie précipitamment des toilettes, certaine de trouver une explication à l'extérieur. Mais rien n'avait changé : la musique braillait toujours, le public n'était qu'une masse confuse d'inconnus. Rien ne prouvait qu'Amanda avait mis les pieds dans cette cave.

Pourtant, elle y était venue. Ou du moins, quelqu'un qui la connaissait.

J'ai grimpé l'escalier quatre à quatre pour raconter à Hal ce que je venais de voir. Il a foncé dans les toilettes des garçons, mais n'a vu aucune inscription. Par acquit de conscience, il a refait un tour de la salle avant de revenir bredouille.

– Au moins, on sait que quelqu'un d'autre la cherche, a-t-il observé.

– Oui, mais qui ? Et pourquoi ?

Avoir trouvé ce minuscule indice était presque pire que n'avoir rien trouvé du tout. C'était à s'arracher les cheveux.

– J'envoie un texto à Nia, m'a prévenu Hal en sortant son téléphone.

Puis, voyant l'heure tardive :

– Aïe ! Je vais être en retard. Euh, Callie... Ça t'ennuie si je ne te raccompagne pas chez toi ?

Au point où j'en étais, rentrer chez moi sans escorte était le dernier de mes soucis. Je l'ai déculpabilisé et j'ai enfourché ma bicyclette. J'étais convaincue qu'après avoir dormi, j'y verrais plus clair. Hélas, j'avais passé une nuit atroce à me tourner et me retourner dans mon lit sans trouver le sommeil. Au matin, j'étais aussi tendue et confuse que depuis le début de ce cauchemar, la fatigue en plus.

J'avais prévenu mon père que je devais être au lycée de bonne heure, mais il dormait encore. J'ai enfilé le ciré de ma mère sur mes vêtements et je suis partie à vélo sans prendre le temps de déjeuner. Dehors, il faisait un froid de canard et le vent avait emporté les effluves de printemps qui flottaient dans l'air la veille au soir. Pédaler jusqu'au lycée a épuisé mes dernières forces. En arrivant à Endeavor, j'étais en nage sous mon gros pull. J'étais réveillée depuis seulement une heure, mais je n'avais qu'une envie : prendre une douche et retourner me coucher.

Le parking était quasiment désert. En temps ordinaire, de nombreux élèves viennent au lycée le week-end pour assister à des répétitions, des réunions ou des entraînements sportifs. Mais mars devait être un mois creux. Ou alors, il était encore trop tôt. La voiture de Thornhill était garée à sa place habituelle, dans la partie du parking réservée aux profs et aux membres de l'administration. J'ai repensé à la lettre que j'avais aperçue à l'intérieur. S'il y avait un jour idéal pour fouiller la voiture du proviseur adjoint, c'était aujourd'hui. Je me suis empressée de chasser cette idée de ma tête. Que ferait-on si on ne trouvait pas la lettre dans la voiture ? Est-ce que la maison de Thornhill serait notre prochaine cible ?

Nia et Hal étaient déjà à la bibliothèque, assis aux mêmes places que le samedi précédent. Il y avait quatre autres élèves : deux garçons et deux filles que je ne connaissais pas. Qu'avaient-ils fait pour être collés ? Nia, Hal et moi avons échangé des regards insistants, mais la crainte de voir arriver Thornhill m'a retenue de leur adresser la parole. Un des mecs était assis à ma place. Je me suis installée à une autre table, au fond de la salle.

La pendule indiquait neuf heures précises. Thornhill était en retard. Il était pourtant dans le bâtiment, puisque j'avais vu sa voiture. J'ai laissé tomber mon sac à dos sur la table et ouvert mon livre de biologie, mais je n'étais pas assez en forme pour me concentrer sur les mitochondries. J'ai de nouveau consulté l'horloge. Neuf heures cinq. Les deux filles ont commencé à chuchoter. J'allais appeler Nia à voix basse quand la porte de la bibliothèque s'est ouverte. M. Richards, le chef du département des sports, est entré au pas de charge.

– Silence ! a-t-il braillé, bien que son arrivée ait causé un silence immédiat.

Il s'est planté devant nous :

– J'ai une déclaration à vous faire. Hier soir, notre proviseur adjoint M. Thornhill a été blessé. Il se trouve actuellement à l'unité de soins intensifs de l'hôpital d'Orion.

J'ai laissé échapper un hoquet de surprise.

– Oh, mon Dieu ! a soufflé l'une des filles.

– Que s'est-il passé ? C'est grave ? a demandé Nia.

J'ai deviné à sa voix tremblante qu'elle était aussi médusée que moi.

Richards a trituré la casquette qu'il tenait dans les mains :

– Nous n'avons pas d'informations sur son état pour l'instant. Nous savons simplement qu'il a été emmené à l'hôpital inconscient, et qu'il n'avait toujours pas repris connaissance ce matin.

– Vous voulez dire qu'il est dans le coma ? a demandé Nia.

– Assez bavardé ! a répondu sèchement Richards. Nous ferons un communiqué sur son état de santé à l'intention de tous les élèves lundi matin. Je suis sûr que nous en saurons davantage quand la police aura terminé son enquête.

La police ? Pourquoi la police ? J'ai réfléchi à toute vitesse. Selon Richards, Thornhill avait été blessé. Qu'est-ce que cela signifiait ? Avait-il eu un accident ? Était-il tombé ? Si oui, quel rapport avec la police ? Avait-il été *agressé* ?

Soudain transie de froid, j'ai croisé les bras sur ma poitrine sans parvenir à me réchauffer. On aurait dit qu'à la place du sang, de l'eau glacée circulait dans mes veines.

Le prof de gym s'est assis et a ouvert un dossier devant lui.

– Monsieur Richards..., a commencé Nia.

– Quoi encore ? a-t-il demandé d'un ton excédé, sans lever les yeux.

– Euh... j'ai oublié mon cahier d'histoire dans mon casier. Est-ce que je peux aller le chercher en courant ?

– Mmmm.

Habituée à la sévérité légendaire de Richards, j'ai été surprise qu'il cède si vite. Il n'était pas dans son état normal : il s'inquiétait probablement pour Thornhill, lui aussi.

Nia a littéralement bondi de sa chaise. Elle était assise près de la porte, mais elle a fait le tour de la salle pour passer devant ma table avant de sortir.

– À l'entrée dans deux minutes, m'a-t-elle sifflé.

Elle s'est dirigée vers la table de Hal. Je l'ai entendue s'éclaircir la gorge en passant près de lui. Lui avait-elle donné la même consigne ?

Après le départ de Nia, j'hésitais encore à passer le message à Hal, quand il a levé le doigt :

– Monsieur, Nia a oublié : elle m'a prêté le livre qu'elle est partie chercher. Je peux aller le récupérer dans mon casier pour le lui rendre ?

Sans lever le nez de son dossier, Richards a balayé la question de Hal comme une mouche importune.

– C'est bon, c'est bon !

Une seconde plus tard, Hal sortait à son tour.

Encore bouleversée, j'ai eu du mal à réfléchir à une excuse plausible pour quitter les lieux. « Monsieur Richards, euh... En fait, Hal et Nia se trompent tous les deux. C'est moi qui ai le livre que Nia est partie chercher. » Non, ça manquait de finesse.

Une minute s'est écoulée. Puis une autre. Lassée de me creuser la cervelle en vain, je me suis rabattue sur une valeur sûre :

– Monsieur ?

– Quoi ? a demandé Richards en levant la tête, exaspéré.

– Je peux aller aux toilettes, s'il vous plaît ?

– Vas-y ! a-t-il quasiment hurlé.

En gagnant la porte, je suis passée tout près de son bureau, curieuse de voir ce qui l'absorbait à ce point. C'était un bête tableau rempli de croix, de ronds et de flèches. Je n'ai pas compris de quoi il s'agissait, ni comment on pouvait se passionner pour un truc pareil.

Comme le samedi précédent, les couloirs étaient déserts, mais les hurlements du vent et la pluie cinglant les immenses baies vitrées les rendaient encore plus sinistres. Dehors, le ciel était noir. J'ai regretté que les lumières ne soient pas allumées. Lorsque j'ai rejoint Hal et Nia devant la porte d'entrée, je frôlais la crise d'angoisse. Mon soulagement était d'autant plus grand que je n'aurais pas été surprise d'apprendre leur soudaine disparition. Par une journée pareille, tout pouvait arriver.

Nia était assise sur le comptoir de l'accueil. Elle a sauté à terre dès qu'elle m'a vue :

– Il faut qu'on fouille la voiture immédiatement !

– L'agression de Thornhill a un lien avec Amanda, a affirmé Hal.

– Quoi ?

Il était appuyé contre le mur, mais sa décontraction apparente était démentie par ses poings serrés.

– Tu as appris quelque chose de nouveau ? l'ai-je questionné.

– Non, rien. C'est juste une intuition.

J'ai soupiré, à mi-chemin entre le soulagement et l'irritation. Hal m'avait fichu la trouille de ma vie à cause d'une simple intuition !

– Hal, ne le prends pas mal, mais je te trouve un peu parano. On ne sait même pas ce qui est arrivé à Thornhill. Il a peut-être trébuché sur le cordon d'alimentation de son ordinateur et il s'est étalé dans son salon.

– Alors, pourquoi la police ? a rétorqué Nia, suivant mon propre raisonnement.

J'ai pensé à mon père, qui détestait Thornhill sans raison (de mon point de vue, du moins). Peut-être que d'autres parents étaient furieux contre le proviseur adjoint parce qu'il avait sanctionné leurs enfants d'une manière ou d'une autre. Agresser un type parce qu'il a collé une retenue à votre fils est un peu extrême, mais ça peut arriver, non ?

– OK, supposons qu'il ait été attaqué, ai-je admis. Rien ne nous prouve que c'est lié à Amanda. Il y a huit cents élèves à Endeavor. Si seulement deux pour cent ont reçu une sanction ou un avertissement – et c'est une estimation basse –, ça fait déjà trente-deux parents susceptibles de vouloir casser la figure à Thornhill...

– Comment tu as fait ça ? m'a demandé Nia, ébahie.

– Ce n'étaient pas des parents en colère, a affirmé Hal.

Refusant de me rendre, j'ai tenté d'argumenter :

– Rappelle-toi quand le père de Don Marker a fichu un coup de poing au père de... j'ai oublié son nom, après le match de foot. Le mec a eu des points de suture. Il y a des dingues, dans cette ville.

Je me suis retenue d'ajouter qu'on était amis avec la plus dingue de toutes. Une fille qui nous avait menti sur toute la ligne ; une fille qui nous implorait de la chercher et refusait qu'on la retrouve.

– Écoutez, est intervenue Nia. Peu importe si Thornhill a été attaqué par un parent d'élève ou par quelqu'un d'autre. S'il reste dans le coma, les flics vont sûrement fouiller sa voiture à un moment donné. Et à ce moment-là, ils vont trouver la lettre d'Amanda.

– Si elle existe..., ai-je rappelé.

Nia m'a ignorée.

– Il faut qu'on découvre ce qu'elle lui a dit et ce qu'il sait sur elle. Surtout maintenant qu'il risque de... enfin, vous comprenez.

Ni Hal ni moi n'avons répondu. Nia avait raison. Même si la théorie de Hal était à dormir debout, on avait cru voir une lettre d'Amanda dans la voiture de Thornhill. Il fallait à tout prix éviter que des étrangers mettent la main dessus.

J'ai émis une dernière objection, pour la forme :

– Et comment est-on censés ouvrir sa voiture ? Ne me dites pas qu'Amanda vous a donné la clé d'une vieille Honda...

Nia a soulevé son T-shirt en souriant. Son jean à taille haute était retenu par une ceinture, à laquelle pendait un curieux outil métallique.

– Non, a-t-elle dit. C'est pourquoi j'ai apporté le nécessaire.

Dehors, il pleuvait des cordes et le froid était encore plus vif qu'au petit matin. J'ai regretté d'avoir laissé mon ciré à la bibliothèque. Le temps de traverser le parking jusqu'à la voiture de Thornhill, j'avais les cheveux trempés et de l'eau glacée dégoulinait dans mon dos. Je me suis demandé comment on expliquerait notre disparition à Richards en revenant trempés des pieds à la tête.

Nia nous avait assuré que son frère utilisait souvent cet outil magique, chaque fois qu'il enfermait malencontreusement ses clés dans sa Honda. Pourtant, elle l'a fait glisser pendant plusieurs minutes dans la fente de la portière sans succès. En la regardant, j'ai songé que si les flics voulaient réellement fouiller la voiture de Thornhill, ils pouvaient débarquer à tout moment. Comment nous justifierions-nous s'ils nous surprenaient ? Il n'y avait pas que la police, d'ailleurs. N'importe qui pouvait entrer dans le parking sans prévenir et nous voir forcer cette portière.

Soudain, comme pour me donner raison, des phares ont éclairé la balustrade métallique qui entoure le lycée et des freins ont crissé.

– Baissez-vous ! ai-je soufflé.

Hal et moi étions appuyés contre la voiture côté passager pendant que Nia travaillait sur la portière du conducteur. Nous sommes allés nous tapir près d'elle.

– Qu'est-ce que c'est ? nous a-t-elle interrogés, les yeux élargis par l'angoisse.

Elle imaginait sans doute la réaction de ses parents si le commissaire Bragg se pointait chez eux avec leur fille, menottes aux poignets.

Une voiture est passée sur le rond-point au ralenti et j'ai entendu une voix juvénile crier :

– Salut, maman !

Une portière a claqué. Une seconde plus tard, la voiture s'éloignait sur l'allée Ridgeway.

– Ouf ! a soufflé Nia en appuyant le front contre la carrosserie.

– Il faut qu'on ouvre cette bagnole, vite ! a dit Hal. Je peux t'aider ?

Nia a secoué lentement la tête sans la décoller de la voiture. Après une minute, elle s'est redressée et a glissé de nouveau le morceau de métal dans la fente.

– J'ai les mains qui tremblent, s'est-elle excusée.

Hal lui a offert de la relayer, mais elle a refusé :

– Il faut sentir le déclic... juste...

Concentrée, elle se mordait la lèvre inférieure et plissait les yeux. J'ai continué à l'observer. L'adrénaline qui se diffusait dans mon corps m'avait réchauffée. Soudain, Nia a ouvert les yeux et souri :

– Juste comme ça !

Elle a posé la main sur la poignée de la portière, qui s'est ouverte. Puis elle a fait sauter les verrous automatiques et nous sommes entrés tous les trois dans l'habitacle en prenant soin de refermer délicatement les portières derrière nous. Si une voiture passait sur le rond-point, la pluie empêcherait ses passagers de nous apercevoir. Par contre, si la police décidait de fouiller la voiture de Thornhill ce matin, on était cuits.

J'ai évité d'y penser. Pour me distraire, je pouvais toujours calculer les probabilités pour que ça arrive, mais j'ai préféré le déni pur et simple.

Comme le jour où nous l'avions nettoyée, un désordre incroyable régnait dans la voiture : des tas de papiers, des CD, des gobelets de café usagés, des cahiers... Un vieux beignet rassis gisait même sous la banquette arrière.

– Au moins, personne ne s'apercevra qu'on a fouillé, a ironisé Nia. On n'a pas à se soucier d'effacer nos traces.

Elle était assise sur le siège du conducteur et examinait le sol, la tête penchée vers les pédales.

J'ai espéré qu'elle disait vrai, malgré toute l'eau qui dégoulinait de nos vêtements.

Hal, à genoux devant le siège passager, triait une pile de papiers à l'endroit où j'avais cru voir la lettre.

– Elle était là, a-t-il murmuré. Au milieu de ce tas.

Nia a interrompu ses recherches pour le regarder, mais Hal a passé la pile en revue deux fois sans rien trouver.

– Et merde ! a-t-il lâché. J'étais sûr qu'elle serait là. Merde, merde, merde !

J'avais retenu mon souffle sans m'en rendre compte. J'ai expiré lentement.

– Continuons à chercher. La lettre est peut-être ailleurs...

Joignant le geste à la parole, j'ai fait volte-face et entrepris de feuilleter une pile de dossiers encombrant le siège arrière. Les chemises en carton étaient semblables à celles que j'avais vues dans les tiroirs de Thornhill. Sur chacune figurait une série de chiffres et de lettres, à l'endroit où auraient dû se trouver les noms des élèves. Ces dossiers n'avaient sûrement rien à voir avec Amanda, mais les codes mystérieux piquaient ma curiosité. J'allais ouvrir le premier quand Nia a poussé un cri strident.

– Regardez !

Elle était assise sur le siège du conducteur et tendait les mains vers nous. Sur ses paumes était posée une enveloppe violette ornée d'un coyote.

– Oh, mon Dieu ! me suis-je exclamée, bien que cette expression n'appartienne pas à mon vocabulaire.

J'avais beau l'avoir sous le nez, l'enveloppe m'a paru irréelle. Ne risquait-elle pas de s'évaporer si on essayait de la toucher ? Nia devait penser la même chose, car elle n'a pas fait un geste pour l'ouvrir. Nous sommes restés immobiles un temps infini, à fixer le papier violet.

Finalement, Hal a proposé :

– Ouvre-la, Nia.

Les mains tremblantes, Nia a retourné l'enveloppe et ouvert le rabat. Il était taché d'eau ou de café. Le liquide avait également coulé sur la carte qu'elle a extraite de l'enveloppe.

– Elle était sous le tapis de sol, nous a-t-elle confié.

Sur la carte, j'ai reconnu l'écriture d'Amanda. Elle avait recopié une citation et griffonné quelques mots dessous, d'une écriture si petite, si désordonnée que je n'ai pas réussi à la lire d'où j'étais.

J'ai pris le poignet de Nia pour qu'elle oriente la carte vers moi et j'ai enfin déchiffré son message, qui tenait en six mots :

S'il vous plaît, aidez-nous

Je crois que je n'avais jamais eu aussi peur de ma vie. J'ai levé les yeux. Nia et Hal me fixaient, aussi terrorisés que moi. Nous nous sommes tus une seconde, puis nous avons pris la parole tous les trois en même temps :

– Pourquoi a-t-elle demandé de l'aide à Thornhill, alors qu'elle le détestait ?

– Comment Thornhill a-t-il pu cacher un truc pareil ? Pourquoi n'est-il pas allé voir la police ?

– Pourquoi nous a-t-il caché qu'elle était en danger ?

Le silence est retombé.

– Il a peut-être cru à une plaisanterie ? ai-je suggéré.

– Une plaisanterie ?

La voix de Hal s'est brisée sur ce mot. J'ai regardé Nia. Ses yeux étaient pleins de larmes.

– J'ai vraiment peur, a-t-elle gémi. J'ai peur qu'il lui soit arrivé quelque chose.

J'ai pris sa main :

– Moi aussi.

Nia a saisi la main de Hal, qui a avoué à son tour :

– Moi aussi.

On n'entendait plus que le martèlement de la pluie sur le toit. Des rafales d'une violence inouïe secouaient la voiture par intermittence. Personne ne parlait plus, et personne n'a songé à donner le signal du départ.

chapitre 32

– Waow !

– Comme tu dis.

– C'est incroyable.

– Tu m'étonnes !

– Je n'arrive pas à croire qu'elle ait fait ça. À douze ans...

– Espérons que ça va marcher.

Assise devant l'ordinateur de Hal, je fixais sur l'écran l'image d'une carte oracle d'Amanda. Quelques heures seulement s'étaient écoulées depuis que nous avions trouvé sa lettre dans la voiture de Thornhill.

Quelqu'un a frappé à la porte et l'a ouverte sans attendre de réponse.

– Salut ! nous a lancé la petite sœur de Hal en franchissant le seuil.

– Cornelia, c'est bluffant ! ai-je répondu en guise de bonjour. On n'en revient encore pas de ce que tu as réussi à faire.

Elle a haussé les épaules et j'ai repensé à toutes les fois où les gens avaient exprimé leur incrédulité après m'avoir vu faire des opérations de calcul mental à toute vitesse. Ils pensaient me complimenter, mais en fait, ils me donnaient l'impression d'être anormale.

Cornelia est venue piocher un biscuit dans la boîte d'Oreos posée près de son frère :

– Pourquoi vous n'allez pas trouver la police, si vous êtes tellement inquiets pour votre amie ?

Nia m'a regardée. Nous avions déjà évoqué cette possibilité dans les toilettes du lycée (un bref passage sous le séchoir à mains nous avait paru indispensable avant d'aller retrouver Richards à la bibliothèque). Nia pensait que ça ne servirait à rien. Elle était convaincue que lorsque nous révélerions à la police tous les mensonges d'Amanda, ils la prendraient pour une dingue, et nous pour des zozos qui s'étaient fait berner. Et ce scénario n'était pas le pire. Amanda avait peut-être volé de l'argent. Elle avait pu s'inscrire au lycée sous une fausse identité en donnant une fausse adresse, ou enfreindre la loi de mille autres façons. Si les flics ne la prenaient pas pour une folle, ils risquaient de se lancer à sa recherche pour l'arrêter.

– Hé, coucou ! a fait Cornelia, m'arrachant à mes pensées. Je vous ai posé une question.

Hal m'a regardée. Puis il s'est tourné vers Nia. Voyant que nous nous taisions, il a fait bref :

– C'est compliqué.

– Quand les gens te disent qu'un truc est compliqué, c'est juste qu'ils n'ont pas envie de te répondre, a soupiré Cornelia en prenant un autre biscuit.

– Ouais, a fait Hal. Mais il faudra que tu t'en contentes. Maintenant, dis-nous comment on fait marcher ça.

Cornelia a appuyé sur deux touches du clavier et un croquis d'Amanda est apparu à l'écran, à côté d'une photo de la devanture de *Play it again, Sam.* Il y avait aussi des mots dans des cases : « texte » et « éditer ».

– Bon... Voilà comment les gens vont entrer en contact avec vous, et voilà ce que vous devrez faire pour leur répondre, a commencé Cornelia.

Elle a déplacé le curseur. De nouvelles fenêtres se sont ouvertes, dans lesquelles elle a tapé du texte. À plusieurs reprises, elle a cliqué en haut de l'écran pour ouvrir une page, tout en nous expliquant la manœuvre. Malgré mes efforts, je n'arrivais pas à me concentrer sur ses explications. Et ce n'était pas parce que je suis totalement réfractaire aux machines. En voyant défiler les croquis de Hal, les photos de la voiture de Thornhill, les citations d'Amanda, j'ai repensé à la découverte troublante que nous avions faite une heure plus tôt. Nous n'avions pas une seule photo d'Amanda de face permettant de l'identifier. Les seuls clichés en notre possession la montraient de profil ou de dos. Dans l'espoir d'y remédier, Nia avait demandé à son frère de contacter l'éditeur de l'annuaire du lycée pour qu'il nous donne sa photo d'Amanda. Le mec en question, un élève de terminale, avait répondu à Cisco en s'excusant de ne pas pouvoir l'aider: Amanda était absente le jour des prises de vues.

Était-ce une coïncidence? Cette pensée m'a fait frissonner et le message d'Amanda à Thornhill s'est mis à tourner dans ma tête. Sans m'en rendre compte, j'ai prononcé les derniers mots à voix haute. Nia m'a entendue. Elle m'a passé un bras autour des épaules:

– Ça va marcher. Quelqu'un aura des infos, j'en suis sûre.

J'ai hoché la tête. Cornelia a appuyé sur une touche et une nouvelle fenêtre est apparue à l'écran.

– Voilà! a-t-elle annoncé en prenant un dernier Oreo. Quand vous serez prêts, vous n'aurez qu'à cliquer sur «lancer».

– Merci, a dit Nia.

– Ouais, ai-je chuchoté. Merci!

– De rien, a fait Cornelia. Je suis contente d'avoir pu vous aider.

Elle s'est dirigée vers la porte.

– Attends! lui a crié Nia. J'ai une dernière question. Comment t'est venue l'idée de ce nom pour le site?

Cornelia a renversé la tête et fixé le plafond en suçotant son biscuit.

– Eh bien, comme prévu, amanda.com et amandavalentino.com étaient pris. Je me suis rappelé que vous aviez parlé d'une affaire importante, et j'ai...

Elle a haussé les épaules et croqué dans son Oreo.

– J'ai compris, a dit Nia. Merci encore !

– De rien, a répété Cornelia avant de nous laisser.

Quand la porte de sa chambre s'est refermée, Hal nous a regardées, Nia et moi.

– Alors..., a-t-il murmuré, l'air las.

– C'est maintenant ou jamais, a fait Nia, solennelle.

La peur logée au fond de mon ventre depuis le matin est soudain remontée dans ma gorge, formant une boule compacte. Et si ça ne marchait pas ? Et si nous étions les seuls à connaître Amanda ?

Une fois encore, Hal a formulé mes pensées à voix haute :

– Je n'arrive pas à savoir ce qui me fait le plus peur : que personne ne sache rien sur elle, ou que des milliers de gens se manifestent.

– Le meilleur moyen de le découvrir, c'est de mettre ce truc en ligne, a observé Nia.

Sa voix était neutre, mais ses mains tremblaient.

– Alors, on est d'accord ? a dit Hal.

Nia a hoché la tête. Hal s'est alors tourné vers moi, plongeant ses yeux dans les miens. J'ai soudain pensé à tous les cadeaux qu'Amanda m'avait faits : pas seulement l'argent ou le tatouage, mais aussi Hal et Nia. Elle m'avait prouvé que ma vie ne se résumait pas à être un satellite de Heidi Bragg. Elle m'avait appris beaucoup de choses sur l'amitié, et la chercher m'avait transformée. Pouvais-je l'abandonner maintenant, au moment où elle avait plus que jamais besoin de ses amis ? Sans cesser de fixer Hal, j'ai acquiescé :

– On est d'accord !

Hal a fait glisser la souris sur le tapis pour amener le curseur sur l'icône « lancer ».

– Prêts ou pas..., a-t-il murmuré avant de cliquer.

Une phrase s'est affichée sur l'écran, devenu noir : « Veuillez patienter quelques instants, pendant que www.laffaireamanda.com se lance. » Une minuscule pendule est apparue au-dessous ; son aiguille tournait à toute vitesse. Une seconde plus tard, la page d'accueil de l'affaire Amanda a envahi l'écran. « Félicitations ! Votre site est en ligne. » Puis les mots ont laissé la place à une photo d'Amanda de profil, un mur de briques à l'arrière-plan. « Qu'est-il arrivé à Amanda ? demandait le texte en surimpression. S'il vous plaît, aidez-nous à la retrouver. »

– Voilà, on ne peut plus faire demi-tour, a murmuré Hal.

– C'est vrai, a convenu Nia.

Debout derrière Hal, une main sur le dossier de sa chaise et les yeux rivés sur l'écran, j'ai soudain pris conscience d'une chose. À aucun moment, depuis le début de cette histoire, nous n'aurions pu faire demi-tour. Il avait *toujours* été trop tard.

À suivre...

NOUS NE SOMMES PAS LES SEULS À CHERCHER AMANDA.
NOUS NE SOMMES PAS LES SEULS POUR QUI ELLE COMPTE BEAUCOUP.
VOS TÉMOIGNAGES LE PROUVENT.
NOUS AVONS DÉCIDÉ D'EN PUBLIER DEUX.
LES VOICI !

HAL, CALLIE ET NIA.

L'AFFAIRE AMANDA OU LA NOUVELLE JOURNALISTE DE L'ESPRIT

Par Aurore Hemery

Lorsqu'elle est arrivée la première fois à la rédaction de *L'Esprit*, son allure m'a tout de suite interpellée. Elle était belle. Pas d'une beauté commune comme celle des starlettes de lycée, non ; il se dégageait d'elle comme une aura, un petit quelque chose qui n'appartenait qu'à elle. Son regard malicieux s'est posé sur moi :
– J'ai un article pour le journal.
– Euh oui, bonjour, mais il faut être inscrit au club de journalisme pour faire paraître un article.
Je me suis trouvé un peu idiot de répondre ça, mais après tout c'était vrai, M. Thornhill avait été très clair à ce sujet.

– Eh bien, je m'inscris, a-t-elle dit. Je m'appelle Amanda Valentino, tu peux le noter.
Sur ce, elle a déposé son papier sur mon bureau et elle est ressortie de la rédaction comme elle y était entrée.
J'étais un peu abasourdi par cette rencontre lorsque je me suis rendu compte que j'allais être en retard à mon prochain cours. J'ai fourré son article dans mon sac en me promettant d'y jeter un œil dès que possible.
Malheureusement, entre le lycée et la rédaction en chef du journal, je n'ai pas beaucoup de temps libre et je n'ai pas pu regarder cet article avant la fin de la soirée.
Confortablement installé dans le fauteuil de la bibliothèque de mes parents, j'ai enfin sorti le texte d'Amanda de mon sac. Il s'intitulait : *Vous voyez ce que je vois ? L'avis d'une nouvelle à Orion.* Et c'était certainement le meilleur article que j'aie jamais lu. Rien à voir avec les articles fades et insipides, sur la nouvelle chorégraphie des pom-pom girls, qu'on avait l'habitude de me soumettre ! Il n'y avait rien à corriger dans son texte, il était fluide, intéressant et percutant ! Peut-être même un peu trop pour notre journal, mais il ne m'a pas fallu longtemps pour me décider à le publier.
Elle y racontait, avec sa vision de nouvelle habitante d'Orion, la vie telle qu'elle se déroulait ici, la répétition monotone des mêmes évènements à l'infini, sans méchanceté aucune. En effet, lorsqu'on nait ici, on n'y fait plus attention, mais tout est très structuré, on sait exactement de

quoi sera fait le lendemain et le surlendemain, ou bien qui on sera une fois adulte. Et surtout, il n'y a aucune façon d'y échapper. Toujours voir les mêmes amis, les mêmes sorties, le bowling du samedi soir, la messe du dimanche matin... Bref la vie d'habitants d'une ville de province ! Un passage évoquait la mère d'Heidi, la fille la plus en vue du lycée, mais pas forcément la plus sympathique : elle est journaliste pour la télé et je suis sûr qu'Heidi n'apprécierait pas qu'elle soit qualifiée de « journaliste de télé de province » ! Rien que pour ce détail, l'article d'Amanda méritait d'être publié !

Lorsqu'Amanda m'a déposé son deuxième article, je ne pouvais pas m'attendre à un tel scoop : elle avait découvert qu'une secrétaire du lycée se faisait payer pour délivrer des billets de retards.

Quant au troisième, c'était une vraie bombe : elle expliquait, sans langue de bois, que les professeurs favorisaient les élèves les plus populaires et les plus riches.

Amanda avait une façon bien à elle de voir la vie et aussi de l'expliquer aux autres. Elle a su amener au journal un vent de spontanéité et de liberté d'expression que je n'aurais pas cru possible. C'est pour cela que j'écris cet article aujourd'hui, pour vous la faire connaître mais aussi car j'aimerais savoir où est passée ma meilleure journaliste… Amanda, s'il te plaît, si tu lis ces lignes, prends contact avec moi.

Si vous avez des informations sur Amanda, passez me voir au journal. Merci.

L'AFFAIRE AMANDA

Par Nadia Kannou

Tic tac… Tic tac… dans chacun de ses silences, la pendule me crie « Amanda ». Amanda Valentino, cette personne originale, qui est très vite devenue mon amie.

– Salut ! Je peux m'asseoir ?
Elle n'attendit pas ma réponse pour s'installer.
– T'es pas très bavarde. Moi, c'est Amanda et je suis à EndeavorHigh. Tu y es aussi ?
– Seulement inscrite, lançai-je froidement.
Cinq minutes passèrent. Ses yeux d'aigle ne me quittaient pas. Ce jour-là, ils étaient cernés d'un noir qui s'accordait à ses lèvres et à ses vêtements. La veille, elle était simplement vêtue d'un jean. L'avant-veille, elle avait opté pour le look sixties.
– Et toi, tu t'appelles ? demanda-t-elle.
– Je m'appelle Maria. Et je ne change pas de style vestimentaire tous les jours.
– J'aime bien le changement, il n'y a que ça de permanent.

Elle revint le lendemain et s'installa directement à côté de moi :
– T'as trop de chance de ne pas aller à ce lycée, commença-t-elle.
« Si seulement elle savait pourquoi je n'y vais pas », pensai-je.

Parfois, Amanda séchait les cours, juste pour être avec moi. Moi, son « guide », comme elle disait.
Elle me confia que sa mère l'avait abandonnée quand elle était bébé. Une femme s'était occupée d'elle jusqu'à ses trois ans, puis elle était allée de famille d'accueil en famille d'accueil. Elle aimait le changement.
Alors, qu'elle ne vienne plus, j'aurais dû m'y attendre.
– Guide, c'est comme un ami éphémère ? Allez, fais pas cette tête, je ne vais pas partir comme ça, il me faut plus de deux semaines pour pour me lasser d'une ville.

Quelques mois lui suffirent.

Un jour, assise à notre table habituelle, elle me lâcha :
– Tu ne laisses rien te faire du mal, tu ranges ça dans un tiroir ; mais en fait, ça te ronge. Le tiroir du « drame de ta vie », tu l'ouvres de temps en temps, parce que tu ne veux pas oublier et peut-être même que tu penses mériter ce malheur.
Ce malheur, oui je le méritais, rien ne pourrait effacer ce qui s'était passé, les vies gâchées… Mais comment pouvait-elle savoir, son analyse était si juste !
– Ce n'est pas « le drame de ma vie ». C'est juste un chagrin d'amour.
Je n'arrivais pas à raconter cette histoire. Amanda dut se contenter de cette explication :
– Disons que c'est Roméo et Juliette des temps modernes.

Une semaine sans nouvelles.
Je suis allée à l'Arcadia, où Amanda avait ses habitudes. J'ai écrit dans les toilettes pour dames :
« Où es-tu Amanda Valentino ? »

Je dois y retourner ce soir. Le gars qui s'occupe des entrées a un lézard tatoué dans le cou, le même dessin que dans la boutique de tatouages au henné où Amanda m'avait emmenée. Il faut que je lui parle.

– Maria, tu penserais quoi si je disparaissais ?
– Je verrais ça comme une sorte de trahison, répondis-je. Pourquoi tu me demandes ça ? Tu vas partir ?
– Non, pas sans te le dire.
Elle était vexée. J'essayai de détendre l'atmosphère :
– Demain, mon cerveau parano aura élaboré tout un scénario sur ta disparition. Du style « Amanda, agent secret sous couverture, travaillant pour le FBI et la CIA, infiltrée auprès de lycéens. »
Et nous avons éclaté de rire.

L'Arcadia, on y est. Ce soir, l'homme au tatouage n'est pas là. J'arrive dans la salle bondée. Pour accéder aux toilettes, bon courage !
Le mot que j'ai écrit au feutre n'est pas effacé – ils ne nettoient jamais, ici ? Juste en dessous, quelqu'un a écrit : laffaireamanda.com.
Sur la porte de sortie, quelqu'un a gravé dans le bois :
Qui es-tu Amanda V. ?

Amanda Valentino qui change de style tous les jours, qui n'a pas de parents, qui vivrait chez une tante, ou chez je ne sais qui. Amanda, qui m'a abandonnée. Amanda, qui m'a fait sortir de mon silence. Qui m'a sauvée, presque. La vérité me frappa. Amanda est un Ange.

Cet ouvrage a été mis en pages
par DV Arts Graphiques à La Rochelle
et imprimé chez Rotolito en avril 2010
pour le compte des Éditions Bayard

Imprimé en Italie
N° d'impression :

U
H
K
B
E
D
P
A
Z
X
C
B
X
R
G
I
S
S
K
S
Z
F
T
Z
L